Cuando aparecen los hombres

Cuando aparecen los hombres

Marian Izaguirre

Lumen

narrativa

Primera edición: febrero de 2017
Primera reimpresión: febrero de 2017

© 2017, Marian Izaguirre
© 2017, Penguin Random House Grupo Editorial, S.A.U.
Travessera de Gràcia, 47-49. 08021 Barcelona

Printed in Spain — Impreso en España

ISBN: 978-84-264-0406-0
Depósito legal: B-22.680-2016

Compuesto en La Nueva Edimac
Impreso en Rodesa
Villatuerta (Navarra)

H404060

Penguin
Random House
Grupo Editorial

Cuando el hombre
penetra a la mujer,
como oleaje que rompe en la orilla,
una y otra vez,
y la mujer abre la boca de placer
y sus dientes relucen
como el abecedario,
aparece Logos ordeñando una estrella,
y el hombre
dentro de la mujer
hace un nudo
para que nunca
vuelvan a separarse
y la mujer
trepa a una flor
y se traga el tallo…

ANNE SEXTON
(que también decidió irse un 4 de octubre)

Primera parte

Conozco a Teresa Mendieta desde que era una niña. La he visto crecer, torcerse y enderezarse, una y otra vez. Guardar un terco mutismo y al mismo tiempo pedir a gritos que alguien la comprendiera. Y aun así, ignoro tantas cosas sobre ella... Quizá las supe en su día. Es posible que no prestara la debida atención. O que las haya olvidado.

He investigado hasta donde he podido, preguntado a unos y a otros, hurgado en mis recuerdos, incluso he usado y abusado de la imaginación. Estas páginas, donde lo cierto, lo posible y lo improbable se enfrentan sin descanso, son el resultado de tanto trabajo. Un combate demasiado largo para mí.

Ojalá ella estuviera aquí. Ojalá pudiera contarlo todo con su propia voz... Pero me temo que eso no es posible, ¿verdad? Y creo que tampoco nos serviría de gran cosa. Seguramente sus recuerdos, imaginaciones, y ocultamientos involuntarios deformarían igualmente la historia.

Los únicos que no se equivocan son los muertos. Y quizá, los dioses.

—Ya está todo.

Natalia acababa de entrar en la cocina. Llevaba todavía el uniforme de recepcionista: falda ajustada, chaqueta negra con un ribete rojo en el bolsillo, impecable, como siempre. Se había soltado el pelo y parecía contenta.

—¿Los muebles de la terraza también?

—Sí, Marçal los ha guardado en el cobertizo.

—Los habrá tapado con la lona, supongo...

—Sí, tranquila. Todo quedará en orden.

Teresa continuó rellenando las tartaletas con la muselina de erizos que el chef había dejado en la nevera la noche anterior.

—¿Te ayudo?

—Claro.

Natalia se acercó y al contemplar la muselina esbozó una sonrisa afectuosa, breve.

—¿La ha hecho Pierre?

—Sí. Y está perfecta, mira.

Teresa sostuvo la cucharilla de rellenar en alto. No se volcó una sola gota sobre la fuente.

—Es un buen chef —admitió Natalia—. No le costará ningún esfuerzo encontrar un nuevo trabajo.

Teresa le acercó la bandeja con las tartaletas a Natalia.

—Sigue tú. Voy a ver cómo va el fuego.

La recepcionista miró a su jefa de soslayo. Una mujer madura, de cuarenta y tantos, pero con una belleza atemporal que seguramente venía de su hermosa melena rubia y de su piel clara, casi transparente; o del cuerpo, asombrosamente estilizado, de brazos largos y cintura breve, algo que envidiaba con todas sus fuerzas. Pero Natalia sabía muy bien que la belleza de Teresa tenía un componente secreto que se proyectaba desde el gesto, ensimismado y distraído como el de una adolescente, y que se sostenía en difícil equilibrio: un comportamiento siempre afectuoso y aquella actitud distante que a veces la volvía inaccesible. Le pareció que estaba cansada. Iba a preguntarle si había dormido mal, cuando vio que se abría la puerta de la cocina.

—¿Os ayudo?

Pierre, el joven chef, sí se había cambiado de ropa. Su pelo mostraba señales de haber sido cuidadosamente retocado con una capa de gomina. Se acercó, a pesar de la mirada condescendiente que le habían lanzado las dos mujeres, y cogió el recipiente donde había dejado preparada la muselina de erizos. La inclinó con habilidad hacia un lado y luego hacia el otro.

—Conserva buena textura, ¿no?

Natalia le quitó el recipiente de las manos y siguió rellenando una corta hilera de tartaletas, mientras le apartaba con un gesto del codo.

—Sal de aquí, la jefa ha dicho que hoy tienes prohibido entrar en la cocina.

Natalia sonrió cuando, a pesar de todo, Pierre se acercó al fogón, abrió la cazuela industrial en la que hervían a fuego muy lento nueve aves de mediano tamaño, y metió una cuchara en la salsa.

—Está divina, jefa —dijo sin poder ocultar la admiración que le producía—. Un día de estos tengo que robarte la receta...

Teresa le apartó del fuego.

—¿Quieres irte de una vez?

Agitó la cazuela siempre para el mismo lado, en sentido inverso a las agujas del reloj. Los pichones habían mermado y la salsa estaba ahora más espesa.

—No, hasta que me cuentes el secreto de la salsa de la reina. Nunca me has explicado por qué la llamas así.

Teresa apagó el fuego y se quitó el delantal. Llevaba una blusa de seda cruda y se había recogido las mangas por encima del codo.

—Ni lo pienso hacer ahora, ¿qué te crees?

—Venga, jefa, sé un poco complaciente, que acabas de despedirme...

Teresa se rio sin poder evitarlo.

—Yo no te he despedido; hemos tenido que cerrar temporalmente, eso es todo. Y sabes muy bien que cuando esta dichosa crisis pase, te mandaré buscar y te traeré de nuevo a Port de l'Alba, aunque tenga que recorrerme, una a una, todas las estrellas Michelin.

El chef agitó la cabeza varias veces, aceptando a regañadientes que la receta de la salsa siguiera fuera de su alcance. Lo cierto es que, si hubiera querido, podría haber descifrado los ingredientes y adaptarla a su gusto, pero no le parecía bien; era como robarle a un hijo la foto de su madre. Sabía que esa receta llevaba en manos de la familia de Teresa casi cien años y que seguramente cada generación había añadido, o quitado, ingredientes a su antojo, que la salsa se había ido acoplando a los tiempos como los platos de la mejor cocina tradicional. Además, cada vez que lo intentaba había algo que se le escapaba, aunque no supiera decir qué demonios era.

Se acercó a su jefa y la besó en la frente. Teresa sintió una ligera conmoción. De repente, el mar abrupto, las mareas, el imprevisible oleaje, los charcos retenidos en la arena fría. En ese paisaje líquido, agreste y desalentador, su yo verdadero luchaba por salir a flote. ¿Por qué ahora?

—Bueno, al menos hemos vaciado los congeladores —comentó Pierre con un gesto que pretendía ocultar lo vulnerable que se sentía al despedirse del hotel Arana. Se acercó al fuego e introdujo un pincho de madera en uno de los pichones—. Están en su punto, ¿no?

—Yo me encargo, no te preocupes —dijo Teresa con un tono que no admitía réplica—. Y ahora sal de la cocina, por favor.

Pierre salió a regañadientes. Al otro lado del ojo de buey se veían las cabezas de los empleados del hotel, cortadas, como reyes decapitados o prohombres en un viejo billete de cien pesetas. Los últimos huéspedes habían dejado el hotel un par de días antes. Cuarenta y ocho horas después todo estaba recogido, las mesas del exterior, las vajillas y cristalerías, las sábanas blancas y las almohadas de pluma. Teresa había ordenado montar una gran mesa junto al ventanal que daba al cabo para despedirles a todos como se merecían. Y había elegido preparar ella misma el plato principal: pichones en salsa de la reina. Llevaba dos días haciéndolo. El caldo con las carcasas y los tallos de cebolletas, con el laurel y el atado de hierbas, con los despojos. Los pichones embebidos en coñac, la salsa con el toque de azafrán… Ahora todo se estaba acabando. Los últimos siete años de su vida iban a concluir con aquella comida.

—¿Qué harás a partir de mañana? —preguntó Natalia cuando se quedaron solas de nuevo.

—No lo sé. Me quedaré aquí una temporada. Creo que solo quiero leer, pasear y dormir.

—¿No irás a Perpiñán?

Teresa alzó la barbilla instintivamente. La sensación de tener una aguja clavada en un nervio volvió, como tantas otras veces, doliendo de aquel modo incomprensible, complicándolo todo.

—No, creo que no.

Natalia guardó un significativo silencio.

—Se ha acabado, ¿verdad? —dijo al fin.

Teresa asintió.

—¿Por qué? ¿Su mujer se ha enterado?

—No es eso —respondió con apatía—. Él no la va a dejar y yo no quiero que la deje.

—¿Entonces?

—Se ha terminado, eso es todo. Hay hombres que llevan la fecha de caducidad escrita en la frente.

Natalia no insistió. Había asistido a esa misma situación demasiadas veces y no conseguía entender por qué una mujer como Teresa era incapaz de encontrar un hombre con el que compartir su vida. «Cuando se agota el deseo —le había comentado Teresa un día—, no nos queda nada. Ni a ellos ni a mí.» Natalia suspiró decepcionada.

—Sigues enamorada de un fantasma. Ninguno conseguirá estar nunca a su altura, ¿verdad?

Teresa pensó en Mikel. Su rostro joven, secreto, sus manos anchas y fuertes. Pensó en las mareas, que dejaban al aire playas sumergidas y arrastraban cualquier vestigio de voluntad. Era cierto. Nadie podría.

—Por Dios, Teresa —dijo Natalia—, no puedes seguir tan sola.
Teresa le dio la espalda.

—Sí puedo —respondió medio tono por debajo de su voz normal. Entonces se volvió. Natalia vio cómo le brillaban los ojos. Azules y húmedos—. Nunca he estado de otro modo.

A veces no conseguía entenderla. Le daba miedo aquella frialdad premeditada, porque sabía que no era real.

—Traeré el vino, si te parece.

Teresa asintió sin añadir nada más. Sacó la llave del bolsillo y se la entregó.

—Sube seis botellas de ese Gaillac de 2001. Que te ayude Pierre.

Vio a través del ojo de buey de la cocina cómo la recepcionista hacía un gesto al chef y cómo Pierre acudía solícito. Era tan evidente que Teresa esbozó una sonrisa. No pudo evitar imaginarlos en la bodega besándose como dos adolescentes. Por un instante sintió el olor de sus salivas, mezclándose, pasando de una lengua a la otra, notó los dedos en un costado que no era el suyo y sin embargo lo era, y creyó que la aguja estaba clavada esta vez en el bajo vientre.

No podía. Estaba demasiado agotada para volver a pensar en ello. Comprobó la temperatura de la mesa caliente, subió un poco el termostato, echó las almendras y las avellanas molidas en la cazuela, y removió nuevamente la salsa. El mundo daba vueltas en su cabeza con la misma exasperante lentitud.

Eran más de las seis de la tarde de aquel 4 de octubre de 2009, cuando se levantaron de la mesa. La luz se había hecho muy débil y convertía el mar en una mancha oscura y gris. A lo lejos, algo brillaba en el agua: un resto de sol, tembloroso como el lomo de un pez. Solo después consiguió comprender cuánta oscuridad se escondía detrás de su fulgor.

Teresa les despidió, uno a uno, en la puerta de entrada. Una recepcionista, un jefe de cocina, dos camareras, una gobernanta y un pinche. Y Marçal. Siete sueldos que ya no tendría que pagar, siete cuotas de la Seguridad Social, catorce pagas extraordinarias al año. También Marçal se fue a su pequeña casa, aunque él no se iría nunca del hotel Arana. A no ser que tuviera que venderlo todo…

—Vas a coger frío —dijo Natalia cuando apareció con su maleta—. Toma, ponte esto.

Había sacado un grueso jersey que Teresa tenía siempre en el despacho.

—¿Quién te lleva? ¿Pierre?

Natalia asintió. Por un instante le invadió una enorme pena. No era probable, pero le asaltó la idea de que quizá no se volvieran a ver.

—¿Se queda alguien contigo esta noche?

Teresa se encogió de hombros.

—Marçal y su mujer, ya sabes. Creo que ha venido el hijo.

Natalia hizo una mueca. El guardés y su mujer vivían en una casita adyacente al hotel.

—Vaya... Ese chico no me gusta nada, va a acabar mal.

Pierre había detenido la moto frente a ellas. Teresa vio que se había puesto una cazadora de cuero que le hacía parecer un adolescente de barrio.

—En fin... Pobre Marçal —murmuró Natalia mientras se acercaba a besarla—. Cuídate y descansa.

Teresa mantuvo durante un rato el abrazo de despedida. Sintió que temblaba como un niño al que le apagan la luz. Intentó que Natalia no se diera cuenta.

—Tú también —dijo—. Aunque no sé si vas a descansar mucho —añadió señalando a Pierre.

Esta vez fue Natalia la que se encogió de hombros. Sus grandes ojos negros relampagueaban como el agua del mar en las noches de invierno.

En la cama, mientras el mar y el viento rugían fuera de la torre como fieras enfrentándose, recordó la fecha en la que estaban, 4 de octubre, festividad de San Francisco de Asís, y el refrán que su abuela solía repetir cada año: «El cordonazo de San Francisco se hace notar, tanto en la tierra como en el mar». Sintió que, por una vez, las palabras de aquella vieja inclemente tenían algún sentido.

Se levantó temprano. Las persianas de la claraboya se habían quedado abiertas y la luz le dio directamente en la cara nada más abrir los ojos. Había soñado con su madre, subida en un Ford Taunus de color verde pastel, un coche descapotable que se alejaba por la estrecha carretera de la costa. Era un sueño recurrente, familiar. De pequeña solía soñar que volaba, que bajaba las escaleras de dos en dos, luego de tres en tres, que empezaba a dar pasos en el aire y caminaba sobre la nada, fuera del mundo. En ese sueño se sentía poderosa, privilegiada, con posibilidades de escapar. Más tarde, cuando ya era una mujer y gobernaba su propia vida, dejó de soñar con pasos en el aire y empezó a tener este otro sueño: su madre que se alejaba en un coche verde por una interminable carretera sobre acantilados. El color del coche y el del mar eran exactamente el mismo. El cielo de ese sueño era de un amenazante gris oscuro.

La mañana se le fue en un abrir y cerrar de ojos. Era un día triste, sin aliento, vago y desvaído como la luz de otoño. Tenía que ordenar papeles, recoger algunas cosas de última hora, pero no lo hizo. Recorrió las habitaciones, contemplando la desnudez de los colchones cubiertos con sábanas, los aparadores cerrados, las vitrinas con las copas boca abajo...

Pensó en la muda. En su caja llena de historias y recetas. ¿Era eso lo único que podía salvar? ¿Un recetario escrito con letra pequeña, llena de ángulos, como gritos sin aire? La letra de las personas es su voz secreta, un susurro inacabable con el que consiguen vaciar el tiempo.

La muda. Todos la llamaban así. Su presencia silenciosa todavía deambulaba por la casa. Ni siquiera podía asegurar que fueran familia. Una mujer a la que su madre tampoco había llegado a conocer y que, sin embargo, les había dejado esta casa en herencia. Y algo más. Algo que perduraba en el tiempo. Sólido. Seguro. «En la cocina tengo voz», había escrito Elizabeth Babel en una de sus cartas. Curioso que se apellidara Babel. Era fácil imaginarla en los fogones, cocinando para la familia Dennistoun, construyendo una torre confusa de voces que solo así podían salir del interior de su pecho. ¿Sabía, cuando escribió las recetas, que alguien las cocinaría de nuevo muchos años después? Oca con nabos de Capmany, pollo con hígado de sepia y cigalas, pato con peras de Puigcerdá... Pichones en salsa de la reina. Páginas manuscritas encerradas durante años y años en la torre, como una doncella que esperara a su príncipe. No llegó, ¿verdad, Elizabeth?

Buscó la caja de metal. Era una caja de dulce de membrillo La Tropical, litografiada con motivos de estilo modernista. En la tapa había una imagen de mujer con un papagayo en una mano y un arco en la otra. El borde de la tapa, desgastado por los dedos que la habían abierto una y otra vez, dejaba asomar manchas de metal gris bajo la pintura dorada y verde. Era honda. De una hondura que iba más allá de sus veinticinco centímetros de profundidad.

Teresa se sentó frente al ventanal. El mar estaba cubierto de picos de espuma, como si lo agitaran desde dentro.

Abrió la caja, como tantas otras veces, y sacó una carta, la primera de las que había escrito Elizabeth Babel. En el sobre, en vez de dirección, había una fecha: 12 de diciembre de 1915.

Empezó a leer.

Y de pronto, quedó sumergida en la intensa concentración de las palabras.

En su sonido sin voz.

Querida Elizabeth:

Necesito explicar lo que me pasa. Hablar. Yo que no puedo hacerlo como lo hacen los demás. Necesito contarle a alguien lo que siento, porque si no reventaré.

Primero pensé en llevar un diario… Pero eso, en el fondo, es como pensar y ya pienso demasiado. Lo que yo quiero es contar mis cosas a otro, escribir cartas, meterlas en un sobre como si pudiera enviárselas a una íntima amiga, pero no se me ocurre nadie que no sea yo misma… ¿Quién iba a querer ser amiga de una muda? Y, además, ¿a qué otra persona podría contarle yo mis cuitas o mis venturas con mayor sinceridad? Quizá a mi padre…, pero él ya no está y, a pesar de que mi madre dice siempre que nos ve desde el cielo, dudo mucho que me pueda oír.

Él decía a veces que yo era especial, que era mucho más lista que los otros niños, mucho más madura. Incluso les decía a los demás que podía llegar a ser novelista. Si me viera ahora… Ojalá te hubiera escrito mucho antes, cuando él todavía estaba vivo.

Tengo que empezar por esa ausencia: la de mi padre. Por la vida que perdimos y ya no podremos recuperar.

Llegamos a Port de l'Alba hace casi un año, cuando mi madre se casó por segunda vez. Veníamos de aquella ciudad horrible en la que una epidemia de tifus había matado a casi dos mil personas. A mi padre también. A él no le mató el tifus, o sí, porque fue su lucha por combatir las epidemias y la insalubridad de los barrios más pobres de Barcelona lo que le llevó a encabezar la revuelta. Cayó abatido por un disparo de los guardias y con el ingeniero inglés, que había trabajado sin descanso proyectando el nuevo acueducto y las torres del agua, murió nuestra vida. Luego, tan solo un año después, mi madre aceptó casarse con Robert Dennistoun, un inglés como nosotros, que vivía en una vieja casa en el campo, en las afueras de Port de l'Alba. Veníamos con una historia, para quedarnos sin historia.

Una tartana. Y un payés que se entendía por señas con mi madre. Por señas. Como yo. Eso me hizo pensar que quizá no fuera todo tan horrible. A veces la gente que tiene voz tampoco puede utilizarla. La nuca de aquel hombre. Rapada y gris. Mientras el caballo trotaba, con las riendas flojas, pensaba en qué llevaría él dentro de esa cabeza. ¿Tendría recuerdos como los míos, imágenes oscuras y palabras atascadas que nunca iban a salir de allí? No lo parecía. A nuestro alrededor todo se veía apacible. El cielo de abril después de la lluvia, limpio tras las nubes sueltas, el camino lleno de charcos en cuya superficie se multiplicaban las copas de los pinos, a veces más oscuras, a veces difusas, como si se reflejaran en un espejo desgastado…, mi hermano dormido en brazos de mi madre, y el sonido de los cascos del caballo sobre el suelo reblandecido, que apenas conseguía amortiguar las voces que yo llevaba en mi interior.

Intentar entender. Esto era lo que más me preocupaba.

¿Por qué había muerto mi padre? ¿Por qué participó en aquella algarada si él mismo había construido la red de abastecimiento del agua? ¿Quién le convenció de que el agua que venía de las minas estaba contaminada? Había nombres en mi cabeza. Culpables. Todos culpables de la muerte del ingeniero inglés. Los guardias que dispararon, los propietarios de las minas, un amigo de la familia que denunció a Aguas de Montcada como responsable del brote y con el que mi padre pintó cruces rojas en todas las fuentes contaminadas... El tifus. También. Ese bicho invisible que mataba a la gente... Incluso los muertos. Sí. También los dos mil muertos. Si no se hubiera infectado tanta gente mi padre aún estaría vivo.

El viaje fue demasiado corto. Habría necesitado el doble para dar rienda suelta a todo aquel barullo que tenía dentro. Un nudo de preguntas enmarañadas a las que nadie quería responder. Y yo ni siquiera podía hacerlas, porque me faltaba algo que los demás tenían: la voz. Ojalá tampoco hubiera tenido aquella amalgama de palabras sin sentido en la cabeza.

Soy muda. Soy sorda. No salen palabras de mi garganta, no entran sonidos en mi cuerpo. Pero no hay un muro totalmente infranqueable entre los demás y yo, porque mi padre me enseñó el lenguaje de los signos y yo aprendí a leer los labios. Y así las palabras que por dentro conozco y sé con qué letras están hechas, viven en mis manos y allí adquieren forma de besos. O de hambre. O de risa. O de temor.

Eso es lo que le dijo mi madre a Robert Dennistoun: háblale de frente, puede leer los labios.

Estábamos allí, en la puerta de la casa, rodeados de pinos que todavía goteaban y de unos matorrales oscuros. El sol había vuelto a salir. Entre las nubes el cielo era ahora muy azul. Como los ojos de mi padre. Olía bien. Pensé que una cosa era cierta: el tifus nunca podría llegar hasta ese lugar.

¿Qué esperaba yo de aquel hombre alto, rubio, con el rostro rojo como un tomate, y que en lugar de llevar chaqueta o levita iba vestido como un aldeano? No lo sé. También eso era contradictorio. Me irritaba profundamente que mi madre se hubiera casado con él tan rápido, por poderes, dijeron, me fastidiaba imaginar que dormirían en la misma cama y que él la tocaría, que acariciaría su pelo castaño y que, por las mañanas, cuando nos sirvieran el desayuno, él la besaría en la frente como hacía mi padre cada día. «Lo he hecho por vosotros —nos dijo a Marcus y a mí—, para sacaros de esta ciudad insalubre, para que podáis crecer sanos en el campo.» La odié con todas mis fuerzas en esos momentos.

¿Quién era ese tal Robert Dennistoun? ¿De dónde había salido? Mi madre nos explicó que era un viejo amigo de mi padre, que también era ingeniero y que había venido a Cataluña para trabajar en la extracción del corcho. Yo me lo imaginaba arrancando cortezas de los alcornoques, pero no, parece que se había dedicado a construir carreteras y trazados de ferrocarril. Ya no trabajaba. Se había retirado y vivía allí, como un campesino. Era viudo y tenía dos hijos algo mayores que nosotros. Mi madre lo sabía todo sobre Robert Dennistoun, pero yo no le había visto nunca. Ni a él ni a aquellos hijos salvajes que se criaban en el campo y que iban a la escuela montados a caballo.

En fin. Allí estaban Robert Dennistoun y sus hijos. Sonriendo como tontos. El hijo mayor me estrechó la mano, muy formal, y me dio la bienvenida con una larga parrafada de la que solo una frase despertó mi interés:

—Me llamo Pye.

¿Pye? ¿Qué clase de nombres era ese?

¿Pye? ¿Había entendido bien?

—Y yo Gertrude —dijo su hermana sin mirarme. Acto seguido se fue hacia mi hermano, que se agarraba a las faldas de mi madre, y se agachó frente a él. Marcus se echó a llorar de inmediato. No oigo, pero sí veo. Aunque a veces más valdría no ver.

Mis pies. Enfundados en unos botines marrones, con cordones de algodón, sucios por la lluvia y el barro. Mis piernas. Cubiertas por la falda de popelín con tres cenefas azules. Eso era todo. No podía levantar la vista más allá.

—Elizabeth…

Un tirón en la manga.

—Elizabeth…

Mi nombre saliendo de los labios de mi madre, la mujer del ingeniero inglés. De dos ingenieros ingleses. ¿Cómo había podido? Pensé que nunca se lo perdonaría.

—Elizabeth…

Elizabeth era como me llamaba cuando quería reprenderme.

Levanté la vista. Robert Dennistoun me miraba con su sonrisa bobalicona.

—Queremos que tu hermano y tú consideréis esta casa como vuestro hogar —dijo haciendo aspavientos. Al parecer había elevado mucho la voz.

Mi madre le cogió suavemente de un brazo.

—Es sorda —dijo con delicadeza—. No puede oírte, aunque grites, pero te entenderá si le hablas siempre de frente, ¿verdad, tesoro?

Asentí rápidamente un par de veces, mientras observaba divertida cómo Robert Dennistoun se ponía aún más colorado.

Gertrude se había acercado.

—¿No puedes hablar? —preguntó mirándome con el ceño fruncido.

Pye hablaba ahora con Marcus, que había dejado de lloriquear por fin. Pensé que no era el momento de que empezara a llorar yo, así que intenté emitir alguno de los sonidos que había practicado sin descanso. Quería demostrar que no era una tarada, que podía responder a sus preguntas, aunque fuera torpemente. Pero solo me salió aquel gruñido gutural que me avergonzaba aún más que el silencio.

—¿Y no puedes hablar por señas?

Era Gertrude otra vez. Me pareció que esa chica podía ser un poco metomentodo.

Entonces asentí de nuevo. En aquella época yo siempre llevaba una libreta colgada del cuello para poder escribir, pero no me dio la gana de usarla. Moví las manos rápidamente.

—Dice que está muy contenta de conocer a su nueva familia —tradujo mi madre libremente. Yo no había dicho familia, había dicho personas, pero casi se lo agradecí porque eso me hacía parecer mucho más cordial de lo que en realidad era. No solamente no creía en absoluto que aquellos tres extraños fueran mi familia, sino que ni siquiera deseaba estar allí, en aquel poblacho costero y en aquella casa apartada de todo. Hubiera dado cualquier cosa por volver a Barcelona. El tifus ya estaba controlado. No sabía por qué diantres teníamos que estar allí.

—Estudiaremos el lenguaje de signos todos, ¿verdad, chicos?

Pye inclinó la cabeza cortésmente y Gertrude se encogió de hombros, mientras levantaba las cejas en un extraño mohín que no era de protesta, sino más bien de indiferente aceptación. Ninguno de los dos parecía demasiado preocupado por responder a nuestras expectativas. Se comportaban con tanta naturalidad que era como si la idea de defraudarnos jamás hubiera pasado por sus cabezas. Intenté hacer lo mismo. Dejé que entraran y me quedé unos minutos más en el jardín, ignorándoles, para centrar mi atención en lo que Robert Dennistoun había llamado mi nuevo «hogar».

Pues sí. La casa de Los Cuatro Relojes iba a ser mi nuevo hogar. Una edificación alargada y regular, con grandes ventanas, muy altas, del tamaño de una persona. Sobre algunas de ellas, quizá las de las estancias más importantes, había tejadillos de cerámica azul y rejas de panza abombada, como esos hombres que pasan el tiempo en suculentas comidas. Era bonita, eso no se podía discutir. La torre fue lo que más me gustó. Ancha y cuadrada. En cada uno de los frentes había un reloj. El que daba a la fachada principal era un reloj de sol. Los otros tres eran mecánicos. Desde luego no se parecía en nada a las auténticas casas de campo de la zona que había contemplado durante el viaje en tartana: todas de paredes de piedra sin encalar, con ventanas mucho más pequeñas, casas ancladas en la tierra, pesadas y perennes como las generaciones que las habían habitado durante siglos. Algunas tenían una torre vigía que, al menos a mí, me sugería guerras medievales o ataques sanguinarios. Pero esta era una torre para tiempos de paz. Con sus cuatro relojes y una barandilla de madera en la parte más alta. Pensé: subiré ahí en cuanto pueda. Yo sola. Cuando nadie me vea. Subiré y miraré el mar, mientras me escondo de todos.

—¡Elizabeth!

Otro tirón de la manga. Mi madre.

Entré tras ella. La casa de Robert Dennistoun producía un sereno bienestar, algo que hacía pensar en vacaciones de verano y tiempo sin relojes. Y sin embargo yo no conseguía quitarme de encima aquella estúpida angustia que llevaba agarrada al estómago como una zarpa. A pesar de la casa, de los pinos y de la limpia brisa que venía del mar.

Un montón de sentimientos contradictorios. Había algo en mi angustia que tenía que ver con la voluntad de sufrir y que chocaba con aquel hermoso lugar y lo hacía añicos. Mi luto, luchando por abrirse camino entre las ganas de recorrer las estancias, blancas, limpias, ventiladas, y el deseo de abrir los brazos al cielo dando las gracias por haber salido de Barcelona. Me negaba en redondo. Necesitaba resistir. Quería conservar intacto mi dolor. No sucumbir ante la esperanza de una nueva vida. Tenía que agarrarme al miedo para no dejar paso a la confianza. Mi padre había muerto y yo no tenía derecho a ser feliz. Y además, ¿quién había dicho que fuera a serlo? ¿Feliz? ¿En casa de Robert Dennistoun? ¿Con aquella familia? No, desde luego... De ninguna manera.

—Te acompaño a tu habitación.

Gertrude se había quedado en el vestíbulo, esperándome. Mi madre y Marcus habían desaparecido. Era como si la casa se los hubiera tragado. La seguí por el largo pasillo, mientras pensaba en cuántos años me llevaría. Yo acababa de cumplir los quince. Ella debía de tener dieciséis o diecisiete. Era casi tan alta como su padre, muy rubia, con los ojos azules y la piel cuajada de pecas. Todavía vestía de corto, con una falda oscura y una blusa blanca de una tela suave y arrugada. Tenía pecho, pero no llevaba corsé.

Fíjate, querida Elizabeth, hablo en pasado remoto y solo han transcurrido ocho meses desde que llegué aquí. A veces me veo a mí misma como si fuera un sueño ajeno. Allí, detrás de Gertrude, esa muchacha desconocida que decían que iba a ser mi hermana.

—Dormirás en el cuarto contiguo al mío —dijo abriendo la puerta de una habitación que no era grande, pero cuya ventana daba a los acantilados. Era una ventana de dos hojas, del suelo al techo, sin rejas, y me gustó la idea de poder salir por allí sin que nadie me viera. Al otro lado se veían dos palmeras y, más allá, una enorme extensión de agua. El mar.

Gertrude se sentó en la cama. ¿Por qué no se iba? Ya me había enseñado la habitación, no tenía nada más que hacer allí.

—¿Y de verdad te entiende la gente cuando hablas por señas?

Pero qué es lo que quería... ¿Acaso no lo había visto con sus propios ojos? Me puse a deshacer el equipaje de mal humor.

—Mi padre dice que no podrás ir a la escuela del pueblo como nosotros, que te tienen que buscar un profesor especial.

Vaya, ahora resultaba que Robert Dennistoun tomaba decisiones sobre mi educación. ¿Se lo habría consultado a mi madre? ¿Habría accedido ella de buen grado? Mi padre jamás permitió que nadie me marginara por no poder hablar. Me enseñó el lenguaje de signos él mismo y enseguida me mandó a la escuela Montblanc, donde impartían clases los seguidores de Ferrer i Guàrdia y donde aprendí a leer y escribir. Era fácil, digan lo que digan: un juego de cartones y letras que pronto se volvían palabras, y luego frases, y a veces conceptos abstractos como alegría o tristeza... A leer los labios aprendí yo sola.

—Bueno, te dejo. —Gertrude se había puesto en pie—. Comeremos a la una. Quima ha hecho pichones en salsa de la reina para daros la bienvenida.

Se va. Por fin se va. Las palabras me suben por las piernas como hormigas hambrientas.

—Elizabeth, sepárale los huesos a tu hermano.

Lo hago con destreza. Primero separo las pechugas, luego abro los muslos del pichón, voy dejando cada huesecillo en una esquina del plato y mojo cada pequeño trozo de carne oscura en la salsa, para que a Marcus no se le haga una bola y no lo escupa. No podemos quedar mal en nuestro primer día.

Yo también lo intento, aunque el plato me repugna. Trago con dificultad, como si tuviera un tapón de corcho en la boca del estómago. ¿Qué comida era esa? ¿Pájaros? ¿Qué clase de gente podía comer eso?

Trago. Despacio. Muy despacio. Contengo como puedo las arcadas.

Y de pronto veo que Pye coge un muslo con la mano y se lo lleva a la boca sin que nadie se ofenda. Robert Dennistoun me mira y sonríe. Ya no me habla a voces.

Y luego, cuando pasamos al salón, el padre y el hijo se quedan dormidos sin ningún miramiento. Poco a poco, lo que hasta entonces eran las rígidas normas de comportamiento que tanto nos había costado aprender, fueron ablandándose, relajándose hasta quedar derretidas como mantequilla al fuego. Gertrude desapareció de la sala sin ninguna explicación y mi madre cruzó las manos sobre su vestido negro sin más.

Y entonces sí. Corro por el pasillo, abro la puerta de mi habitación, salgo por la ventana y vomito bajo una de las palmeras.

Esa noche apenas pude dormir. Todo aquel mundo nuevo daba vueltas en mi cabeza. Veía sombreros de paja colgados en el vestíbulo, botas de montar tiradas en el porche, cuadros en las paredes de los pasillos, veía rostros que me miraban con sospecha y ordenaba las letras que componían aquellos nombres en un panel luminoso que estaba detrás de la cortina de mis ojos; me afanaba en ordenarlo todo porque de pronto la vida se había convertido en algo demasiado complicado para mí. También veía palabras desconocidas, pronunciadas en el idioma local que yo no conseguía entender del todo, las veía escritas, primero de una manera, luego de otra, sin que ningún significado exacto se pudiera colocar a su lado, y sobre todo trataba de encontrarle algún sentido al hecho de que nosotros estuviéramos allí.

Luego pasaron los días, lentos y complicados, con demasiadas cosas que aprender. El profesor especial al que se había referido Gertrude nunca llegaba. Mi madre empezó a enseñar a leer a Marcus y yo deambulaba por el jardín y por las rocas del cabo durante horas. Nadie me prohibía nada, nadie me decía nunca lo que tenía que hacer.

En noviembre empezó el frío. Aprendí a hacer buñuelos de viento y *panellets* con Quima, la cocinera, que era muy aficionada a los dichos en su lengua, cosa que a mí me costaba bastante descifrar, y que se pasó todo el otoño repitiendo cosas como *al parlar, com al guisar, un granet de sal*, sin importarle gran cosa que la entendiera o no, aunque siempre que soltaba alguna de esas frases enigmáticas me guiñaba un ojo con picardía. Luego yo tenía que intentar que mi madre me explicara qué diantres significaban esos dichos, aunque la mayor parte de las veces ella tampoco les encontraba sentido. Aprendí a jugar al Scrabble con Gertrude, un juego de mesa que consistía en formar palabras con fichas de hueso pintadas, y que enseguida me pareció aburrido. Trataron de enseñarme a montar, pero eso sí que no dio ningún resultado. Me caí un par de veces y me dejaron por imposible. Aprendí a fisgar en las habitaciones, cuando no había nadie, y a hurgar en los armarios. Y entonces encontré el traje de esgrima.

Era de tela gruesa, como las fundas de los pianos, y de un blanco amarillento. Había medias blancas, zapatos blancos, un peto acolchado y una careta que se parecía a la que usaba Ferran, el marido de Quima, cuando iba a recoger la miel de las colmenas. Había también una especie de espada, con la hoja muy delgada y sin filo, que tenía en la punta un botón en forma de flor. Yo había visto grabados de esgrima en las revistas, pero, sobre todo, había leído *Los tres mosqueteros*, *El príncipe y el mendigo* y *La pimpinela escarlata*. Mi padre me los había traído de Inglaterra. Miles Hendon, el personaje que aparecía en la novela de Mark Twain, era mi espadachín preferido. Un noble caído en desgracia, alguien que lo ha perdido todo menos su nobleza de espíritu. Me puse el traje. Con el peto. Me ajusté la careta. Y ataviada de esta guisa me planté ante el espejo, adoptando las posiciones que había visto en las revistas y, sobre todo, las que había imaginado en la lectura de aquellos libros.

—¿Qué haces aquí?

El rostro sonrosado de Robert Dennistoun asomó de repente en la luna del espejo en el que yo fingía ser una consumada esgrimista. No me volví. No podía moverme. Pero leí su voz a través del reflejo. Y capté su enfado.

Me quité el traje en cuanto se fue. No me había dado tiempo a disculparme.

Esa noche Quima hizo gelatina de pollo, que era el único plato que me gustaba, porque Quima lo servía en raciones individuales y les ponía zanahorias y calabacines en forma de flor que temblaban en el plato como si fueran flanes; pero no fui capaz de probar un solo bocado. Robert Dennistoun no dijo una palabra sobre mi comportamiento de esa tarde, pero a la mañana siguiente vino a buscarme a mi cuarto.

—¿Has desayunado?

Le indiqué que no con un gesto.

—Pues hazlo. Tendrás hambre.

¿Por qué se preocupaba ahora de si yo comía o no? No me había hecho el más mínimo caso durante los meses que llevaba en su casa.

Asentí con los ojos bajos. Él se acercó, bajó la cabeza hasta la altura de la mía, y con aquel gesto me obligó a levantar la cara.

—Voy a engrasar los relojes. ¿Quieres subir conmigo a la torre?

Creo que no conseguí ocultar mi asombro.

—Te gustará ver cómo funcionan. Ya verás.

Comí el pan con aceite y azúcar a toda prisa, me bebí el té, y en menos que canta un gallo estaba subiendo las escaleras de la torre detrás de Robert Dennistoun.

Aquella habitación era prodigiosa. Estaba a oscuras y los techos eran altos, como en un granero. La maquinaria de los tres relojes ocupaba casi toda la superficie de la planta. Había que sortear engranajes y ruedas dentadas, largas manivelas, para poder moverse. Mi padrastro tiró primero de una cadena y luego de otra, y abrió las trampillas del techo. Entonces la luz entró a raudales.

Todas las maquinarias eran distintas. Una era grande, ancha, con los radios y las ruedas dentadas de bronce dorado. Tenía un nombre grabado en la base: Canseco. Las otras eran más pequeñas, pero distintas también entre sí. Una estaba completamente oxidada y la otra tenía una gran pesa dorada que colgaba como un péndulo.

Dennistoun me tocó en el hombro e hizo que me volviera para que le pudiera leer los labios.

—Esta es la que más trabajo nos va a dar —dijo señalando la oxidada—. El aire del mar es demasiado húmedo para ella.

Cogió la aceitera que había traído con él, un recipiente de hojalata con el pitón muy largo, y sacó dos trapos de un rincón. Estaban hechos de hilos, como una madeja revuelta.

—Toma. Coge esto y frota. Primero hay que limpiarlo, quitarle todo el aceite y la grasa viejos. Luego lo engrasaremos. Cuando yo eche el aceite tienes que tener mucho cuidado. Es aceite hervido y está caliente. La grasa debe quedarse en los ejes y no tocar ni la espiral ni los dientes de las ruedas.

Lo hice. El hierro no perdió su color marrón, pero fue adquiriendo un tono más oscuro y brillante a medida que yo frotaba y mi padrastro volcaba el aceite poco a poco, apretando cada vez el émbolo para que funcionara la válvula.

—Aquí. —Robert Dennistoun me daba un golpecito en el hombro cada vez que quería que yo frotara.

Sé que me hablaba, incluso cuando tenía la cabeza agachada sobre el mecanismo del reloj, porque de vez en cuando le veía mover los músculos de la cara. Y eso, lejos de irritarme, como me había pasado hasta ese momento, me gustó. Porque me hacía sentirme normal. Porque él me veía normal. Y sobre todo porque en esos momentos a los dos se nos olvidaba que yo era sorda.

Engrasamos los relojes. Me enseñó cómo funcionaban. El valor de cada pieza, su utilidad.

—Mira, esto es el tren de levas. Porque este reloj es un Girod.

Y me señalaba la placa de la base: «Fábrica de Relojes Pesados de J. G. Girod», casa fundada en 1860. Madrid, Barcelona y Suiza.

—Es un reloj de pesas. Una verdadera obra de arte.

Cuando acabamos, antes de bajar de nuevo las trampillas del techo para que la estancia quedara a oscuras, me señaló la escalera de metal que llevaba a la balaustrada de la torre.

—¿Quieres subir?

Le indiqué que sí con entusiasmo.

—Eso me imaginaba —dijo él—. Eres una chica curiosa.

Era precioso. Desde allí se veía el mar en toda su extensión, casi como si voláramos sobre él, el pueblo a uno de los costados, con sus casitas blancas y terrados, pequeño e incongruente, y a espaldas del mar los bosques de alcornoques y pinos, una masa verde que se perdía a lo lejos, sangrado tan solo por los caminos y el trazado del ferrocarril.

Robert me tocó en el hombro.

Me volví y me sorprendió que estuviera tan serio.

—El traje de esgrima —dijo mirándome con atención— era de mi mujer... No es para jugar, pero si un día quieres tomar clases de esgrima, dímelo. Puedo enseñarte.

Ese día Quima sirvió conejo con sanfaina y yo me lo comí todo, a pesar de que el conejo no me gustaba. Mi estómago y yo empezábamos a aclimatarnos a la casa.

Teresa dobló la carta, siete hojas manuscritas por ambas caras, la metió de nuevo en el sobre y cerró la caja. La había leído cientos de veces. Y cientos de veces se había sentido identificada con aquella muchacha sorda y muda que también había quedado atrapada en esa casa. Como ella, pero cien años antes.

Cuando levantó la vista, vio que de pronto el mar estaba cubierto de una bruma espesa. Había puesto su disco favorito, las danzas españolas de Enrique Granados, con Alicia de Larrocha al piano, y ahora que la música había terminado quedaba en el aire una ondulación melódica extraña, como un aliento, flotando sobre las palabras sin voz de Elizabeth Babel. Teresa intentó volver al presente. Se acercó a una de las ventanas verticales, un rectángulo de medio metro de ancho y casi dos de alto, que estaba junto a la esfera del Girod. Los promontorios de la costa aparecían desdibujados bajo la niebla ocre, iluminados de vez en cuando por pequeñas franjas de luz. Mientras se quedaba allí, con la vieja caja de metal entre las manos y mirando esa inmensidad en la que cada pedazo de tierra era un lugar conocido, una apacible visión de calles, chiringuitos, restaurantes y rostros familiares, se preguntó desconcertada cómo había conseguido mantenerse indiferente a la catástrofe que la rodeaba. El mar. Aquella casa. El hotel cerrado. Las deudas. Todo tenía un nombre.

Cuando se sentía indecisa y le embargaba la confusión, siempre recordaba imágenes de otro lugar, otro mar, mucho más bravo e impredecible, una ría que cambiaba de color cada día, marrón como barro blando, gris como el plomo, naranja de óxido…, y barcos que entraban cargados y salían veloces, puentes que se elevaban para dejarlos pasar… Esos recuerdos eran espesos, húmedos, y tenían un vaho mineral. Y luego estaba el nombre de la ciudad: Bilbao. Algo pegado a ella misma de una forma incomprensible, adherido a la piel como un tatuaje. ¿Por qué persistía de aquel modo? No había vuelto allí desde hacía mil años. Y sin embargo, ese nombre, Bilbao, estaba rodeado de felicidad y dolor, de calor y de frío. Así era ella también.

El tema de la casa era lo más apremiante. Debía considerar si la vendía o no. No quería hacerlo. Al menos hasta que no le quedara otro remedio. Pensar. Decidir. Cocer el futuro en una salsa que no tuviera mal sabor. Si pudiera…

Por la tarde dio un largo paseo rodeando el cabo por la senda del mar, hacia la playa de La Punta. Todas las villas estaban cerradas, las cancelas con candados y las contraventanas echadas. En la casa de los Leroy, un edificio azul con vigas de madera, la pequeña lancha permanecía amarrada y cubierta con una lona. Casi todas las edificaciones pertenecían a la misma época, primera mitad del siglo XX, aunque el capricho de los propietarios había dejado en el paisaje del cabo un abanico de estilos que iban desde el chalet alpino a la villa *art decó*. El hotel Arana era la más antigua de todas: una construcción de una sola planta, con ventanas alargadas y una torre cuadrada con cuatro relojes, tres mecánicos y uno de sol. Solo el de sol funcionaba correctamente. Otra vez lo sólido, lo que no cambia, lo que permanece.

Teresa contempló desde lejos el hotel. El edificio destacaba en la parte más alta del cabo, junto a los pinos que bajaban en ladera hasta la casa siguiente. Estaba abierto al acantilado y solo la piscina se interponía entre el hotel y el mar. Cada año oía los cumplidos de los huéspedes, sus ronroneos de asombro y placer cuando flotaban en ella, porque la piscina parecía volcarse directamente sobre el Mediterráneo.

Era su obra. Había añadido una segunda planta para acoger a un número aceptable de huéspedes, una restauración que costó una millonada y que le obligó a hipotecar la casa dos veces. Los tejadillos de cerámica azul refulgían bajo la luz con sus tejas relucientes, herencia de otros tiempos. Las ventanas altas y estrechas que había mandado abrir en los costados del reloj Girod rompían la imagen antigua del edificio. La torre sobresalía como un capricho de diseño moderno. Una esfera y dos columnas de cristal a cada lado, sin más. Detrás de esas ventanas había construido su refugio. Era el lugar donde podía escuchar el rumor del mar antes de dormir. Ahora las ventanas solo reflejaban el cielo, con sus nubes y su azul desvaído, como espejos alargados que devolvían la falta de vida de su interior.

Un poco más allá, escondida tras un enorme alcornoque, estaba la casita de Marçal, el guardés, con su pequeño huerto familiar y su gallinero cercado de tela metálica. Teresa le había pedido hace un par de años que dejara de criar gallinas, pues a veces el olor llegaba hasta los clientes que descansaban junto a la piscina. No era del todo desagradable, pero los clientes del hotel Arana no buscaban un ambiente de granja. Normalmente eran parejas de mediana edad, franceses, alemanes, a veces algún italiano del norte. Estancias no muy largas, casi nunca más de una semana, el tiempo justo de conocer el magnífico restaurante, disfrutar del sol y tumbarse a leer en una piscina colgada sobre el acantilado. Eso era todo lo que podía ofrecer. Un ambiente de serenidad, relax y un trato perfectamente equilibrado entre lo distinguido y lo familiar. Sin playa.

Teresa completó su paseo entrando en la finca por el lado contrario al que había salido. El pinar se hacía año tras año más pequeño. Ahora había que abandonar el sendero que bordeaba el bosque y cruzar una hilera de chalets adosados a medio construir para poder acceder a la verja de entrada.

Vio que todavía nadie la había cerrado. Teresa pensó que Marçal se habría olvidado, lo que resultaba extraño, ya que el guardés era extremadamente responsable en todo lo que concernía a la seguridad del hotel. Miró en su bolsillo, y comprobó que había cogido el llavero.

Acababa de cerrar tras ella las dos hojas de hierro forjado, cuando oyó un breve ladrido y a continuación se dio cuenta de que había un Nissan negro aparcado junto a la puerta principal. No vio a nadie, pero instintivamente le asaltó una sensación de peligro. La idea de que Marçal y su familia estaban cerca, tan solo a unos metros de la entrada lateral, la tranquilizó considerablemente. Se acercó al coche, intentando reconocer en el vehículo algún signo familiar que explicara esa visita intempestiva, cuando un perro negro salió corriendo y se le echó encima.

—¡Inuk! ¡Quieto, Inuk!

Una voz desconocida surgió de algún sitio.

—¡Tranquila, no hace nada! ¡Ven aquí, Inuk!

El perro se alejó y entonces Teresa vio a un par de hombres que avanzaban hacia ella. El perro se había metido entre los dos y movía el rabo sin cesar.

—Disculpe, no sabe cuánto lo siento, no queríamos asustarla. Solo intentábamos saber si el hotel estaba abierto.

Teresa acabó de recuperarse del sobresalto.

—No, lo siento, hemos cerrado hace un par de días.

—Ah, qué lástima… ¿Es usted Teresa, la propietaria?

—Sí, yo soy.

—Pues vuelvo a disculparme por el susto. Nos recomendaron este hotel en Calella, en el hotel Mar Blau. Hemos sacado al perro porque llevaba encerrado mucho rato. No se preocupe, no ha causado ningún desperfecto.

El animal se había acercado de nuevo a Teresa, que esta vez se agachó a acariciarlo.

—Ningún problema, han hecho bien. Es un labrador precioso.

Durante unos minutos Teresa se dedicó a acariciar la cabeza y el pecho del perro, que se sentó sobre las patas traseras y movió la cabeza a un lado y a otro.

—Vaya, usted le gusta. ¿Tiene perro?

Teresa se incorporó.

—No —dijo sorprendida—. Pero en mi familia hubo uno muy parecido.

Los dos hombres la miraban. Uno era más joven que el otro, unos treinta y tantos años, con un hermoso cabello rubio que le caía sobre los ojos. Permanecía callado como un muerto. El de más edad era alto, enjuto, con barba entrecana y el pelo muy corto, casi rapado. A pesar de la aparente informalidad de su atuendo, americana arrugada sin forrar y un fular descuidadamente enrollado al cuello, había algo distinguido en él, como de otra época. Luego volvió a mirar de refilón al joven, que estaba un poco retirado, sus elegantes zapatos con cordones rojos y los vaqueros ajustados. Por el aspecto de ambos, y a pesar de la diferencia de edad, dedujo que eran una de esas parejas gais a los que les gusta la buena vida. Como empresaria sabía que ese tipo de personas eran los mejores clientes hoy en día.

—Siento que no puedan alojarse aquí, pero ya ven, acabamos de cerrar.

—Sí, es una verdadera lástima. La propietaria del Mar Blau nos habló muy bien de su hotel.

—Es una buena amiga, Joana. ¿Está bien?

—Sí, sí, muy bien. Le envía recuerdos.

El rostro del hombre mayor le resultaba vagamente familiar. También el hermoso labrador negro tenía algo que ver en el asunto; era idéntico al perro que había en Pedernales cuando era pequeña. El recuerdo de aquel otro animal le despertó un dolor repentino e intenso. Como la mordedura de una víbora.

—Bien —dijo dispuesta a despedirse—, no puedo alojarles, pero puedo recomendarles un hotel en el que se encontrarán muy a gusto. Está cerca de Llagostera, en pleno campo, pero es francamente acogedor.

—Se lo agradeceríamos.

—Espérenme aquí. Iré a por una tarjeta.

Mientras buscaba en la recepción una tarjeta del hotel Torres, vio a través del ventanal al hijo de Marçal que se acercaba con gesto huraño. Salió a toda prisa.

Jaume iba en mangas de camisa, con aspecto desaliñado y un hacha en la mano.

—He venido a ver si hay algún problema.

Miraba desafiante a la pareja. El más joven de los dos había dado un paso atrás y se refugiaba junto a su compañero. Teresa vio que incluso el perro parecía tener miedo.

—No, Jaume —suspiró resignada—, solo son unos clientes, no hay ningún problema. Pero dile a tu padre que se ha olvidado de cerrar la verja.

Jaume bajó el hacha que esgrimía como si fuera un arma.

—Si usted lo dice —murmuró con desdén mientras se daba media vuelta. Luego, un instante antes de desaparecer tras el edificio principal, añadió elevando la voz—: No se ha olvidado. Me ha pedido que lo hiciera yo, pero todavía es de día.

Teresa y los dos hombres se quedaron en silencio, visiblemente incómodos, hasta que el de más edad dijo con tono irónico:

—Bueno, susto por susto. Nosotros tenemos a Inuk y usted a uno de los personajes de *La matanza de Texas*.

Teresa se rio de buena gana. Abrió de nuevo la verja y les deseó buen viaje. Cuando se alejaban el perro asomó la cabeza por la luna trasera.

Siempre le ocurría lo mismo. No se encontraba bien dentro del hotel vacío. No era capaz de ocuparlo del todo, de considerarlo suyo. Cada año, cuando cerraban, la soledad era tan fuerte que le impedía pensar. El vacío se volvía doloroso, como la extirpación de un miembro. Un brazo, por ejemplo. Una pierna. Tres dedos.

Dolía.

Desorientaba.

Se lamentó de no haber accedido a alojar en el hotel a aquellos dos hombres. En el fondo, necesitaba que llegara alguien desconocido y le obligara a…, no sabía a qué.

Primero se refugió en el despacho y luego, cuando ya había oscurecido, salió al jardín y se sentó en uno de los bancos de madera. Sin saber muy bien por qué, se había puesto el vestido a cuadros azules y marrones que había sido de su madre. No de cuando vivían aquí, sino de mucho más atrás, de la época de Bilbao. ¿Cómo había conseguido sobrevivir tantos años ese viejo vestido de principios de los sesenta? Tenía la falda ajustada, falda tubo la llamaban entonces, justo por debajo de la rodilla, un cinturón forrado de la misma tela y el escote amplio y cuadrado, con tirantes anchos que ocultaban sin dificultad el tirante del sujetador. Ponérselo era tanto como recordar, más que recordar vislumbrar, espacios cuarteados en los que ella era demasiado pequeña para tener memoria. Llegaban desde tan lejos que era imposible imaginar cómo se habían metido esas imágenes dentro de su cabeza. Su madre salía de casa con ese vestido a cuadros azules y marrones, sin decir adónde iba, los labios pintados de un rojo incandescente y el pelo primorosamente recogido en un moño con bucles, muy alto, como una actriz de cine. Y Teresa, ¿dónde estaba? ¿En una cuna? ¿En brazos de su padre? Sentía entonces una inquietud persistente que siempre acababa en angustia.

No cenó, no tenía ganas de prepararse nada, pero se llevó un puñado de almendras, un bourbon con tres cubitos de hielo y la vieja chaqueta de lana que se echó sobre los hombros. El cielo estaba despejado y aun así parecía que fuera a llover, porque el jardín había quedado sumido en uno de esos silencios que preceden a la tormenta, todo quieto, plomizo y expectante. Alguien había puesto una campana de cristal entre el mundo y ella. Entre la piel de su madre, que permanecía todavía pegada a ese vestido viejo, y su propia carne.

Pensó en Elizabeth Babel. En una mujer que se queda sola en una casa que antes estuvo llena de gente. Ella también se ponía a veces los viejos vestidos de su madre.

Ella también estaba aquí. Sola.

Años.

Y más años.

Hechos de días como aquel, de horas que entonces medían los relojes de la torre.

Esa noche volvió a leer otra de las cartas. Elizabeth había escrito también la fecha en el sobre: 29 de enero de 1916.

Querida Elizabeth:

Parece que no ocurre nada y sin embargo la vida va quedando atrás. Como dice Quima, el tiempo que ya hemos vivido es un santo sin novena.

No te lo he contado, pero Pye se fue en octubre a estudiar a Barcelona. Pienso si Gertrude tendrá que irse también el año que viene. De momento se ha quedado aquí, aunque ha terminado sus estudios. Ya nadie va a la escuela a caballo.

La promesa del profesor especial que iba a venir ha quedado en nada, pero no me importa lo más mínimo, porque en la casa hay muchos libros y Robert se ocupa de enseñarme tantas cosas que apenas tengo tiempo para aburrirme. Gertrude y yo damos clases de esgrima. El traje de su madre sigue en el armario y las dos llevamos unos bombachos que nos ha cosido la mía. Casi siempre luchamos sin careta. Eso sí, nos han comprado zapatos blandos y dos floretes nuevos. Dice Robert que cuando cojamos práctica tendremos que usar peto, pero de momento no parece que seamos peligrosas la una para la otra.

Mi madre sigue enseñando a leer a Marcus. Se sientan junto al ventanal cada mañana; ella saca una cartilla de cuando Gertrude era pequeña y Marcus va reproduciendo los sonidos, muy concentrado, con las cejas fruncidas y sin pestañear. Me gustaría mucho poder oír las palabras que brotan de sus labios.

Los sonidos siguen siendo un obstáculo entre los demás y yo, pero con la libreta me arreglo bien. Cuando quiero decir algo sencillo muevo las manos, señalo, o emito un pequeño grito con la garganta, pero las cosas complicadas las escribo. Tengo un lapicero de grafito, con una funda de latón esmaltado, que se está acabando. ¿Dónde se podrá comprar otro? Eso me preocupa mucho, aunque aún no se lo he comentado a mi madre.

Todos se han ido acostumbrando a recibir una de esas hojas en las que dibujo mi voz. Mi caligrafía se ha vuelto sencilla y rápida, ya no escribo como antes, con aquellas letras llenas de florituras que me enseñaron a hacer en la escuela Montblanc. Ahora necesito ser ágil y uso siempre frases sencillas o palabras sueltas. Y todos me entienden. Los únicos a los que no les doy una hoja de mi libreta son mi hermano y mi madre. Ella sí conoce a la perfección el lenguaje de signos y Marcus está tan acostumbrado a mí que nos comprenderemos con tan solo mirarnos. Es el único que me hace creer que las palabras son inútiles, que podríamos vivir sin ellas. Pienso si será siempre así, si seguiremos unidos de este modo cuando crezca. Es la persona a la que más quiero de este mundo. Con frecuencia veo en él el rostro cálido de mi padre. Nos abrazamos y yo siento que huele como él. A pesar de ser tan pequeño se le parece tanto… Cada vez más.

Mi padre. ¿Dónde estará ahora? ¿Nos podrá ver? Creo que no. Y seguramente es mejor así. A lo mejor no le complacería que estuviéramos aquí, tan retirados del mundo. A él le gustaban las ciudades, el progreso, los acueductos y el ferrocarril, las fábricas modernas.

Es cierto que cada vez me acuerdo menos de nuestra vida en Barcelona. Eso no me importaría gran cosa si no significara también que, a medida que pasa el tiempo, me voy olvidando de sus gestos, del movimiento de sus labios, del modo en el que me miraba. Pienso si mi madre le irá olvidando también.

Robert Dennistoun es un buen hombre, a pesar de que no tiene nada que ver con mi padre. Es tranquilo y complaciente. No me lo imagino trabajando de ingeniero y tampoco me ha explicado nadie por qué se ha retirado a una edad tan temprana. Quizá no le gusta el progreso tanto como a mi padre, aunque es raro, porque suele leer las revistas científicas y siempre anda con una máquina entre las manos. Pero a él le gusta hacerlo a solas, en su casa, sin que nada le estorbe. Y parece que detesta a los empresarios del ferrocarril. Dice que son explotadores, que usan a los pobres trabajadores como si fueran esclavos. Se lo leí en los labios una noche, cuando conversaba con mi madre frente a la chimenea. No sé si se dan cuenta de que a veces me entero de las cosas.

Hay algo que me gusta de mi padrastro. Nunca se comporta de manera imprevisible y eso es de agradecer, porque no me gustan las sorpresas. Yo necesito saber de antemano qué va a suceder a mi alrededor. Seguramente para los demás esto no es tan importante, pero para mí sí; porque yo no puedo oír y eso me deja indefensa. Los acontecimientos imprevistos caen sobre mí como las tormentas de verano. Como las catástrofes. Como el tifus.

Además, me gusta que me deje ayudarle con los relojes. Ya he aprendido a engrasarlos: cada quince días hay que poner unas gotas de aceite entre el áncora y la rueda de escape. Cada mes, en los buchones y en los pasadores. Cada dos meses engrasamos las poleas, los ejes de las esferas y las escuadras, los rochetes de la cuerda y los volantes. Tantas palabras que no conocía... Todas con un significado preciso. Palabras útiles, como las de la cocina de Quima.

Lo que más me gusta es la limpieza: quitar el aceite sucio de los cojinetes, así como el polvo de todas las piezas y ruedas del reloj. Cuando no puedo hacerlo con un trapo de hilos, uso una brocha limpia. Retiro las manchas de óxido humedeciéndolas con aceite. También aquí el aceite es imprescindible, igual que cuando Quima limpia la paellera en la que hace el arroz. Los relojes y la cocina tienen mucho que ver, aunque Robert no se dé cuenta. Claro que él no entra jamás allí, en eso se porta como todos los hombres. Me pregunto cómo pueden engullir todos esos platos sin el placer de saber cómo se han hecho. Para mí es algo completamente imprescindible.

Hemos pasado aquí nuestra primera Navidad. Pye no ha podido venir por causa del mal tiempo, lo que nos ha dejado muy tristes a todos. Dijeron que el camino, entre Lloret y Tossa, estaba helado y que los coches de caballos no podrían pasar. Y eso que Quima había hecho otra vez pichones en salsa de la reina y pastel ruso. Parece que son sus platos estrella y los guisa solo cuando quiere lucirse.

Siempre me deja entrar en la cocina. Y mientras guisa, me explica por qué llama «salsa de la reina» a lo que en realidad debería llamarse pepitoria.

—Era el plato preferido de la reina de España, una que se llamaba Isabel, como tú. Bueno, como tú en español.

A ella le gustan las historias de reinas y banquetes. La verdad es que a mí también me gustan, porque Quima sabe explicar muy bien las cosas cuando quiere. Hasta una sorda la entiende.

Parece que esa reina era muy comilona, y cuando estaba en la frontera, a punto de escapar al exilio, uno de sus generales intentó convencerla para que volviera a Madrid, porque allí le esperaban «la corona de la gloria y el laurel de la victoria». La reina, que era muy práctica, respondió con chulería: «La gloria para el que la quiera y el laurel para la pepitoria, ¡yo me voy a Francia!». Y dice Quima que ella, desde que se enteró de esto, llama «salsa de la reina» a la pepitoria. En su honor.

También me cuenta que la madre de Pye y Gertrude era francesa, cosa que yo ya sabía, y que además de practicar la esgrima y de ser una verdadera señora, sabía de cocina. Que ella le había enseñado a hacer muchos platos refinados. Y, sobre todo, muchos postres. Creo que a Quima mi madre le parece un poco inútil, porque desde luego jamás entra en la cocina.

La verdad es que la comida de Navidad fue deliciosa. Lástima que Pye no pudiera probar el pastel ruso, porque esa también era una receta de su madre. Luego nos fuimos todos al salón y cantaron canciones inglesas, nada de villancicos; canciones de amor y de marineros, según me dijo Gertrude. Me encantaría poder escuchar esas canciones. Deben de ser muy tristes, porque a Robert Dennistoun se le empañaban los ojos.

Cuando nos fuimos a dormir, mi madre vino a mi habitación y me pidió que rezara con ella una oración por mi padre.

Y así pasó la Navidad y llegó un nuevo año. Pronto cumpliré los dieciséis.

Fue a Perpiñán un par de días más tarde, aunque le había dicho a Natalia que no lo haría. No iba a ver a Xavier, tan solo deseaba hacer un poco de ejercicio.

Madrugó y metió el equipo de esgrima en el maletero. Sabía lo que le esperaba, llevaba un montón de meses sin practicar y la sola visión del florete le suponía un reto que cada otoño le costaba más. Había llamado a Philippe la noche anterior para concertar una cita y él había reaccionado como siempre, regañándola cariñosamente y maldiciendo unas cuantas veces por su falta de constancia; pero luego, aun quejándose como un viejo gruñón, su maestro de esgrima le había hecho un hueco para que pudiera practicar su excelente falso doble.

—Te advierto que tendrás que empezar con uno de mis alumnos —había propuesto Philippe, a sabiendas de que ella detestaba tirar con otra persona que no fuera él.

—De acuerdo, con quien tú digas —aceptó humildemente Teresa.

El día estaba nublado. Por La Jonquera tardaría algo menos de hora y media. Era un trayecto que conocía muy bien, sobre todo en otoño, cuando cerraba el hotel y pasaba un par de semanas en Perpiñán. Esta vez no iba a quedarse. Ni siquiera pensaba llamar a Xavier.

A medio camino comenzó a llover suavemente. Teresa puso la radio y se concentró en la carretera.

En la frontera había una fila de camiones aparcados en el arcén. Cuando atravesaba la sierra de las Alberas, un deportivo blanco le pasó por la izquierda a gran velocidad. Teresa tuvo que dar un volantazo y a punto estuvo de ir a parar a la cuneta. Acto seguido oyó una sirena y dos coches de la policía, pegados el uno al otro, la adelantaron sin miramientos. Cuando salió de la autopista y se disponía a tomar el boulevard Edmond Michelet, vio que había pasado algo. Había varios coches patrulla en la rotonda, donde centelleaba una señal luminosa de stop. Un policía estaba colocando sobre la calzada una cadena con pinchos. El deportivo blanco que le había adelantado quince minutos antes estaba en el carril contrario, vacío, y tres gendarmes registraban el interior con las dos puertas y el maletero abiertos. Tuvo que detenerse. Por el retrovisor vio que un Nissan negro hacía lo mismo detrás de ella. Teresa apagó el contacto y esperó.

—¿De dónde viene, señora?

Un gendarme joven se había acercado a la ventanilla entreabierta.

—De España —respondió ella.

—¿Adónde se dirige?

—Voy a Perpiñán. ¿Por qué? ¿Ha pasado algo?

El gendarme abrió la boca como si fuera a responder, pero luego se irguió muy serio.

—Su documentación, por favor.

Teresa cogió el bolso del asiento y le tendió su DNI. El gendarme lo miró con curiosidad.

—¿Es usted española?

Teresa no se molestó en responder, pero le lanzó una mirada de fastidio. Los otros policías habían terminado de colocar la cadena a lo largo del paso de cebra. El agente le pidió la documentación del coche. Teresa la sacó de la guantera y se la entregó a través de la ventanilla.

—Baje del vehículo, por favor.

El policía inspeccionó con un rápido vistazo el interior del automóvil y luego lo rodeó hasta situarse frente a la parte trasera. Con un gesto le indicó que abriera el maletero. Teresa temió que aquello pudiera complicarse de forma absurda. Miró el reloj. Iba a llegar tarde a su cita con Philippe.

—Tengo prisa, ¿sabe? —dijo sin disimular su enfado, mientras el joven gendarme abría la bolsa de deportes y miraba estupefacto el florete.

Sus palabras no habían surtido el más mínimo efecto. Seguramente aquel hombre soñaba cada noche con detener a un peligroso terrorista en la apacible ruta de la D-900.

—Es mi equipo de esgrima —aclaró Teresa haciendo un esfuerzo por resultar convincente.

Su propia actitud la irritó aún más. Sentía que estaba comportándose como alguien que necesita justificarse.

—Soy alumna de la escuela de esgrima de Perpiñán —explicó cambiando drásticamente de actitud, mientras cerraba de un golpe el maletero y se volvía para mirarle directamente a los ojos—. ¿Puede decirme si tiene algún inconveniente en que continúe mi camino?

El policía le devolvió la documentación con rapidez, pero esperó unos segundos antes de ordenar:

—Siga adelante.

Teresa hizo un gesto impaciente con ambas manos, señalando la cadena con pinchos. El gendarme se dirigió lentamente a uno de los extremos y la retiró. Se alejó de allí tan rápido como pudo. Por el espejo retrovisor vio al Nissan detenido todavía ante el control y, aunque no distinguió a los ocupantes, le pareció que dentro se movía la cabeza de un perro. Sin saber por qué sintió un pinchazo de miedo, una subida de adrenalina que le produjo un intenso calor en el cuero cabelludo. Como si acabara de sortear un peligro.

Entró en Perpiñán pensando que la sala de armas de su viejo maestro la redimiría del encontronazo que acababa de tener. Pero tenía que cruzar el casco antiguo y bordear la place de la Républi-que, comprobando una vez más que la ciudad estaba sufriendo una degradación imparable. La precariedad económica se había adueña-do de todo. En la esquina de la calle Petite la Réal un tipo demacrado le golpeó la ventanilla. Ella no le miró. Volvió la vista a la derecha, fingiendo que contemplaba el Pain Viennoiserie que tenía la persia-na echada. Alguien había pintarrajeado toscamente un grafiti que representaba a la mujer de Popeye. Era lunes, el día de cierre de los comercios, pero algunos de aquellos locales, sucios, apagados y os-curos, llevaban muchos lunes cerrados.

Pasó el colegio de enseñanza secundaria y llegó por fin a la es-cuela de esgrima. El edificio ocupaba una gran manzana y disponía de un pequeño aparcamiento interior, al que se accedía por un arco barroco. Era un antiguo seminario de nobles que durante mucho tiempo había estado regentado por los jesuitas. El ayuntamiento lo había restaurado para dedicarlo a actividades culturales en la década de los ochenta. Ahora nadie habría destinado a eso un solo cénti-mo de las arcas municipales.

En el pasadizo de entrada midió mal y golpeó el espejo retrovisor contra uno de los batientes. Maldijo en voz baja, pero comprobó que el espejo se articulaba bien desde el mando de la puerta. El patio estaba en silencio. Al fondo se veía el otro arco, el que daba a una calle peatonal, y los dos grandes maceteros que desde hace unos años impedían la entrada de vehículos por ese lado.

Aparcó en una de las plazas que Philippe tenía reservadas para uso de la escuela. Metió el coche entre las descoloridas líneas verdes y cuando salió comprobó la rayadura en el espejo retrovisor. Apenas se notaba, pero eso no aplacó el malestar que sentía. ¿Por qué se había empeñado en venir? ¿Solo por una clase de esgrima? El malhumor iba en aumento. Sacó el equipo del maletero, justo en el momento en que un grupo de adolescentes bajaba atropelladamente las escaleras, armando un alboroto impresionante. Su desazón se hizo más intensa aún. Y ahora sí sabía por qué.

—Llegas tarde —fue todo lo que dijo Philippe al verla.

—Lo sé —respondió ella acercándose a besarle—. Me ha parado la policía en la rotonda de la entrada.

—¿Y eso?

Teresa se encogió de hombros.

—Uno de esos controles, ya sabes.

Philippe la miraba con la misma sonrisa ambivalente, mitad afectuosa, mitad exigente, de siempre.

—Estás más delgada.

Teresa temió una cadena de incisivas preguntas para las que nunca tenía respuesta. Pero Philippe parecía tener prisa.

—Ve a cambiarte. Llevamos un buen rato esperándote.

Cuando regresó del vestuario seguía molesta. Irritable, más bien. Entró en la sala de armas y vio, de espaldas a la puerta, al que seguramente era su oponente. Cuando Philippe la saludó con un gesto de impaciencia, el hombre se volvió.

Llevaba una chaquetilla perfectamente ajustada, medias con los colores del equipo nacional, algo que Teresa detestaba, y la careta en la misma mano que el florete. Con la otra, en un ademán rápido y aparentemente involuntario, se echó el pelo hacia atrás mientras avanzaba dos o tres pasos, para detenerse de pronto y dejar que fuera ella quien se acercara al extremo de la sala donde los dos hombres la esperaban. De un rápido vistazo Teresa comprobó que era algo más alto que ella y también más joven, alrededor de los cuarenta años. Le dio la impresión de que era uno de esos tipos que están encantados de haberse conocido.

—Teresa Mendieta —dijo Philippe señalándola y volviendo luego la misma mano extendida hacia el que iba a ser su contrincante—, es un placer presentarte a Serge Toussaint, actual campeón de L'Aude en la categoría de florete masculino. Teresa es una excelente tiradora, pero lamentablemente nunca quiso competir.

Se estrecharon las manos, manteniendo ambos las caretas en posición de saludo, y mirándose directamente a los ojos sin que ninguno de los dos dijera una sola palabra. Finalmente fue Teresa la que habló. Aunque miraba a Serge Toussaint, parecía dirigirse a Philippe.

—Llevo más de diez meses sin practicar. No sé si un campeón regional es lo más adecuado para mi primer día.

Entonces el hombre cambió el florete de mano y sonrió con ironía.

—Bueno, ser campeón del departamento de L'Aude no es realmente nada espectacular. No se olvide que esa parte de Francia tiene la misma densidad de población que Laponia o el desierto de Sahel.

Los que competimos en la categoría individual éramos solo ocho tiradores. Así que soy el mejor de ocho, eso es todo.

—¿Has calentado? —preguntó Philippe impaciente.

—En el vestuario —respondió Teresa, aunque solo había realizado unos rápidos ejercicios de estiramiento.

—Bien, pues entonces podemos empezar.

Philippe se situó en un extremo de la sala, mientras los tiradores se colocaban uno frente a otro, a unos dos metros de la línea central. Teresa vio estupefacta cómo Serge Toussaint ejecutaba una ortodoxa posición de saludo con los talones unidos, el derecho delante del izquierdo formando un ángulo recto, mientras en la mano no armada sostenía la careta y con la derecha extendía el florete hacia ella. No le quedó otro remedio que hacer lo mismo, aunque Philippe y ella tenían por costumbre iniciar los combates con una simple elevación del arma. Toussaint hizo entonces un saludo al árbitro y Teresa temió que aquello no fuera a acabar nunca. Afortunadamente, Philippe dio la voz de «en guardia» y los dos tiradores se colocaron las caretas y ocuparon la posición reglamentaria.

Fue ella la que inició el ataque. Seguía irritada y conocer a Serge Toussaint no había contribuido precisamente a aplacar su malestar. Tiró una sencilla estocada en cuarta alta, moviendo el pie derecho y dirigiendo la punta del florete al adversario para alcanzarle en el pecho. Toussaint paró la estocada hábilmente y la tocó unos centímetros por debajo del hombro. Teresa tuvo que volver con rapidez a la posición de guardia.

Enseguida se dio cuenta de que él la estaba probando y, por un instante, se vio a sí misma como el ratón víctima de un gato poco hambriento.

Bien, si se trataba de jugar no iba a ser ella la que se opusiera.

Tiró en tercia baja y apuntó bajo el brazo, dispuesta a tocarle entre el peto y la axila, pero él paró el golpe con medio círculo. Acto seguido Toussaint se entregó a fondo, realizó un enganche, antes de que ella pudiera reaccionar del todo, y forzó el hierro de Teresa.

Cuando volvieron a la posición de ataque tenía la adrenalina a cien. Notó que el sudor le bajaba por la espalda y le empapaba la cinturilla del pantalón. Como si se hubiera dado cuenta, Toussaint realizó un par de ataques simples, que más parecían ejecutados para llamar su atención que para aprovechar la clara desventaja de Teresa, pero aun así la tocó una vez más.

¿Por qué se sentía tan furiosa? Era una simple clase de esgrima, solo pretendía hacer un poco de ejercicio. Se arrepintió de haber aceptado la propuesta de Philippe y echó en falta sus clases pausadas en las que se paraba constantemente para comentar las estocadas y corregir los fallos. Pero nada de eso estaba ocurriendo. Philippe guardaba un irritante silencio.

Tenía ganas de acabar. Por un instante pensó en engañar a su oponente con una finta, pero luego, casi sin pensarlo, se lanzó a la desesperada, ejecutando uno de aquellos ataques en flecha que Philippe siempre le desaconsejaba. Desequilibró el cuerpo hacia delante, dejó caer el peso sobre una pierna y lanzó la hoja hacia Toussaint. El impulso le hizo rebasar a su oponente y los cuerpos chocaron. Noto la respiración de Toussaint acelerada como la suya y el olor de un *aftershave* genuinamente masculino. Luego, sin que pudiera evitarlo, se vio a sí misma cayendo, resbalando por el cuerpo de Serge Toussaint hasta quedar con la rodilla clavada en el suelo, en una situación que no era solo humillante, sino de una debilidad vergonzosa… Toussaint bajó el florete y esperó las indicaciones del árbitro.

Teresa se volvió consternada hacia Philippe y con un gesto de la cabeza aceptó el final del combate.

En la ducha intentó comprender qué le había pasado. Luego intentó olvidarlo. De repente se sintió floja, vulnerable y desolada.

Philippe había insistido en que comiera con él, pero Teresa rechazó la invitación porque sabía que si se quedaba un minuto más en Perpiñán acabaría llamando a Xavier.

—Pararé a comer en Figueres si me da tiempo —le dijo a Philippe—; antes tengo que hacer un encargo en Le Boulou.

No era cierto, pero necesitaba estar sola. Condujo muy rápido por la autopista que llaman «La Catalana», pasó Le Boulou sin detenerse y dejó atrás los tejados de Le Perthus como si llevara un muerto en el maletero. Hasta llegar a Figueres no pudo dejar de pensar en Serge Toussaint. Trataba de entender por qué había aceptado volver a tirar con él una semana más tarde.

Paró a comer en Figueres, como le había dicho a Philippe, y fue al restaurante de su amigo Marc. Pidió una copa de vino en la terraza, mientras le montaban la mesa. En Figueres hacía un día espléndido a pesar de estar en octubre.

Mientras esperaba recordó, una vez más, el bochornoso ataque con el que había puesto fin a su primer día de esgrima después de tantos meses. Al quitarse las caretas, Serge Toussaint elogió calurosamente su técnica y ella tuvo que cortarle cuando empezó a comentar los primeros ataques, porque sabía que de una manera u otra él acabaría por traer a colación la patética flecha con la que se había precipitado torpemente contra su pecho. No deseaba que viera en sus ojos el efecto que ese contacto le había producido. No lo deseaba porque, Teresa lo sabía con una certeza tan absoluta como indeseable, Toussaint comprendería de inmediato que podía entrar en el vestuario mientras ella se duchaba y acabar aquel combate cuerpo a cuerpo, bajo el agua caliente y resbaladiza.

Siempre los hombres. Una vez y otra. Hombres de los que ni siquiera recordaba el nombre, ni el rostro, ni el lugar donde la habían abrazado. Hombres que solo eran una nebulosa que flotaba a su alrededor como el polvo en una tormenta, oscureciéndolo todo, impidiéndole ver el camino.

—Hola, ¿cómo está?

Se volvió sorprendida y vio al hombre que unos días antes había entrado con su perro en el hotel. Estaba solo. Su joven amigo no le acompañaba.

—Ah… ¿Es usted? —exclamó con toda la amabilidad de la que era capaz en esos momentos. Luego recordó aquel Nissan negro detenido en el control de Perpiñán y se preguntó si realmente serían ellos—. ¿Qué tal?

El hombre llevaba un fino jersey color antracita ceñido al cuerpo. Contempló, sin poder evitarlo, un torso delgado, fibroso, y la huella de unos músculos alargados, apenas apreciables bajo las mangas del jersey.

—Muy bien. ¿Me permite?

Había señalado la silla que estaba frente a ella.

—Por favor —respondió Teresa sin demasiado entusiasmo—. ¿Encontraron el hotel?

—Sí, ya estamos instalados. Nos quedaremos hasta finales de esta semana, hasta el domingo seguramente. Gracias por la recomendación.

Teresa hizo un gesto al camarero y le preguntó a su compañero de mesa qué deseaba tomar.

—¿Qué está bebiendo usted?

—Un vino del Ampurdán. De la bodega de un amigo. Es bueno.

—Pues tomaré lo mismo, así lo pruebo, porque David está empeñado en comprar unas botellas.

—¿No está con usted ahora?

—No. Se ha quedado en el Museo Dalí. Yo he salido porque no podía ni respirar.

—¿No le ha gustado?

El hombre la miró achicando los ojos. Luego intentó parecer despreocupado.

—Es impresionante, desde luego, y está muy bien montado. Pero no me gusta Dalí.

Se sentía incómoda. Sin saber por qué se estaba arrepintiendo de haberle invitado a que se sentara. El hombre apartó la vista, como si él también estuviera nervioso. Sus ojos trazaron una rápida panorámica, el típico gesto de quien trata de parecer distraído o indiferente. Miró las casas, desiguales en altura, pero todas de un suave color tostado de diferente intensidad, como la paleta de un pintor que probara el tono exacto. Los comercios de los soportales estaban cerrados.

—Y en cambio, qué apacible resulta esta zona de la ciudad —dijo volviéndose hacia Teresa. Ella percibió de nuevo algo molesto en su sonrisa, pero lo atribuyó a su mal humor—. He estado fotografiando un precioso edificio *art decó*, creo que es un museo local o algo así, que tenía un fantástico reloj cuadrado en lo alto de la fachada.

Teresa no supo a qué edificio se refería.

—Su hotel también tiene relojes en la torre, ¿verdad?

Esa incomodidad... La sensación de un *déjà vu* atosigante. Esta vez no era por el perro negro.

—Así es. En el pueblo la conocen como la casa de Los Cuatro Relojes.

—Es curioso. ¿Y funcionan?

Teresa hizo un gesto ambiguo.

—No, ya no. La maquinaria se perdió durante el tiempo en que la casa estuvo deshabitada. Ahora solo quedan las esferas.

—¿Siempre fue un hotel?

—No, claro que no. Antes era la residencia de una familia inglesa.

—¿Su familia?

—Parientes lejanos —respondió Teresa de forma algo cortante—. ¿Qué planes tienen? —preguntó bruscamente, intentando cambiar de conversación—. ¿Cuál es el próximo lugar que desean visitar?

—Mañana iremos a Begur.

—Un lugar precioso. Les gustará.

El hombre la miraba fijamente y ella se sintió turbada. ¿Por qué se había quedado de pronto sin palabras? Cogió la copa de vino para evitar el aturdimiento y bebió un sorbo. Estaba demasiado frío. Luego su mente volvió a Begur, a la cala a la que un día había ido con Jack y con su madre. Echó mano de aquellas imágenes y las atrajo hacia el presente. Algo que la turbaba aún más que la presencia de aquel desconocido.

—¿Sabe que en Begur —dijo sin mirarle— rodaron la película *De repente, el último verano*? Ya sabe, con Elizabeth Taylor y Montgomery Cliff…

Él asintió un par de veces. A continuación, preguntó con aparente interés:

—Esa película está basada en una obra de teatro, ¿no?

—Sí —respondió Teresa—. De Tennessee Williams.

Ella con nueve años, pequeña y desprotegida como una de aquellas tortugas que intentaban llegar al agua antes de que los pájaros se las comieran. Otra vez su madre, con el bañador de lunares, y Jack, aquel americano que escribía guiones de cine, hablando de su amistad con Tennessee Williams…

La madre y el bañador de lunares. Dos tiras anchas que se anudan detrás del cuello. Blancos sobre fondo negro. Como agujeros vacíos.

Y la voz aflautada de aquel hombre: «Me han propuesto que vaya con ellos a Tánger, porque Tennessee adora Tánger y dice Inge que posiblemente allí se tranquilizará... Han dicho Tánger o Positano, y yo he respondido Tánger, sin dudarlo... Si finalmente voy, ¿vendrías conmigo?».

Esa voz... Llevándose a la madre. Desplegando ante la pequeña de nueve años la amenaza de un nuevo abandono: «... eso sí, a la niña no podemos llevarla. Tendrías que dejarla unos días con los guardeses».

El dueño del perro negro estaba callado. Teresa creyó que unos segundos antes había dicho algo, pero no podía saber qué, porque su mente había retrocedido a la cala desierta. Habían pasado cuarenta años y la escena seguía viva, asombrosamente viva. Intentó olvidarlo todo con la misma rapidez con la que lo había recordado.

—Hay un lugar que creo que les gustará —dijo aparentando cordialidad; el hombre seguía observándola con insistencia—. Un pequeño puerto con playa. ¿Tiene un mapa?

Su acompañante se agachó lentamente para coger la guía de la bolsa que había dejado en el suelo. Teresa vio su pelo gris y el pliegue que tenía en la nuca, una trama de arrugas trazadas sobre la piel morena. El hombre sacó unas gafas negras con las patillas de color verde y se puso a buscar entre las páginas de la guía. Luego se levantó y se colocó junto a ella, extendiendo el mapa sobre la mesa.

—Les recomiendo que vayan aquí —señaló Teresa—. Está muy cerca de Begur y ahora habrá menos gente. Tiene que coger esta carretera en dirección a Sa Tuna. Es uno de esos pueblos de postal, con una playita pequeña… Hay un restaurante que está bien, justo aquí.

El hombre hizo un círculo con el lápiz en el mapa.

—Y más allá —continuó Teresa—, siguiendo por la misma carretera que tuerce hacia el interior, pueden llegar a la cala d'Aiguafreda. Hay una bonita senda al borde del mar. Y un sitio que a mí me encanta es este, Cap Sa Sal. Está en alto, como nuestro hotel. Las vistas no son tan bonitas y el antiguo hotel lo han convertido ahora en apartamentos, pero sigue siendo uno de los puntos emblemáticos de la Costa Brava. También fue escenario de varias películas.

El hombre se inclinó hasta casi rozar el pelo de Teresa.

—¿Aquí más o menos?

—Sí, no tiene pérdida, no se preocupe, está perfectamente señalizado. Por la tarde, les aconsejo que hagan una pequeña excursión a pie. Si no tienen inconveniente en caminar un poco, pueden ir por aquí —señaló un camino trazado en blanco— hasta La Punta de la Creu. En los días despejados se ven las islas Medas.

—Ah…, estupendo.

El hombre recogió el mapa y volvió a sentarse.

—Se lo agradezco mucho. La verdad es que ahora lamento mucho más que no hayamos podido alojarnos en su hotel; es usted una magnífica guía.

Teresa sonrió sin ganas. Llamó al camarero, pidió que le anotaran los vinos y se despidió cortésmente. Al entrar en el restaurante, se dio cuenta de que no le había preguntado si eran ellos los que estaban detenidos en el control de Perpiñán.

Cuando llegó a Port de l'Alba y bordeó el pueblo para coger el camino del cabo se sintió repentinamente feliz. Abrió la ventanilla y respiró hondo. El aire olía a limpio, a serenidad, a esa especie de calma profunda que durante todo aquel confuso día había anhelado sin saberlo.

La verja volvía a estar abierta de par en par. Metió el coche en el aparcamiento lateral y entró en el edificio por la puerta de la cocina. Al principio no se dio cuenta, estaba pensando en que tendría que hablar con Marçal muy seriamente, ya era la segunda vez que se encontraba la verja abierta y no estaba dispuesta a consentirlo; pero cuando entró en el vestíbulo y vio unas pisadas que manchaban el suelo sin alfombras sintió miedo. Siguió los restos de barro, visibles sobre el mármol botticino, y dedujo instintivamente que se habían desprendido de unas botas de hombre. Algunos trozos tenían la huella de las suelas, anchas y grandes. Daban la vuelta al mostrador de recepción y se adentraban en el despacho.

La puerta de su pequeña oficina estaba entreabierta y la luz encendida. Por una décima de segundo pensó en que el intruso podía estar dentro. Empujó con precaución la puerta. Todo estaba patas arriba, los cajones volcados, los papeles por el suelo, la silla tirada contra una estantería metálica... El miedo había ido cediendo terreno a otra sensación mucho peor, la vulnerabilidad de saberse invadida, atropellada.

No recogió nada. Echó un rápido vistazo para descubrir lo que faltaba, levantó la silla, la puso en posición vertical y salió dispuesta a hablar con Marçal.

El guardés trabajaba en el cuarto de herramientas. Al ver a Teresa se sobresaltó, soltó el soplete con el que soldaba un pequeño motor, se quitó las gafas protectoras y se acercó a ella solícito.

—¿Ocurre algo, señora?

—Pues sí, Marçal. La verja de entrada está abierta de par en par y alguien ha entrado en mi despacho.

El temor del guardés resultó más que evidente.

—¿Se han llevado algo?

—Poca cosa —respondió Teresa dispuesta a encauzar la conversación hacia el punto que deseaba dejar claro con Marçal—. Creo que algo de dinero que tenía en un cajón.

Marçal parecía muy preocupado. Teresa decidió seguir adelante a pesar de todo.

—Ayer ocurrió lo mismo, Marçal. Cuando vine de dar un paseo me encontré con dos hombres y un perro campando a sus anchas por el jardín. Le dije a su hijo que no quería que volviera a repetirse este descuido.

—¿A mi Jaume?

—Sí, Marçal, a su Jaume. Salió con un hacha y me contestó de malas maneras.

El guardés cerró los ojos consternado y se llevó las manos a la cabeza. Teresa sintió lástima por el pobre hombre.

—Mire, Marçal, yo le aprecio mucho, usted lo sabe, y entiendo que es su hijo y que han tenido muchos problemas con él, pero esta situación no puede continuar. Debo pedirle que Jaume se vaya antes de que tenga que tomar otra determinación más grave, usted ya me comprende.

Marçal se apoyó contra el banco de trabajo. Parecía que de un momento a otro se fuera a desplomar.

—Pero señora…, ahora no tiene adónde ir, no tiene trabajo, ni casa. Me estaba ayudando a hacer unas reparaciones en el cuarto de calderas. Ya sabe que mi Jaume sabe mucho de mecánica.

Teresa se acercó al anciano guardés. Le puso afectuosamente una mano en el hombro. El viejo estaba temblando.

—Es joven, Marçal, sabrá buscarse la vida. Usted ya ha hecho por él todo lo que podía hacer.

El guardés negaba con la cabeza una y otra vez. Teresa sacó el monedero del bolsillo de su chaqueta y le tendió dos billetes de cien euros.

—Dele esto y que busque un nuevo trabajo. En Espolla todavía necesitan vendimiadores.

Le entristeció el modo en el que el viejo Marçal recogió los billetes. Se le veía terriblemente humillado.

Esa noche volvió a pensar en el perro negro y en el hijo del guardés. Cuando por fin se durmió, su propia voz penetraba a través del sueño.

¿Cuándo había empezado la vida en aquella casa? ¿Cuándo la niña que no tenía voz llegó a Port de l'Alba? ¿Cuándo su madre escapó en el Ford Taunus?

Cuándo.

Solo al despertar, un rato antes de abrir los ojos, los sueños se ordenaban.

Ella se marchó. Primero una vez y luego otra. En mi cabeza siempre se está marchando, siempre en ese coche verde, por la carretera de la costa.

La primera vez vino a por mí. Yo tenía nueve años. Ella me había dejado cuando tenía siete… Me había dejado con mi padre y apenas podía acordarme de cómo era. La recuerdo llorando en mi habitación. Hablándome en inglés, muy rápido, con aquel torrente de palabras que solo eran nuestras y que los demás no entendían. Apretándome contra su olor a Tabú. Luego nada. Ya no estaba.

Y de pronto volvió a Bilbao. Dos años más tarde, en el verano de 1968. Trajo con ella todas las versiones de la desgracia.

Deseé mil veces que no se hubiera ido y otras mil que no hubiera vuelto. Había gritos y lamentos en nuestra casa de la calle Iparraguirre, la que ella había abandonado porque le dio la gana, había acusaciones y reproches también al otro lado de la ría, en la casa silenciosa de mi abuela, la madre de mi padre, aquella casa de dos plantas que sobrevivía intacta en el Campo Volantín, en medio de los edificios modernos, y en la que nunca nadie levantaba la voz… «Es una cualquiera, no tiene vergüenza. Deberías portarte como un hombre y ponerla en su sitio. ¿Que ahora quiere llevarse a la niña? ¿Adónde, si puede saberse? ¿Sigue con ese hombre?»

Esas peleas…

Me dejaban sin aire. Sin espacio. Como muerta.

¿Para qué volvió?

A veces he querido entenderla. Mi padre era un hombre seco, silencioso, aburrido. Se había criado en una familia en la que no se permitía a nadie ser feliz, reír, llorar, descomponerse. Los Mendieta. Una estirpe que mantenía intacta, pegada a la piel, la capa de privilegios que habían perdido y que nadie se permitía olvidar. «Tu abuelo fue socio fundador de La Bilbaína. Teníamos los astilleros de Erandio, más de cien trabajadores. Tu padre nació en Las Arenas, en un palacio que daba al abra. Desde allí se veían nuestros almacenes del puerto.» La voz de mi abuela que, aunque nunca salía de la casa del Campo Volantín, llegaba hasta la nuestra con tanta claridad como si viviera con nosotros. «Esa mujer está loca. Echar su vida por la borda de esta manera, dejaros abandonados a tu padre y a ti, su casa, el mejor piso de Bilbao, el más moderno y con todos los adelantos…» La voz de mi abuela. Bailando en mi cabeza de niña, abriéndose paso hasta las zonas más oscuras y buscando un lugar en el que quedarse para siempre. Como agujas clavadas en un nervio, un dolor constante que nunca pude extirpar. Al final consiguió que odiara a mi madre.

Me recuerdo en una de aquellas batallas ensordecedoras que tuvieron lugar con el regreso de mi madre. Aún no me habían dejado verla. Yo quería y no quería al mismo tiempo.

Estoy en el salón de mi abuela. Oscuro. Con las cortinas descorridas y la sombra de los árboles tapando la luz. Entre las ramas se veía el agua marrón de la ría, bajando con fuerza después de las lluvias. Y la campa de los ingleses, donde el abuelo Dennistoun había jugado al fútbol con sus compatriotas. «Un extranjero que nunca consiguió hacerse a esta tierra.» Juego en una esquina del salón, detrás del sillón de terciopelo, con mi muñeco de goma. Mi abuela está sentada en el sillón gemelo y mi padre en el sofá de molduras retorcidas. Uno frente a otro. Hablando en voz baja, sin importarles que yo esté allí. Me contengo. Les ignoro. Hago como si no entendiera lo que dicen, como si no me importara.

—¿Cómo que se la quiere llevar a Port de l'Alba? ¿Tú estás loco?

—Dice que no se irá sin ella.

—Pues que no se vaya. Que se quede en su casa, que es lo que tiene que hacer. Que agache la cabeza y se atenga a lo que significa el matrimonio.

—¿Y que siga avergonzándome? Volverá a las andadas, madre. Y yo ya no aguanto más.

Un silencio.

Y luego la voz de mi abuela, dura y seca, como una soga.

—Siempre has sido un pusilánime.

Me tapo los oídos. Cojo los brazos de mi muñeco y aprieto con sus dedos de goma mis orejas. Pero tarde o temprano las voces vuelven.

—¿Pero esa casa no había quedado para la muda?

—La muda murió hace dos años.

—¿Y no tenía hijos?

—No.

La muda. Entonces yo no sabía quién era.

—Pero tiene que haber más herederos…

—Hizo testamento.

—¿A favor de tu mujer? No lo entiendo… ¿Por qué, si puede saberse?

—No sé, madre, no sé. Solo puedo decirte que la casa es ahora de Ángela y que piensa instalarse allí.

—¿Con ese hombre casado?

—No, al parecer ya han roto.

Otro silencio. Ahora no me tapo los oídos. ¿Quién es ese hombre?

—Pues entonces juega tus cartas como las tienes que jugar. Oblígala a quedarse. No le des a la niña, que vaya al juzgado, ya veremos qué pasa entonces.

—Se la llevará por la fuerza. Te aseguro que lo hará.

—Eso será si la encuentra…

—¿Qué quieres decir?

—Llama a tu hermana. Dile que llevas a la niña para que pase el verano en Pedernales. Y que no lo comente con nadie de la familia.

Mi abuela. Recuerdo que llevaba moño y una cinta de terciopelo en el cuello, con un camafeo. Yo no podía entender cómo se ponía eso. Parecía un daguerrotipo viejo…

No me extraña que mi madre escapara, que se enamorara de otro y se fuera con él. Tampoco me extraña que no me llevara con ella; sé lo que es eso, querer ser libre a toda costa, hacer lo que te da la gana sin tener que suplicar, esconderte o avergonzarte. Sin sentirte humillada por tener deseos. Sé lo que es poner la libertad en el eje de tu vida y hacer que todo gire alrededor de esa sensación. Sí, madre. Yo también, aunque de otra manera, lo sé.

Había otros Mendieta. Y eran distintos a nosotros. Sus casas no olían a polvo, a carcoma ni a pasado. Ahora estoy en Pedernales. En casa de mi tía Mari Carmen. En Bilbao hay una batalla por mi causa, pero yo ya no estoy presente.

—Mikel, enséñale la playa a tu prima. Pero ojito con la marea, que va a subir en un rato.

Tiene tres años más que yo, pero es más bajo. Yo soy muy alta porque mis antepasados son ingleses. Y soy rubia. Él no. Además, tiene los hombros pelados por haberse quemado al sol. Las pieles se le levantan y me dan ganas de arrancárselas con los dedos. Yo llevo un vestido de piqué blanco. Él va en bañador. Tiene las piernas fuertes, rotundas, con señales blancas en las rodillas.

—¡Y no te lleves al perro! Que luego lo pone todo lleno de arena.

Desobedecer. Es la primera vez que veo que es posible desobedecer sin que haya consecuencias terribles.

Mikel y yo. En ese lugar que antes solo se llamaba Pedernales y que ahora todos llaman Sukarrieta. El perro se ha venido con nosotros y corre entre los charcos que la bajamar ha dejado en la arena. Hay barcas torcidas sobre el lecho húmedo, con la quilla inclinada, como si hubieran naufragado. Por el centro corre un pequeño canal de agua que serpentea en dirección opuesta al mar.

—Ven. Vamos a bañarnos antes de que cubra.

No me atrevo.

—Venga, quítate el vestido.

Pero lo hago. Desobedecer. Con mis bragas de perlé que se inflan como un saco cuando me meto en el agua.

—¡Beltza! ¡Ven aquí!

Es un perro negro, un labrador idéntico al de esos hombres que entraron el otro día en el hotel. Me da miedo porque corre mucho y salpica.

Nos hemos metido en el canal por el que empieza a subir la marea.

—¿Sabes nadar?

Le digo que no.

—Pues entonces, sal. Que dentro de poco no harás pie.

Las bragas me pesan como si llevara un quintal de piedras pegado al culo. ¿Qué va a pasar ahora? ¿Qué dirá la madre de Mikel? ¿Me mandarán de nuevo con mi padre?

Me quedo en la arena, de pie. Tengo frío. De pronto aparece un montón de niños con flotadores y toallas. Los mayores me señalan y se ríen de mí.

Mikel sale del canal.

—No te asustes, son los de las colonias. En cuanto vean al perro salen corriendo.

Y silba. Beltza viene como un rayo, se para a un metro y se sacude el agua. Salen gotas plateadas y brillantes de su cuerpo negro.

Estuvo ordenando el despacho durante toda la mañana. Se habían llevado el dinero y unos objetos que tenía en una caja de caudales, en el segundo cajón del escritorio: un par de anillos, dos relojes sin valor y cuatro o cinco cosas que los huéspedes olvidaban en sus habitaciones y que ella mantenía durante un tiempo por si las reclamaban. El ordenador, viejo y pesado, seguía en su sitio. Se alegró de no haber comprado todavía uno de esos pequeños portátiles, delgados como un folio, que Natalia y algunos huéspedes llevaban consigo a todas partes. Puso al día la contabilidad, hizo unas transferencias por internet, y consultó su cuenta de correo. A la hora de comer se sintió abrumada por la soledad del hotel. Le dio pereza entrar en la cocina, así que cogió el coche y se dirigió a las afueras del pueblo, a Can Ferrer, la masía donde vivía Gabriel.

Max, el hijo de Gabriel, estaba arreglando su moto en la explanada. Se acercó y le besó mientras él apartaba las manos manchadas de grasa.

—¿Tu padre?

—Detrás de la casa. Está intentando arreglar una segadora que le ha traído uno del pueblo, pero parece que tiene problemas.

Teresa se dirigió hacia la leñera para pasar a la parte posterior.

—¿Te quedas a comer? —gritó Max limpiándose las manos en un trapo de color incierto.

Teresa se volvió.

—¿No habéis comido?

—No, aún no.

—Yo tampoco —dijo ella a modo de respuesta.

Mientras se alejaba vio cómo Max entraba en la casa.

Detrás de la pequeña valla de piedra que unía el edificio principal con los cobertizos adyacentes estaba Gabriel. Llevaba unos viejos pantalones de pana y una de sus habituales camisas a cuadros.

No la vio. Teresa se quedó contemplándole durante unos segundos. Se afanaba intentando desmontar algo en el interior de una máquina tan vieja que parecía sacada del museo comunal. ¿Por qué no podía amarle? Era guapo, honesto, generoso, tolerante. Era buen amante y en cierto sentido estaba dispuesto a comprender que nunca sería el único. Entonces, ¿por qué no podía llegar a algo más que a esta mediocre relación de vengo cuando no tengo otra cosa que hacer, te cuento mis problemas, nos acostamos y me marcho? A veces se irritaba con él solamente por eso, por ser tan asquerosamente buena persona y hacerla sentir a ella como un bicho.

—¿Qué? ¿Tiene arreglo o la dejaremos como donación para el museo de herramientas locales? —bromeó a propósito de la máquina de segar.

—¡Teresa! ¡Qué sorpresa!

Gabriel bajó de la vieja segadora y soltó unos alicates que llevaba en la mano.

—No tengo la llave adecuada para sacar la bujía. Y estos trastos todavía llevan bujías.

—Max me ha invitado a comer con vosotros.

Gabriel la abrazó después de limpiarse las manos. Se demoró un minuto mientras la tomaba por la cintura y le hacía arquear hacia atrás el talle. Teresa se sintió violenta, como tantas veces, mientras él parecía escudriñar de muy cerca su rostro. Era como si quisiera descubrir algo, como si quisiera adivinar.

—¿Estás bien?

Le hacía demasiadas veces la misma pregunta.

—Sí, claro. Muy bien —mintió.

Gabriel la soltó por fin.

—Vamos, ayudaremos a Max con la comida.

Caminaron hacia la casa mientras Teresa intentaba serenarse. Desde la mañana anterior se sentía como un gato con el pelo erizado, dispuesta a saltar sobre cualquiera que quisiera acariciarle el lomo.

Max había preparado pasta con una salsa de algo que parecía pescado.

—¿Qué es? —preguntó Teresa.

—Crema agria con hígado de bacalao ahumado y salmón.

Gabriel hizo un gesto de reparo sin que su hijo le viera. En el fondo se sentía orgulloso de Max, de sus habilidades en los fogones, pero nunca se lo decía. Sobre todo, porque últimamente le había dado por querer estudiar cocina, algo con lo que no estaba en absoluto de acuerdo.

—¿Cuándo vuelves a Barcelona? —preguntó Teresa.

—Dentro de un par de días.

—¿Tienes ganas?

Max se encogió de hombros.

—Se ha echado una novia en el pueblo —dijo Gabriel.

—Pensé que ya tenías una novia en la universidad.

—Ahora tiene dos —respondió Gabriel con sorna.

Se habían sentado a la mesa. Gabriel había puesto un mantel que Teresa le había regalado. Max sirvió la pasta. Olía francamente bien.

—Prueba este vino. —Gabriel sirvió una copa y esperó a que ella lo probara—. Me lo han traído los dueños de la segadora.

Teresa paladeó el vino, observando con cierta desconfianza la frasca.

—Excelente —concedió sin reparos—. ¿De quién es?

—De los Martí.

—¿Los Martí?

—Ese matrimonio mayor que vive al lado de la iglesia. Tienen los viñedos de la carretera de Santa Cristina, los que están más cerca del pueblo.

Gabriel le había servido una copa a Max.

—Es bueno, ¿no? —preguntó a su hijo.

—No está mal —respondió Max de un modo un poco condescendiente—. No sé si irá muy bien con la pasta.

Teresa pensó que seguramente Max tenía razón.

—¿Por qué te traen la segadora para que la arregles? —preguntó sin ocultar su extrañeza—. ¿Por qué no la llevan a Pedralta?

—Porque se ha convertido en el mecánico oficial de los viejos tacaños de pueblo —respondió Max molesto—. Ya sabes, en casa del *senyor* Gabriel todo es gratuito.

Max ironizaba sobre la proverbial generosidad de Gabriel. Teresa se había dado cuenta hacía tiempo de que Max y ella, sin haberlo confesado, compartían la sensación de que tanta bondad les dejaba en una clara situación de desventaja.

Intentó desviar el tema.

—Está buena la pasta, realmente buena. ¿De dónde has sacado la receta?

Max se señaló con un dedo.

—Este niño es una joya —le dijo a Gabriel—. Creo que tarde o temprano tendré que contratarlo como chef.

Gabriel la miró molesto. Ella se dio cuenta mientras lo decía, pero no rectificó. Al contrario, insistió en lo que se había convertido en un tema tabú en aquella casa.

—Porque sigues pensando en estudiar restauración, ¿no?

—Claro. Pero mi padre está empeñado en que primero acabe empresariales. Qué tendrán que ver las finanzas con los fogones…

—Mucho —saltó Gabriel de mal humor—, tienen mucho que ver. Primero porque en la universidad aprenderás cosas que no te enseñarán en otro sitio. Y no me refiero solo a la economía. Y luego porque eres demasiado joven para enterrarte entre fogones. Yo no me niego a que estudies cocina, o restauración, o cómo diablos quieras llamarlo; solo te digo que primero estudias una carrera y luego, si quieres ser un puto cocinero, yo no me opondré.

Max se levantó furioso.

—¿Has visto? ¿Te das cuenta de lo intransigente que es?

Teresa intentó mediar:

—Bueno, la carrera de empresariales no te estorbará si algún día quieres tener tu propio restaurante. Ojalá hubiera tenido yo esos conocimientos antes de meterme en un callejón sin salida. Pero siéntate, anda. No te enfades con tu padre.

Max obedeció a regañadientes. Enseguida se recompuso y cambió de tema.

—Mi padre me ha dicho que has cerrado el hotel.

—Así es. Voy a esperar a que escampe —respondió Teresa.

Max hizo un gesto de pesar. Teresa respondió con una sonrisa triste. Y luego se dirigió a él como si su padre no existiera.

—Y ahora dime una cosa, Max. ¿Por qué quieres estudiar cocina? Ya sé que te gusta cocinar, pero podías dejarlo solo como una afición. No es necesario que te ganes la vida con ello.

—Ya. Eso sería fácil si fuera una mujer. —Teresa dio un respingo—. Quiero decir —rectificó él, avergonzado— si fuera una mujer de las de antes, las que se quedaban en casa y cocinaban para toda la familia. Pero ya me contarás…

Teresa pensó en Gabriel, en el trabajo que le había mantenido durante años fuera de casa, un viaje tras otro, hasta que la madre de Max murió. Entonces lo dejó todo. Esa debía de ser la imagen que Max tenía de un hombre de negocios.

—Pero ¿qué es lo que te gusta de la cocina? —preguntó inclinándose un poco hacia el muchacho.

Max lo pensó unos segundos.

—Que una buena comida hace feliz a la gente —respondió con seriedad—. Todo el mundo está alegre alrededor de una buena mesa, todos se levantan satisfechos de ella, ríen, cuentan chistes, se relajan. Por eso cada vez hay más comidas de negocios. Porque un mantel alivia las tensiones.

Teresa miró a Gabriel. Nadie hizo comentarios. así que Max aprovechó la ventaja y se fue al salón con el postre.

—¿Cómo va? —preguntó Teresa cuando en el salón se oyó el sonido de la televisión—. Parece que empieza a recuperarse.

—Sí, pensé que iba a ser peor. Lo lleva bien. —Gabriel hizo una pausa y luego añadió—: Lo llevamos.

—Ya. Es lógico, hace más de un año que os instalasteis. ¿Y el trabajo?

—Funcionando a medio gas, pero es así como lo necesito. Voy un día por semana a Barcelona, me doy una paliza, pero ni siquiera me quedo a dormir; en cuanto acabo cojo el coche y regreso a esta masía destartalada.

Teresa recordó la primera vez que los vio, padre e hijo, sombríos, dolientes, con una furgoneta cargada hasta los topes. La masía llevaba veinte años abandonada y en el pueblo le contaron que un *camacu* la había comprado. Pararon en el hotel porque no sabían llegar. Ella les acompaño con su coche. Un hombre de unos cuarenta y cinco años y un hijo adolescente. Sin mujer. Sin madre. Solo un hueco grande ocupado por la muerte y el luto. A partir de ese día se vieron con frecuencia. Y luego pasó lo que siempre pasaba. Teresa no conocía otra forma de hacer las cosas.

—¿Tendrás vino este año?

—Desde luego. He llegado a un acuerdo con Bernat, él seguirá explotando los viñedos y a mí me dará una cuarta parte de la cosecha. En bruto. La meteré en barrica yo mismo.

—Vaya… Así que por fin te has convertido en viticultor.

Gabriel sonrió y se encogió de hombros. Luego hubo un silencio. Él la miró desde el otro lado de la mesa.

—Te pasa algo, ¿verdad?

Teresa lo admitió por fin.

—Ayer alguien entró a robar en el hotel.

—¿Te ha ocurrido algo? ¿Estabas allí?

—No, no. Solo entraron en el despacho. Se llevaron cuatro cosas sin importancia.

—¿Has llamado a la policía?

Teresa tardó unos segundos en responder.

—No.

—¿Por qué? Debes hacerlo.

Ella bajó la vista. Aplastó una miga de pan contra el mantel.

—Creo que puede ser cosa del hijo de Marçal.

Gabriel asintió.

—Ya.

Guardaron un nuevo silencio. Gabriel llenó las copas. El vino era rojo intenso y se agarraba al paladar. Teresa tomó un trago largo para que estuviera en la boca el menor tiempo posible.

—Quizá tenga que vender.

—¿El hotel? ¿Por qué? —Gabriel dejó su copa sobre la mesa—. ¿Tan mal van las cosas?

Teresa cerró un instante los ojos antes de responder:

—Este año ha sido catastrófico. No hemos llenado ni en agosto.

Gabriel emitió un sonido apagado, algo así como un golpe de aire que necesitaba ser expulsado con fuerza.

—No lo hagas. Tienes que aguantar.

Teresa se revolvió.

—El otro día dijiste que la crisis será larga. Que no va a durar dos días.

—Y es cierto, pero no puedes vender ahora, es el peor momento. Vamos a estudiar el asunto con calma; si quieres te haré un estudio económico y evaluaremos los riesgos.

—Sabes muy bien que no me darán otro crédito.

—Bueno, eso no importa. Puedo deshacerme de un fondo de inversión que no está resultando como esperaba y prestarte algo para que puedas salir del atolladero. No necesitas devolvérmelo hasta que las cosas mejoren.

Teresa se puso en tensión. ¿Por qué era tan endiabladamente bueno? Ella le mantenía a distancia, dejando muy claro en cada momento que no existía ningún compromiso entre ellos y que la única relación que deseaba mantener con Gabriel era aquella ocasional amistad, libre de cualquier dependencia, mezquina y discontinua. Él la había conseguido ensamblar a pesar de todo, hasta convertir su deliberada distancia en una complicidad peculiar. Como tantas otras veces, pensó que Gabriel tenía esa irritante bondad que navegaba del mal al bien en cuestión de segundos. En casa del *senyor* Gabriel todo es gratuito, había dicho su hijo un rato antes. Y era cierto. Todo era gratis con él. Nunca pedía nada a cambio.

—De ningún modo —replicó fastidiada—. Esto es cosa mía.

Ahora él también parecía molesto.

—Como quieras —admitió.

Esta situación se repetía con demasiada frecuencia. Teresa pensó en Serge Toussaint sin poder evitarlo. Con hombres como él podía lidiar sin ningún esfuerzo, podía detestarlos sin sentirse arrepentida al instante. Con Gabriel eso no era posible. A veces su bondad era un escollo, un inconveniente que la dejaba desarmada, mientras él se volvía indestructible. Y entonces Teresa ni siquiera sabía ser lo que era.

Bebió un último sorbo de vino y propuso:

—¿Vamos?

Gabriel se puso en pie y la siguió a través del pasillo. En el salón, Max batallaba con un videojuego.

Despertó en su cama, en su habitación. Nunca se quedaba a dormir en casa de Gabriel. De hecho, nunca se quedaba a dormir en casa de nadie.

Las palabras de Max seguían dando vueltas en su cabeza. «Una buena comida hace feliz a la gente.»

Cada mañana despierto en un lugar que se llama Pedernales y queda muy lejos de Bilbao. Queda tan lejos que podría pensar que mi padre ya no existe, que lo han borrado de la faz de la tierra.

De pronto tengo una nueva familia. Sus vidas parecen felices y útiles. Sin desperdicio.

La tía Mari Carmen solo tiene un hijo, Mikel, y su marido es capitán de la marina mercante; siempre está navegando por sitios muy lejanos, así que ella es la que toma las decisiones. No se parece en nada a mi abuela, ni a mi padre; cuando ordena algo es como si dejara abierta una rendija por la que puedes escapar... Siempre se ríe muy alto, con carcajadas que quedan flotando por toda la casa. La tía Mari Carmen no parece una mujer triste o amargada. Sale con sus amigas, va de compras a Bilbao y nos deja solos en Pedernales, y luego cuando vuelve a casa con su ruidoso Dauphine, lo deja aparcado de cualquier manera en el callejón. A veces vienen los vecinos a protestar.

¿Por qué siento que este podría ser mi sitio? No hay dramas. No hay madres cuya desaparición parezca definitiva, ni padres que lleven dentro un caldero de galipó. No hay nada que me obligue a estar en guardia.

Me empiezan a gustar las amenazas. Son palabras que escapan por el aire y que no significan nada.

—Y que no se te ocurra llevar a la niña a coger mojojones.

Vamos a pesar de todo, claro. A las rocas de la isla, cuando la marea empieza a bajar. Mikel tiene una navaja oxidada con la que los separa de las piedras. A veces se lleva un pedazo de roca pegado a la concha negra, pero eso no nos importa. Me los da y yo los meto en el cubo de la playa.

Me he acostumbrado al espectáculo de las mareas. Podría quedarme durante horas mirando cómo sube y baja el agua. Pero lo que más me gusta es asomarme a la ventana, en cualquier momento del día, y comprobar si estamos en pleamar o en bajamar. Cuando la marea está alta solo hay una pequeña franja de arena cerca de la vía del tren. Todo lo demás es agua. Se ven barcas, veleros, gasolinos que van en una y otra dirección, como en un mar de juguete. Todo parece tan abierto y cerrado al mismo tiempo, tan oculto y transparente… Porque sé lo que hay debajo del agua: muergos enterrados, pequeñas *txapastas* que te corren entre los pies y verigüetos que escupen un chorrito de agua cuando cierran la concha. Cuando hay marea alta se ve la playa de Laida, al otro lado, lejos, como si fuera un continente olvidado. Y luego, cuando el mar se retira, Mikel y yo salimos corriendo por la arena nueva, sin huellas de pies o de gaviotas, y es como si descubriéramos un mundo virgen. A veces corremos mucho rato, hasta Mundaka, donde está el mar de verdad, el que no cambia, y nos bañamos entre las olas, que me escupen en la orilla como una botella vacía. Beltza se asusta y viene chapoteando hacia mí. Me lame la cara y me echa el aliento. Caliente. Con un olor que me hace pensar que no estoy sola.

—Te he dicho mil veces que no te lleves al perro, que un día de estos te vas a quedar sin salir.

Pero el perro siempre viene con nosotros. Desobedecer y que no pase nada. Los castigos nunca llegan a materializarse.

Ahora yo también tengo los hombros pelados. La piel que se desprende de las ampollas parece sucia, renegrida, y la carne es más blanca que el resto. He aprendido a nadar en el canal.

No me acuerdo nunca de mi madre, ni de mi abuela. Tampoco echo en falta a mi padre. Todos han desaparecido.

No sé quién es Elizabeth Babel. Todavía no.

La isla de Txatxarramendi, la tapia del balneario.

Las escaleras cubiertas de verdín.

La marea baja, pero no del todo, y la playa de Toña llena de gente. Era un día despejado, muy limpio, como un vestido recién lavado. El agua había dejado islotes de arena y playas al descubierto, intactos y perfectos. Cogíamos unos cangrejos negros, que Mikel llamaba Carramarros, para luego usarlos como cebo y pescar con caña unos peces que se llamaban mojarras. Era divertido. Había que agarrarlos del caparazón y ellos agitaban las pinzas en el aire, desesperados, y solo se tranquilizaban cuando los echábamos en el balde. A Mikel no se le escapaba ninguno. A mí se me escapaban todos, uno tras otro, así que me senté en las rocas, junto a la escalera del balneario, con el cubo de hojalata. Los Carramarros se subían unos encima de otros.

—¿Tú sabes que los romanos tenían aquí un puerto?

Mikel buscaba en los agujeros, se agachaba y doblaba la cabeza. Estaba muy moreno.

—¿Los romanos? ¿Los que mataron a Jesucristo?

—Sí. ¿Has visto Ben-Hur? Pues hasta aquí venían con sus barcos.

—¿Dónde? No me lo creo. Te lo estás inventando.

—Eres tonta. Si me lo ha dicho mi padre. Debajo del puente, para que lo sepas. Corre, ven. Mira qué Carramarro.

Cogí el balde y fui hacia donde estaba Mikel. Había un cangrejo enorme, el más grande que yo había visto nunca, verdoso, con una sola pinza que corría de lado, se paraba un segundo, como si nos observara también, y luego volvía a emprender la fuga. El pobre solo daba vueltas intentando encontrar un agujero por el que colarse. Mikel lo miraba embobado.

—¿No lo coges?

—No.

—¿Por qué?

—Porque es viejo —dijo muy serio—. Ha ganado muchas batallas y tiene pelos en el caparazón. Se merece vivir.

No sé por qué me impresionó tanto su clemencia. De pronto pensé que no le conocía, que en su cabeza había cosas que ignoraba, formas de pensar, corrientes interiores que eran como los orificios de las rocas de Txatxarramendi. Y me dio miedo sospechar que el mundo era más complejo de lo que yo creía.

Lo era.

Estaba lleno de sorpresas y malestares. De vaivenes.

Esa mujer que nos miraba desde las escaleras del balneario. Llevaba un pañuelo muy bonito en la cabeza y gafas de sol. ¿Cómo había conseguido encontrarme?

Teresa se sacudió los recuerdos a base de ocupaciones. Esta vez sí ordenó los papeles. Facturas, albaranes, carpetas enteras que tendría que tirar. Y aquella maldita hipoteca. ¿Qué haría con los muebles, la vajilla y la ropa de cama si perdía la casa? Tendría que venderlo todo. ¿Lo querría alguien?

Fue una mañana rara. Se sentía como si no hubiera dormido a pesar de haberlo hecho. En días así odiaba estar dentro de su propio cuerpo.

Sacó los papeles a la parte trasera para que Marçal los echara en el contenedor. Hubiera preferido una versión brillante, transformada y mejorada de sí misma, pero eso no era posible. Solo era la que era: una mujer inestable que tenía un hotel. Y quizá ni eso.

Lo sólido. ¿Dónde estaba?

Podía ver la casa cien años antes. Las cocinas. El huerto. Los sombreros de paja y las botas de montar. Su habitación, ocupada entonces por la maquinaria de los tres relojes. ¿Dónde estarían ahora aquellos gigantescos mecanismos que Robert Dennistoun cuidaba con esmero? El mundo gira siempre alrededor de sí mismo, parece inmerso en su elíptica, redondo e inacabable, pero las cosas se caen por el horizonte.

A las doce llamó a Gabriel.

—¿Es pasado mañana cuando se va Max a Barcelona? —le preguntó a bocajarro.

Gabriel tardó en responder.

—Sí. ¿Por qué?

—Querría invitaros a comer. Me gustaría hacerle una comida de despedida.

—¿Hoy? Max está en el pueblo.

—No. Mañana. ¿Crees que le apetecerá?

Gabriel lo pensó un segundo. Parecía sorprendido por la invitación. No solía ir por el hotel y su hijo menos.

—Sí, estoy seguro de que estará encantado.

—Pues entonces os espero sobre la una y media.

Cuando colgó buscó la caja de metal y revolvió entre los sobres hasta encontrar el que buscaba. La fecha era 28 de mayo de 1916.

Querida Elizabeth:

Llevo más de un año en Port de l'Alba. Sé engrasar los relojes; de hecho, podría hacerlo yo sola, sé buscar setas en los pinares y pescar con retel en las rocas. Ya casi nunca llevo la libreta colgada del cuello. Hasta Quima me entiende cuando muevo las manos, aunque para ella uso un lenguaje especial, una mímica de mi invención con la que conseguimos entendernos en la cocina.

Dice mi padrastro que este verano todos tomaremos baños de mar. En Port de l'Alba, en la playa, están haciendo un balneario, con casetas para los bañistas, y estamos todos conmocionados ante el acontecimiento. Creo que en el pueblo no se habla de otra cosa. Mi madre ha empezado a coser nuestros trajes de baño. Para entonces ya habrá vuelto Pye desde Barcelona. Y quizá la guerra de Europa haya acabado. Dicen los periódicos que la victoria de los aliados está asegurada.

¿Cómo será el ruido de la guerra? Me lo imagino como gritos o insultos amontonados unos encima de otros, como palabras rasgadas. Entonces miro a mi madre, tejiendo, a Robert leyendo en una voz que no puedo oír, a Gertrude sentada a sus pies, y pienso en lo bien que se está en esta casa.

No recibimos muchas visitas, eso es cierto, pero siempre leemos los periódicos. Llegan casi dos semanas más tarde, pero es igual. Cuando los trae el cartero, ese mismo día, Robert se sienta en su butaca y lee en voz alta las noticias. Como sabe que yo no puedo seguirle, me aparta unas hojas, las que no hablan de la guerra, y me deja que las lea por mi cuenta. Se lo agradezco enormemente.

Hoy me ha señalado una noticia muy triste. Es atrasada, claro, pero para nosotros es como si estuviera ocurriendo ahora mismo.

«Se desvanecen las esperanzas de encontrar con vida al compositor español Enrique Granados.»

No sé quién es ese músico, pero la historia de su muerte me llega al alma. Cuenta la crónica que «el compositor había estrenado una ópera en el Metropolitan Opera House y que tenían los billetes para regresar a España el 6 de marzo, cuando el presidente Wilson le invitó a dar un concierto en la Casa Blanca. Aconsejado por su mujer y para poder complacer al presidente, cambió los pasajes, retrasando la fecha de salida. Ya no era posible hacerlo en las condiciones anteriores, por lo que tuvieron que optar por viajar de Nueva York a Falmouth en el *SS Rotterdam*, un barco de bandera holandesa, y posteriormente continuar el viaje en el *Sussex*, un navío de bandera francesa. El matrimonio Granados se embarcó en el puerto de Nueva York el 11 de marzo de 1916, desoyendo los consejos del embajador español que les advertía del peligro de tomar un barco francés. La primera parte de la travesía transcurrió sin problemas, pero cuando tomaron el vapor *Sussex*, en el puerto de Dieppe, la tragedia les alcanzó de lleno. Un submarino de guerra alemán confundió al *Sussex* con un barco minador y lanzó un torpedo que impactó en medio del casco, partiendo el vapor por la mitad. Enrique Granados cayó al agua y fue izado rápidamente a bordo de una de las lanchas salvavidas, pero al ver cómo su mujer luchaba por nadar entre las olas, se lanzó a rescatarla y desaparecieron los dos en poco tiempo, tragados por el mar. A día de hoy no han podido recuperarse sus cuerpos».

Entonces me dan miedo los baños en ese mar en el que muere la gente. Y el mundo que no conozco y en el que pasan tantas cosas. También empiezo a pensar en cómo será eso del amor. Yo no me imagino lanzándome al agua para rescatar a nadie.

Creo que he crecido. Mi madre se pasa el día alargando mis vestidos. Como mucho, porque me gusta la cocina de Quima. No solo postres o las gelatinas, como antes, también sus arroces y sus guisos de carne. Siempre la ayudo. Las cosas en la cocina tienen más sentido, están ordenadas y bien dispuestas, protegidas del caos por la presencia de Quima. Ferran, su marido, trae caza al final del verano y cuida del huerto. No sé cómo funcionaría esta casa sin ellos.

Pye ha escrito. Va a venir a vernos. En Navidad no pudo viajar porque las carreteras estuvieron heladas durante muchos días. A todos nos dio mucha pena que se quedara él solo en Barcelona.

—Tenemos que prepararle una comida de bienvenida —ha dicho Quima.

Y yo voy a ayudarla.

—¿Sabes qué vamos a hacer? —dice pensativa—. *Boeuf à la mode*. Quiere decir buey a la moda, ¿sabes? Al chico seguro que le gusta ese plato, porque es uno de los que me enseñó a hacer la señora.

Quima sigue llamando «la señora» a la madre de Gertrude y Pye, pero la verdad es que eso ya no nos importa mucho a nadie. A veces, Gertrude me habla de ella y yo le escribo cosas sobre mi padre en la libreta. Recordamos cómo eran y nos echamos a llorar. Todavía faltan cinco días para que Pye regrese a casa, pero Quima manda a Ferran a la carnicería que está cerca del Casino.

—Hay que esperar a que maten para que tengan manos de vaca y cabeza. Si no, no vale nada el guiso.

Estoy impaciente por aprender a cocinar ese plato. *Boeuf à la mode...* He tenido que buscarlo en un diccionario de francés que hay en la biblioteca porque no consigo entender los labios de Quima. Creo que no lo dice bien.

—Hay que prepararlo al menos dos días antes —dice Quima cuando enciende la lumbre.

Usa una cazuela de hierro, ancha como una sartén y bien honda. Y ahí dora las manos de vaca, la carne de buey y la cabeza. Mientras tanto yo preparo lo que vamos a utilizar en el sofrito: tres ajos, dos cebollas grandes, muy picadas, zanahorias del huerto, puerros, una hoja de laurel y un atado de tomillo y perejil.

—Ya puedes pelar esos tres tomates.

Me gusta escaldar tomates y pelarlos. Las pieles salen enteras, como las de una ciruela madura, y la carne queda a la vista brillante y roja. Dan ganas de darles un mordisco.

¿Por qué son tan fáciles las cosas en la cocina? Quima y yo usamos gestos, y ella habla sin parar, aunque sabe que no la oigo; me inunda de palabras en catalán que la mayor parte de las veces no entiendo, pero no me importa nada, porque ahí están las cosas reales, el trozo de carne, los granos de pimienta, el tomillo..., da lo mismo que ella lo llame *farigola*. El manojo retorcido que Ferran ha traído de la cuesta está ahí, visible, concreto, más allá de cualquier significado, tan perfecto que es imposible equivocarse; se puede tocar, coger, anudar con las otras hierbas mientras se desprenden minúsculas hojas con olor a campo… Ojalá todo lo demás fuera así de claro.

Quima da la vuelta a la carne, las manos y la cabeza. Se han tostado por un lado y se les ha hecho una costra como a las heridas. La grasa del fondo ha crecido. Luego, cuando se acaban de dorar por el otro lado, las saca y las aparta en una fuente.

—No uses nunca la grasa que han soltado la carne y la cabeza. —Vuelca la grasa en la pila—. Aquí usamos aceite del bueno para el sofrito. No como en Francia, digan lo que digan los franceses… Pero mira, ¿ves?, esto quemado que se queda en el fondo hay que aprovecharlo, porque está lleno de sustancia.

Echa aceite. Cubre todo el fondo requemado.

—La grasa no la queremos —dice—, pero el fondo de la cazuela es oro molido.

Entonces me indica que eche la cebolla, los ajos, las zanahorias y los trocitos de puerro sobre el aceite hirviendo. Lo remuevo y vigilo que no llegue a dorarse demasiado.

—Y ahora añade los tomates, el laurel, el clavo, el atado que has hecho con las hierbas y los granos de pimienta. Que vaya cogiendo el gusto.

Espero un poco, hasta que la cebolla se ponga transparente. Eso me lo enseñó ella misma hace tiempo. Quima mira el sofrito, se planta delante de la cazuela con los brazos en jarras, como si no se fiara del todo. De vez en cuando coge un trapo de cocina y agita con energía la cazuela. Quima es así. Le gusta hacer las cosas a su modo.

Cuando todo está bien mezclado y empieza a querer agarrarse, pone dentro de la cazuela el trozo grande de carne, las manos de vaca, que después de rehogarse están encogidas sobre el hueso, y la cabeza, que también ha mermado bastante.

—Un chorro grande de vino de Jerez, que rompa a hervir para que pierda la acidez —el olor del vino se extiende por toda la cocina—, y a echar el agua.

Cuando lo cubre por completo yo pienso que parece más un puchero que un guiso. Me da miedo que quede demasiado líquido.

—Esto tiene que hervir a fuego muy lento por lo menos cuatro horas —me aclara Quima—. A lo mejor más. Verás qué gelatina; quedará tan espeso como unas natillas. Bien, y ahora vamos con el postre... ¿Qué haremos? —pregunta como si se dirigiera a sí misma. Luego levanta la barbilla, me señala y dice—: ¿Tú qué prefieres, *noia*?

Enrollo los dedos sobre la palma de mi mano.

—¿Buñuelos? —Quima sabe que me gustan mucho.

Asiento con entusiasmo.

—Pues esta vez los haremos de calabaza y canela. Así que ponte con ello.

Será la primera vez que haga un plato yo sola. Pye se chupará los dedos cuando los pruebe.

Ya hemos comido. El *boeuf à la mode* estaba riquísimo, todos lo han dicho. Efectivamente, la salsa ha quedado espesa por la gelatina que habían soltado las manos de vaca; la carne, después de cocer toda una mañana, estaba blandita y melosa, se deshacía en la boca. Imaginé que la cabeza iba a ser un poco grasienta para mi gusto, pero nada de eso, había perdido el grosor y no resultaba nada empachosa, solo habían quedado pequeños trozos de magro y una estrecha veta de tocino pegada a la piel. Mi madre ha comido dos trozos, algo que nunca me hubiera imaginado si me lo cuentan hace tan solo dos años. Los buñuelos también les han gustado. Quima ha dicho que los había hecho yo y todos me han felicitado. Pye también.

Y luego.

Ha pasado algo, sí.

Cuando Quima ha dicho lo de los buñuelos, Robert nos ha señalado a Gertrude y a mí.

—Muchachas, esto no puede seguir así —ha dicho. Yo he mirado alarmada a mi madre y he visto cómo asentía en silencio—. Tú, Gertrude, llevas todo el invierno sin hacer nada de provecho. No te he visto coger un libro. Ni siquiera has sido capaz de aprender a hacer bizcochos, a bordar, o cualquiera de esas tonterías a las que al parecer se dedican las señoritas cuando acaban sus estudios. Y tú, Elizabeth, has aprendido a cocinar, y lo haces muy bien por lo que parece, pero te pasas el día en la cocina con Quima y eso no me parece adecuado, porque no creo que aspires a ser la cocinera de esta casa en el futuro.

—Pero papá —protesta Gertrude; yo ni me atrevo—. Estamos aprendiendo esgrima. Y he leído ese libro sobre los papúas de Nueva Guinea.

—Has mirado las fotos, querrás decir. —Gertrude se sonroja. El libro está lleno de fotos de mujeres desnudas y hombres con taparrabos—. Así que Mary y yo hemos hecho algunos planes para vosotras.

Mary es mi madre. Espero que diga algo, pero no lo hace. A veces sabe ser más muda que yo.

Esperamos.

En silencio.

—A partir de la semana que viene, iréis las dos al pueblo cada mañana. Nada de andar por los riscos pescando cangrejos, nada de fogones ni de guisos. Os he apuntado como alumnas en las actividades del Círculo Inglés. Gertrude, estudiarás piano, francés y literatura inglesa. Elizabeth, tú no puedes tocar el piano y no hay profesores especializados en tu dolencia, así que darás clases de pintura, que para eso no hace falta hablar, y estudiarás historia y literatura inglesas por tu cuenta. Creo que no te será difícil seguir el programa de Gertrude. También puedes continuar con las clases de esgrima, pero más en serio. Eres buena tiradora y en el Casino hay un club de esgrima.

¿Al pueblo? ¿Cada mañana?

Hay algo en esos planes que me aterra. Llamo la atención de mi madre y muevo las manos a toda velocidad.

—No, cariño —dice por fin mi madre—, no tendrás que ir a caballo. Robert dará orden a Ferran para que os lleve y os recoja con la tartana.

Pintura. Literatura. Esgrima. Ir cada día al pueblo, caminar entre las lujosas casas de los taponeros, pararse ante las tiendas de vestidos, correr por las calles empedradas. Entrar en el Casino, con sus escaleras enormes, su biblioteca y su salón de baile. O en el Círculo Inglés, donde acuden los hijos de los dueños de las compañías corcheras. Saber más cosas. Conocer más gente.

He vuelto a vomitar bajo la palmera.

Clases de esgrima. Pasión por la cocina. No ser capaz de subir a un caballo.

Teresa se preguntaba a veces si Elizabeth Babel y ella tenían puntos en común o simplemente se había dedicado a imitarla en todo. Cogió la bici, una vieja Orbea a la que Jaume, el hijo de Marçal, había añadido una caja de esas en las que vienen las naranjas, sujeta con flejes al transportín, y bajó al pueblo a por la carne. Todavía había turistas, pero el pueblo parecía bastante tranquilo. En el paseo marítimo, entre la ciudad medieval y la playa, quedaban en pie muchas de las antiguas casas modernistas de la burguesía corchera. El viejo casino, donde ya nadie practicaba la esgrima, la Casa Gassull con su tribuna de cinco lados, toda hierro y cristal, y la Casa de la Campana, adornada con un pequeño campanario sobre el frontispicio. Más allá, como un emblema, la residencia de los Pitarch, los dueños de la mayor empresa taponera, que todavía estaba habitada por la familia y conservaba las iniciales del primer propietario, Josep Pitarch, en dos medallones cerámicos a cada lado de la puerta principal.

Pobre Elizabeth Babel..., qué sola debía de sentirse en este mundo de lujo. Sin poder asistir a los bailes o a los conciertos, a las obras de teatro, privada del fogoso sonido que produce la prosperidad.

—Cabeza de vaca no tenemos —le dijo el carnicero—. Eso ya no lo pide nadie, ¿sabes? Pero puedo darte un poco de papada o de morro, lo que prefieras.

Teresa se decidió por un pedazo alargado de morro, aunque iba a ser la primera vez que lo usara para ese guiso. Eligió también las manos más blancas, abiertas por la mitad, y un jarrete de buen tamaño, que el carnicero mechó y ató convenientemente. Mientras el hombre hablaba por los codos y la bombardeaba a preguntas sobre el hotel, pensó en la improvisación, en el modo en que una receta cambia de ingredientes para reproducir mil versiones distintas del mismo plato. Mañana pondría además unas verduras crujientes como adorno: zanahorias, calabacín y nabos. Y quizá unas patatas de Prades asadas. Cuando subía la cuesta con la bici cargada, se sintió como el recadista de un colmado. La cesta que había instalado el hijo de Marçal, Dios sabe por qué bendita ocurrencia, facilitaba mucho los viajes a un pueblo donde ya no se podía aparcar.

Port de l'Alba.

Había crecido tanto desde que llegó aquí con su madre...

También yo lo recuerdo, no solo tú, Elizabeth Babel. Solo tenía nueve años, pero lo recuerdo como si hubiera pasado ayer mismo.

Mi madre se llamaba Ángela Dennistoun, lo sabes muy bien, porque era la hija de Pye. Él la tuvo cuando se fue a Bilbao a trabajar como ingeniero naval de los astilleros y se casó con una chica de allí. Mi madre siempre se lamentó de haber tenido un padre raro, un extranjero que nunca se adaptó a la vida de Bilbao. Le echaba en cara muchas cosas, casi todas las que no le gustaban de sí misma, pero yo creo que lo que hizo de ella una persona inestable y caprichosa fue que era hija única, como yo.

Llegamos aquí, ella y yo solas. En aquel Ford Taunus de color verde pastel.

La casa llevaba solo dos años vacía, pero en tan poco tiempo había sufrido algunos daños que a mi madre le parecían irresolubles: había goteras, las ventanas no cerraban bien, alguien había robado la maquinaria de los tres relojes de la torre, aunque eso le daba igual, mejor así, dijo cuando se enteró, ¿qué íbamos a hacer nosotras con esos trastos?..., y sobre todo se veía vieja y anticuada, con pesados muebles de estilo inglés, algo que mi madre no podía soportar, y paredes con paneles entelados en seda, cosa que ella podía soportar aún menos. Vino un amigo suyo, un anticuario de Barcelona, y se llevó algunos muebles. El resto los subieron a la torre. Con el dinero que le dio compró mobiliario moderno, sencillo y blanco, como el de las películas, y contrató a un matrimonio joven para que vivieran en la casita del huerto y fueran arreglando la casa. El hombre se llamaba Marçal. La mujer se llamaba Roser y hablaba muy mal el castellano.

Recuerdo sobre todo que nunca estábamos en casa. Mi madre me montaba en el coche y nos íbamos a la playa o al puerto, con un amigo suyo que nos llevaba a navegar. Ella tenía un bañador de lunares y el pelo largo, muy rubio…, se parecía a Brigitte Bardot. Cuando estábamos mar adentro se lo quitaba y tomaba el sol desnuda. Yo la odiaba en esos momentos.

¿Se avergüenzan los hijos de sus padres como yo me avergonzaba de ella? ¿Por qué no podía ser una madre como las demás, por qué no cocinaba y planchaba, o salía a tomar café con sus amigas como mi tía Mari Carmen, la madre de Mikel? Si ella se hubiera comportado así no tendríamos que habernos ido nunca de Bilbao. Y, no obstante, a pesar de que a veces la odiara por ser como era, con ella me divertía como no me había divertido jamás. Cuando se levantaba nunca sabía qué íbamos a hacer ese día, pero siempre se le ocurría algo, tenía la facultad de convertir la vida en una sorpresa permanente. Yo iba olvidando la imagen taciturna de mi padre y la cinta de terciopelo que llevaba mi abuela en el cuello, con la misma naturalidad con la que una serpiente cambia la piel y la deja abandonada en el camino. Solo me dolían Mikel, las playas, el perro... El aire de aquella otra libertad.

Por las noches íbamos a Tossa, donde había una sala de fiestas que se llamaba La Palmera y en la que yo pasaba las noches con un Kas de naranja y una pajita, hasta que me dormía sobre el escay de los sofás y me levantaba con el pelo pegado a la cara. Recuerdo la carretera llena de curvas, y a mi madre conduciendo borracha, cantando en voz baja. A veces no volvíamos solas.

Nunca, en todo ese tiempo, me pregunté quién era, o dónde estaba, el hombre por el que ella había dejado a mi padre.

Luego llegaron los americanos. Una pareja de hombres que dormían juntos y una chica bajita, con gafas de ojo de gato, que llevaba el pelo corto y fumaba sin parar. Habían alquilado una casa en La Fosca, pero era un cuchitril y mi madre no tuvo otra idea que invitarles a que se instalaran en Los Cuatro Relojes. Marçal ya había arreglado las ventanas, pero seguía habiendo goteras. Teníamos siempre un cubo en mitad del pasillo y otro en el dormitorio donde un día debió de dormir Elizabeth Babel, para que recogieran el agua si empezaba a llover por sorpresa.

Esa sensación extraña de que hubiera más gente en la casa...

Ahora todos hablábamos inglés. De pronto teníamos que compartir aquella lengua secreta que nos unía a mi madre y a mí, y que en Bilbao dejaba al resto del mundo fuera. A mi padre también.

Uno de esos hombres era guionista en Hollywood y contaba siempre chismes de actores y actrices. Se llamaba Jack Devine. Quizá era famoso, sí, seguramente lo era, porque ese otoño dijo que iba a venir a visitarnos Tennessee Williams. Claro, yo no tenía ni idea de quién era el tal Tennessee Williams y no podía entender por qué Jack le invitaba a una casa que no era la suya; pero el modo en que mi madre acogió la noticia me hizo pensar que se trataba de alguien muy importante. No vino nunca, afortunadamente. Ya teníamos demasiados borrachos en casa. Pero eso sirvió para que mi madre le metiera prisa a Marçal con el tejado.

Todo se volvió muy rápido. Más todavía. Planes, planes, planes… Jack y su amigo eran como mi madre, seres voraces que se comían el tiempo a grandes bocados y no me dejaban pensar. Con ellos todo estaba del revés: el sol era húmedo y el mar ardiente. Conocimos a otros americanos, una pareja de pintores que parecían intercambiados, él con aspecto afeminado, ella con apariencia de macho, y a un francés que se alojaba en una masía de Tossa y tenía dos perros enormes que me perseguían en cuanto me movía por la finca. Fuimos a Cadaqués, a conocer a Dalí, que ese día no estaba en Port Lligat, aunque nos recibió una mujer muy alta, de voz grave, que habló mucho rato con Jack, mientras yo me bañaba entre las barcas y salía con los pies manchados de alquitrán… Ese vértigo de gentes, apresurado e inconstante, sorprendente como una noche de fuegos artificiales, y efímero como ellos. Al final solo quedaba el ruido atrapado en los tímpanos y un ligero olor a días quemados.

De la gran nebulosa de aquel verano, recuerdo una sensación extraña. Toda la vida había oído nombres, apellidos, familias vascas asociadas al prestigio y el dinero. «Es de los Bengoechea, son los Arriluce, es la casa de los Echevarrieta...» Eran nombres que poseían un valor, sólido y seguro. Y de pronto, el mundo de mi abuela se desvanecía, quedaba reducido al serrín que deja la polilla bajo los muebles viejos. Ahora esos pedestales los ocupaban los actores de Hollywood, Cadaqués, los pintores de cuadros estrambóticos, otro americano que había escrito en Palamós una novela que se titulaba no sé qué de la sangre fría, los hombres que dormían juntos y la marca del mejor bourbon. Todo eso tenía un valor. Estar en contacto con ello era ocupar un lugar en la cúspide. ¿Dónde quedaban los dueños de los astilleros y de las minas, de los hornos que soltaban fuego y de los barcos de cabotaje? ¿Dónde Mikel y Beltza?

Pero la luz no acababa de ocultar las sombras. Y yo era una durante el día y otra por las noches, cuando no conseguía dormir y las imágenes confusas me asaltaban como ladrones en un camino. Lo revivía todo. A la vez. Días despreocupados, gente que reía, música, calas vacías con cuerpos desnudos y un mar en el que enseguida te metías hasta el cuello. Pero también la incertidumbre de no saber qué iba a pasar mañana.

Y luego el miedo.

El temor a que ella me abandonara de nuevo.

Estamos a finales del verano de 1968. El primero que mi madre y yo pasamos en Port de l'Alba. Pedernales queda atrás. Mikel y la tía Mari Carmen quedan atrás. Mi padre y mi abuela, burlados por esa tal Ángela Dennistoun que es mi madre, quedan atrás, ocultos por una capa de olvido tan espesa que parece como si hubieran desaparecido para siempre.

Una mañana habíamos ido a Begur, solos los tres, mi madre, Jack Devine y yo. No sé dónde estaba la chica de las gafas y el peinado anticuado, pero el amigo con el que dormía Jack se había ido después de una pelea terrible. Después volvería, porque ellos se peleaban constantemente y entonces uno de los dos se iba y regresaba al cabo de dos o tres días. Jack todavía llevaba el pómulo morado.

—Ve a bañarte a la orilla —dijo mi madre.

No quería bañarme sola. Y menos en la orilla. Me aburría.

Me quedé allí, a un metro de ellos, escuchándolos sin escucharlos, como tantas veces.

—Tom está mal, muy mal —dijo Jack. Al parecer Tom era Tennessee Williams, luego lo supe, y su nombre ha quedado para siempre asociado a algo que no controlo, un miedo mayor que todos los que he sentido en la vida.

Mi madre lleva ese bañador de lunares que se anuda al cuello. También siento una especie de pavor ante los lunares. Jamás he tenido un vestido, una blusa o un simple pañuelo de lunares. Blancos sobre fondo negro. Como agujeros vacíos.

—Bebe mucho —Jack Devine seguía hablando y yo aún no sabía que deseaba que se callara—, y toma esas malditas pastillas rosadas, Seconal, que le están convirtiendo en un zombi. Hay que sacarle de Estados Unidos. Inge me ha propuesto que vaya con ellos a Tánger, porque dice que Tom adora Tánger y que allí se tranquilizaría… Ha dicho Tánger o Positano, y yo he respondido que Tánger, sin dudarlo. Si me voy, ¿vendrías conmigo?... Tennessee te encantará. Está loco, pero te encantará. Y aquí, cuando acabe el verano, no habrá mucho que hacer, ¿verdad? Eso sí, a la niña no podemos llevarla. Quizá podrías dejarla unos días con los guardeses, ¿no?

Tengo miedo. ¿Qué va a contestar mi madre? ¿Me va a dejar sola con Marçal y su mujer? Ellos ya tienen un hijo. Es pequeño y se llama Jaume. Llora sin parar. Si me dejan sola yo también lloraré. Todo el tiempo.

No sé qué pasó. Ninguno de los dos se fue nunca a Tánger. El nombre de Tennessee Williams y sus pastillas de Seconal quedó vagando a la deriva, sin agarrarse a nada. De vez en cuando vuelve. Asociado al temor, a lo incontrolable, como una amenaza de naufragio.

¿Cómo es posible que vivamos con tanto miedo, que estemos tan expuestos? Un día de noviembre... La chica de las gafas de ojo de gato se había ido a finales de octubre, pero ellos, los hombres que dormían juntos, siguieron allí, con sus costumbres raras y sus botellas vacías que rodaban por el suelo. Ese día hacía mucho viento. Encendieron la chimenea. Roser nos preparó un arroz con sepia y la tarde se fue prolongando hasta que el mar y el cielo se volvieron de un mismo color.

—Aquí tendrías que poner un hotel, Ángela —dijo Jack plantado delante de la chimenea, agitando los tres cubitos de hielo de su vaso—. Te forrarías.

Mi madre desechó la idea con un gesto de la mano y soltó una ruidosa carcajada que se me quedó clavada como una de esas salidas sin sentido que eran tan habituales en ella.

Pero lo cierto es que no es por eso por lo que recuerdo ese día de viento.

Ella llevaba un vestido de tres colores, muy corto, que dejaba al aire sus muslos bronceados y brillantes. Iba descalza a pesar del frío. Casi siempre iba descalza por la casa. Se había cortado el flequillo y ahora se parecía aún más a Brigitte Bardot. Pero era mi madre. Alguien que unía el calor con el frío. Mi madre. La que recogía gente rara en su casa y bebía whisky con Coca-Cola en un vaso de tubo. La que se acostaba al amanecer y se levantaba a mediodía.

Ese día... ¿Lo recuerdo por eso? ¿Por su figura envuelta en aquella constante indolencia? ¿Por el modo en el que se libraba de cualquier proyecto que le exigiera un poco de atención?

No. No lo creo.

O puede que también. Creer es más fácil que no creer.

La tramontana llegaba como un cuchillo que hubieran afilado entre las montañas. Luego se precipitaba en el mar. Esa escena..., todos en el salón, las paredes pintadas de azul celeste, sin aquellas telas oscuras y polvorientas de antes, los muebles escasos y modernos, ligeros como una vida sin peso, y aquella gente que vivía con nosotras como si estuviéramos todos dentro de una película.

—¿Y tú por qué no vas a la escuela? —suelta Jack.

—Este verano no hemos tenido tiempo —dijo mi madre sin darle ninguna importancia a una pregunta que para mí era como una de esas montañas en las que se afilaba el viento—. En enero pensaremos en ello, ¿verdad, tesoro?

Pero no.

No es solo por eso por lo que recuerdo aquel día de noviembre.

Esa pregunta tonta me llenó de una enorme tristeza. A medida que la tarde avanzaba, a medida que Jack iba estando más y más borracho... ¿Por qué no iba a la escuela? ¿Qué quería mi madre para mí? Miedo y desconcierto. ¿Era ese el modo de cuidar de una niña?

También puede ser que recuerde ese día porque fue la primera vez que subí a la habitación de la torre.

Aquel desván improvisado.

Oscuro. Con un interruptor de llave y un cordón retorcido del que salían pequeñas chispas al encender la luz.

Todos aquellos bultos. Allí, sepultados, como parientes incómodos.

Había baúles cerrados, cómodas viejas, sillas destripadas. Había cortinas enrolladas de cualquier modo y espejos moteados de vejez. Cajas a medio abrir. El armario de caoba también había ido a parar allí.

¿Dónde estaría el límite en la habitación de la torre? ¿Hasta dónde se podía llegar?

Rebusqué sin ganas. Solo por fisgar. Y entonces vi la caja de metal. Pensé que dentro habría joyas, o fotos de la familia; pero solo había cartas y todas empezaban con un extraño «Querida Elizabeth»…

Ese fue el día en que te conocí, Elizabeth Babel. Y el día en que pensé que a lo mejor yo también podía volverme muda.

Teresa había puesto a cocer la pata de ternera, el morro y la carne. Sentía que había algo absurdo en cocinar en aquel momento. Ella no debía estar aquí. Tenía que haber cerrado el hotel, pero de verdad, con dos vueltas de llave.

Se sirvió una copa de vino. Todavía quedaba una botella abierta de aquel Gaillac que había comprado con Xavier.

Cerrar con dos vueltas de llave…

Pero las cartas hablaban.

Querida Elizabeth:

Esta vez tengo tantas cosas que contarte que no sé por cuál empezar. Tampoco sé si podré explicarlas como quiero.

Primero querría hablarte de nuestros trajes de baño. Mi madre dudó mucho este invierno y, antes de hacerlos, consultó varias revistas inglesas que traían dibujos y fotografías. Debo decirte que ella no estaba segura de que ese atuendo fuera propio de señoritas; si no es por la insistencia de mi padrastro, que defendía los baños de mar como lo mejor para la salud del cuerpo y de la mente, nunca habríamos tenido tales prendas. Gertrude y yo se lo agradecimos sinceramente, porque nos hacía mucha ilusión.

Mi madre no es una timorata. Nunca lo ha sido. Pero tampoco le gusta llamar la atención y en eso estoy de acuerdo con ella. Descartó los trajes de una sola pieza, porque estaban hechos de punto de lana y, con buen criterio, dijo que se nos pegarían al cuerpo y sería como ir desnudas. Así que eligió telas de algodón, livianas, pero firmes al mojarse, y nos cosió unos modelos preciosos. El de Gertrude era de mil rayas, y como ella se empeñó en que no llevara mangas ni falda, mi madre le hizo un cuerpo con tirantes anchos y unos bombachos muy fruncidos que se ajustaban en la cintura con una banda y un gran lazo. El mío era más propio: una falda con pinzas en la cintura que llegaba hasta medio muslo. Y por debajo, asomando, los pololos. Todo de color azul marino. El cuello marinero, la cinturilla con la que se ceñía al talle y el borde de la falda, llevaban una cenefa blanca con tres rayas.

Pye ha venido con un amigo suyo, un chico español que estudia con él. Le han invitado a pasar el verano en nuestra casa porque su familia tuvo la amabilidad de recoger a Pye cuando se quedó solo en Navidad. Dice que fueron muy amables. Total, que a finales de junio fuimos al balneario por primera vez. Antes no nos dejaron porque decía mi padrastro que el agua estaba todavía fría.

La playa de Port de l'Alba es la mejor de la zona. Dicen que en las pequeñas calas del cabo el mar es muy profundo y que apenas podrías meterte en el agua sin que te llegara por el cuello, así que a nadie se le ocurre hacerlo; pero en el balneario puedes andar por la orilla, dejar que las olas te golpeen las piernas y te mojen la tripa sin ningún peligro. Eso es lo que más me ha gustado, cuando Gertrude y yo nos hemos metido con nuestros trajes de baño nuevos y hemos ido avanzando poco a poco, palpando la arena con los pies, hasta que el agua nos llegaba más arriba de los muslos y la tela se nos pegaba al cuerpo como hojas mojadas... Ha sido rarísimo. Una mezcla extraña de miedo y placer. Pye y su amigo nos han acompañado a Gertrude y a mí, para que no nos pasara nada.

El chico español se llama Moisés. Y cuando una ola ha salpicado a Gertrude, él la ha cogido por la cintura para que no se cayera. He pensado que se tomaba demasiadas libertades, pero parece que nadie más que yo se ha dado cuenta.

Mi madre no ha dejado que Marcus se acerque al agua; se ha quedado con él en los toldos, junto a las casetas. Ha dicho que otro día, cuando no haya olas, le dejará que nos acompañe a la orilla.

Supongo que cuando me bañe más veces estos recuerdos quedarán en nada, por eso quería compartirlos. Y, además, no quiero olvidar este primer día en la playa, porque Pye me ha confesado una cosa horrible que nadie más sabe.

Creo que ha cambiado desde que está en Barcelona. Ya no tiene ese aire asilvestrado de antes, ahora parece un señorito. Y se ha vuelto muy serio. Mientras Gertrude y Moisés jugaban con las olas, nosotros nos hemos sentado en la orilla. El agua nos llegaba hasta la cintura, iba y venía suavemente, como restos que iban perdiendo toda su fuerza. Cuando se retiraba, antes de que subiera de nuevo, arrastraba puñados de arena debajo de nuestros pies. ¿De dónde saldrá tanta arena?

Total, que estábamos sentados en el agua. Pye miraba al infinito, con los ojos perdidos y no me hacía ningún caso, así que le toqué en el brazo. Se sobresaltó. Entonces le señalé, primero en el pecho y luego en la cabeza, para preguntarle en qué estaba pensando. Pye no habla por señas, pero me entiende bien. Cuando me contesta mueve los labios con mucho cuidado. Yo creo que no llega a sacar de dentro la voz, que evita los sonidos. No sabría explicar por qué pienso esto, pero sé que es así.

—¿En qué pienso? —dijo mirándome muy serio—. En la guerra.

Le señalé con la barbilla y levanté los hombros.

—¿Por qué? —Parecía enfadado por mi pregunta—. ¿Es que no has visto los periódicos?

Apenas los había leído. Gertrude y yo estábamos demasiado ocupadas con nuestros trajes de baño para andar pendientes de las noticias de una guerra que se libraba en Europa, un lugar incierto que estaba demasiado lejos de Port de l'Alba.

—Hace unos días, los ingleses han sufrido más de cincuenta mil bajas en una sola batalla. ¿Sabes qué significa eso? Perderemos la guerra.

Volvió a mirar al mar. Más allá de donde Gertrude se movía como un tentetieso cada vez que venía una ola.

Volví a tocarle. Junté el pulgar de la mano izquierda con el dedo corazón y golpeé con el índice de la otra mano.

—¿Dónde? Qué más da —dijo Pye con amargura—. En Francia, en la región de Picardía. Mi madre era de allí.

Me habló de una batalla tremenda, en el río Somme. Dijo que había trece divisiones británicas y seis divisiones francesas cuando comenzó el ataque y que, al finalizar el día, las trincheras estaban sembradas de cadáveres sepultados en el barro.

—¿Y en el mar del Norte? —preguntó sin dirigirse a nadie en concreto—. Allí hemos perdido catorce navíos de guerra en una sola batalla naval, la de Jutlandia. Y ahora los alemanes han decidido llenar de submarinos las aguas del Canal. Inglaterra está en peligro.

No me imagino la guerra en el mar. Barcos debajo del agua. ¿Qué se sentirá?

—Lizzie…

Pye es el único que me llama así. Me gusta mucho que lo haga porque me siento como Elizabeth Bennet, la protagonista de *Orgullo y prejuicio*.

—Voy a alistarme.

Creí que le había leído mal los labios.

—Iré al consulado y me enrolaré en la Marina Real británica —repitió.

Le pregunté si lo sabía su padre.

—No. Y espero que tú tampoco le digas nada.

Se me hizo un nudo en el estómago. ¿Pye se iba a la guerra? ¿Cómo era posible?

Esa noche no pude dormir. Daba vueltas y vueltas entre las sábanas y me debatía entre la lealtad a Pye y el deseo de contárselo a mi padrastro para que se lo impidiera. Era muy tarde cuando me levanté de la cama y salí a la parte trasera. Había una gran luna que se elevaba como un globo de luz sobre el acantilado. Me quedé bajo las palmeras un buen rato, mirando el mar. La luna trazaba un camino brillante en el agua que se movía sin moverse, como si alguien agitara el mundo a un lado y a otro. Y entonces vi una silueta que salía por la ventana de la habitación de Gertrude. Me pareció Moisés y pensé que mi hermanastra debía de estar loca para hacer algo así. Creo que él también me vio.

Hoy hemos vuelto a la playa. Por fin han dejado que Marcus venga con nosotros al agua. Le daba miedo y eso que hoy no había olas. El agua era como una lengua que salía y entraba de una boca invisible. Nos hemos reído mucho con él porque se caía constantemente, hasta que lo he cogido en brazos y se me ha agarrado al cuello tan fuerte que casi me ahoga. Entonces los dos nos hemos caído y a Marcus el agua le ha cubierto la cara y ha tragado agua.

Ha sido Moisés quien ha acudido en nuestra ayuda. Ha levantado a Marcus y luego a mí, cogiéndome por debajo de los hombros. Sus manos han tocado mis pechos y sé que ha sido intencionado, he notado cómo se detenía más de lo necesario y cómo sus dedos buscaban los pezones. Me he sentido fatal. Cuando nos hemos puesto en pie, Moisés me ha mirado de forma insolente y se ha llevado un dedo a los labios.

No diré nada, pero no por él, que me parece un cretino, sino porque no tengo ganas de que me interroguen y también porque es un invitado de Pye y ahora mismo él es el único que me importa. Sigo angustiada ante la idea de que se aliste en el ejército y le manden al frente donde los soldados mueren enterrados en el barro. O que le admitan en la Marina Real británica y muera como murió aquel músico español, Enrique Granados, desapareciendo bajo las olas y seguramente devorado por los peces. Estoy muy asustada.

Quizá sea ahora el momento de confesar lo que hace tanto tiempo sé y he intentado ocultar: yo amo a Pye. Le amo como la otra Lizzie amaba a Darcy o como Jane Eyre amaba a Edward Rochester. En secreto, pero fogosamente, con tanta intensidad que a veces noto que ese sentimiento me arde por dentro, me quema el pecho, la cintura, los costados. Baja por mi vientre y se agarra con fuerza ahí, hasta que el dolor es físico, real y desconocido. ¿Será esto una aberración? Casi es mi hermano. No tenemos el mismo padre, ni la misma madre, pero vivimos en la misma casa y somos una familia... ¿Por qué las cosas siempre se complican cuando aparecen los hombres?

Bueno, tanto da, Pye nunca llegará a sospecharlo siquiera y yo nunca se lo diré. ¿Qué iba a hacer él con una muda?

El amor. Cuando aparecen los hombres…

La frase podía ser una promesa o una maldición.

Sobre las once, mientras la pata y el morro se cocían un poco más, sonó el teléfono. Era Natalia. Estaba llorando.

—Lo de Pierre se ha acabado —dijo entre hipos—. Es un capullo. Me ha dejado tirada.

Intentó consolarla como pudo, pero apenas tenía argumentos con que hacerlo. Dijo tres o cuatro cosas banales y enseguida se sintió avergonzada de sí misma. ¿Por qué no podía defender nada que tuviera que ver con el amor? Pierre había encontrado trabajo en un hotel de Barcelona, de lo cual se alegró en secreto, pero al parecer, también había encontrado otra cara bonita con la que sustituir los grandes ojos negros de su amiga.

Puso el disco de Alicia de Larrocha en el Yamaha del comedor y esas cuatro palabras seguían ahí, sonando insistentemente dentro de su cabeza, «cuando aparecen los hombres», mientras la danza oriental de Granados quedaba en suspenso… Era cálida, envolvente, iba y venía, pero siempre regresaba a la parte inicial.

Por primera vez en muchos días pensó que le gustaba estar en su hotel, con su música favorita y cocinando para gente que no eran huéspedes, sino sus invitados. Personas a las que podía tocar, abrazar, con las que podía discutir…, de las que podía escapar si llegaba a sentirse amenazada.

El piano de Alicia de Larrocha, lejos y cerca al mismo tiempo, le proporcionaba algo así como una cálida aceptación, las dudas desaparecían y sus temores se domesticaban. Cuando ponía el disco era como si colgara unas cortinas nuevas que volvían más acogedora cualquier estancia. Y sobre esa música siempre sonaban las palabras sin voz de Elizabeth Babel.

Gabriel y Max llegaron a la una y media, tal y como les había pedido. El *boeuf à la mode* reposaba desde la tarde anterior. Teresa había cortado la carne en gruesos escalopes y había deshuesado las manos de vaca con esmero. El morro estaba preparado aparte, en dados pequeños, listos para ser colocados junto a las verduras crujientes.

Gabriel le tendió la botella de cava que habían traído.

—Hemos venido haciendo apuestas —dijo sonriendo—. Max dice que has hecho arroz.

—¿Y tú? —preguntó Teresa, mientras metía la botella en el frigorífico.

—Yo me inclino por un *suquet* de pescado.

Teresa destapó la cazuela.

—*Boeuf à la mode* —dijo escuetamente—. Una receta familiar.

—Vaya…, creo que entonces tendríamos que haber comprado una botella de tinto.

—No te preocupes, todavía me quedan varias en la bodega. Y ya no tengo quien se las pueda beber.

Max se había puesto a curiosear por la cocina.

—¿Y esto qué es? —preguntó tocando el termostato de la mesa caliente.

—Es para mantener los platos a buena temperatura. Cuando están preparados para servir. ¿Quieres emplatar? Así ves cómo funciona.

Max se agitó sorprendido.

—¡Claro! Pero no sé si sabré.

Lo vigiló, mientras veía cómo el chico colocaba primero el jarrete cortado y las manos deshuesadas, luego el morro rehogado en un dedal de aceite, tostado por ambos lados. Por último, vertió la salsa muy caliente con un cucharón y puso encima las verduras cortadas en bastones alargados. Las colocó por colores. Las pequeñas patatas de Prades a un lado, fuera de la salsa, con perejil espolvoreado por encima.

—Perfecto —dijo asombrada—. Ni el chef lo habría hecho mejor.

Max se sonrojó, miró a su padre, le lanzó un gesto desafiante y siguió emplatando la siguiente ración. Teresa elevó la temperatura de la mesa caliente.

—¿Quieres subir el vino? —le dijo a Gabriel para aliviar la tensión—. Elígelo tú mismo.

Le dio la llave y pensó que esa misma tarde llamaría a Natalia para ver cómo le iba.

Desde el vértice del salón se veía el mar, en dos planos, norte y sur, contagiado de una luz dorada que venía del interior. El sol rozaba ya las montañas, dispuesto a ocultarse aunque todavía estaba alto. Su reflejo caía sobre el agua y rebotaba como una piedra lanzada con fuerza.

—Papá, ¿me acercas al pueblo?

Habían comido. Habían hablado de los estudios de Max, del

vino, del *boeuf à la mode* y de la crisis. Lentamente, la conversación languidecía.

—Deja a tu padre que disfrute de la sobremesa. ¿Quieres llevarte mi bici?

Un rato antes, Max se había sorprendido al ver la caja de plástico que el hijo de Marçal había atado con flejes al transportín. «Joder, Teresa, estás al día, —había comentado—. En Barcelona todos los bikers llevan una de esas cajas de fruta.»

Ahora le agradó la idea de llevarse la bici.

—Pero ¿cómo te la devuelvo? Que luego no quiero volver aquí y tener que irme a pie.

—Puedes dejarla atada al poste de la farmacia. La del paseo. Yo bajaré mañana a buscarla.

—Vale. Pero si te la roban, yo no quiero saber nada.

—No me la robarán, descuida. Tú cierra bien el candado.

A Gabriel le gustaba esa complicidad extraña que se traían los dos. Max nunca se había llevado bien con su madre. Discutían sin parar. Luego, cuando ella enfermó, las cosas dieron un vuelco, Max empezó a comportarse con una repentina docilidad y ella siguió tirando de la cuerda, cada vez más irritable y exigente, pero Max aguantó el tirón sin protestar. Como un adulto.

—¿Has decidido algo sobre lo que hablamos el otro día?

Teresa le miró furiosa.

—¿A qué te refieres? —preguntó sabiendo muy bien a qué se refería Gabriel.

—Al préstamo que te ofrecí. Puedo hacerte un estudio de viabilidad y calcular cuánto necesitarías.

—Deja ese tema, por favor.

Deseó que se marchara. El futuro era un juego que no se podía jugar entre dos. Él se calló de inmediato. Pero ella volvió a sentir la incómoda sensación de tener que arrancarse de la piel la pegajosa bondad de Gabriel.

—Mañana voy a Perpiñán —dijo a sabiendas de lo que eso significaba.

Gabriel conocía la existencia de Xavier, ella nunca se lo había ocultado.

Vio cómo le dolía.

—Tengo un combate —aclaró arrepentida de inmediato—. El otro día me dieron una paliza y mañana espero tomarme la revancha.

Gabriel asintió en silencio. Se sirvió un poco de cava, sin llenar la copa de ella.

—Si vendes el hotel, ¿qué piensas hacer? —preguntó—. ¿Te irás?

Teresa se vio a sí misma encerrada en Los Cuatro Relojes, sin rótulos y sin placas de club de calidad, sin clientes. Encerrada con las cartas de Elizabeth Babel y cocinando recetas que nadie más iba a comer. Sola. Envejeciendo despacio.

—Todavía no he decidido nada. Voy a esperar un poco.

—¿Te gustaría que hiciéramos un viaje? Solo unos días de vacaciones. A mí también me vendrían bien.

Un viaje… Salir de este espacio en calma donde el futuro hervía como un guiso sin comensales.

—No, gracias.

La respuesta le sorprendió a ella misma. Parecía tan firme…

—¿Por qué?

Por qué… ¿Cómo podía saberlo? De pronto deseaba ser otra persona. No este alguien que era. Otra Teresa.

—Ya te he dicho que quiero quedarme aquí. Hasta que tenga las cosas un poco más claras.

Otra. Sosegada y en paz. Como el mar que se veía tras la ventana. Engañosamente inmóvil, quieto y profundo, pero con movimientos agotadores que a simple vista no se podían apreciar.

Gabriel estaba claramente contrariado. ¿Cómo lo aguantaba? Ella no podría. Vio que se levantaba y llevaba las botellas vacías a la cocina.

¿Así que quería quedarse aquí? ¿Por cuánto tiempo? En ráfagas, llegaron recuerdos de otros tiempos, escenas en las que su madre siempre estaba presente y ausente a la vez.

Un bar en un hotel. Música de guitarras y una gitana que bailaba descalza. Hombres con pañuelos al cuello, jamón y vino. Allí no había Kas.

Y esas voces al otro lado de la barra.

—¿De quién es la chica?

—De la inglesa esa de Port de l'Alba. Va con ella a todos los tugurios.

—Menudo ejemplo. Acabará siendo tan golfa como su madre.

Tan golfa como ella… ¿Sabían esos hombres lo que iba a pasar?

Los gitanos amontonados en el coche de Jack. Las mujeres en el coche de mi madre. Todos camino de la casa que no era un hotel, pero lo parecía. Con las guitarras y las botellas. Y luego risas y música en el salón de Los Cuatro Relojes, hasta el amanecer. Mi madre y la gitana bailando descalzas y yo en mi habitación, intentando dormir sin que la palabra golfa me alcanzara.

Y luego, cuando la paz del sueño se había abatido sobre mí, el timbre de la puerta me despertó. Un sonido molesto, repetido, impaciente, que rompía la paz de primeras horas de la mañana.

Me levanté.

Había gente dormida por los sofás, vasos vacíos y ceniceros llenos. Mi madre no estaba, pero Jack había abierto la puerta a la Guardia Civil. En el salón, contemplando con horror todo aquel desorden de cuerpos apagados, estaba mi padre. Con su tabardo azul y su corbata de siempre.

Y entonces Port de l'Alba se acabó para nosotras.

—¿En qué pensabas?

Gabriel había preparado café. Teresa respondió sin apartar la vista de la ventana:

—En lo que significa esta casa.

El sol se había puesto y el mar había perdido todos sus reflejos. Ahora era una mancha gris, opaca, sin ninguna belleza.

Gabriel inició una frase.

—Si es tan importante para ti...

La dejó en suspenso. Teresa seguía contemplando el horizonte, como si esperara algún cambio imprevisto.

—Viví aquí algunas de las cosas más importantes de mi vida —dijo sin moverse—. Todavía intento ordenarlas.

Gabriel se dio cuenta de que las palabras traían consigo una carga de profundidad. Que Teresa dejaba asomar solo la pequeña cima de un iceberg demasiado grande para subir a la superficie.

—No quiero ponerme pesado, así que cerraré este tema ofreciéndote mi ayuda para cualquier cosa que decidas. Recuérdalo.

Teresa se volvió hacia él, esbozó una tenue sonrisa y asintió agradecida. Tan golfa como ella...

Esa noche, cuando se quedó sola por fin, cogió la caja de las cartas y sacó otra. Era de diciembre de 1916.

Querida Elizabeth:

Pye se fue hace tres meses. No sabemos nada de él.

La guerra sigue su curso. Dice Robert que la neutralidad está favoreciendo a la industria española y que si Pye espabila y acaba sus estudios cuando vuelva de la Marina, se labrará un buen futuro como ingeniero naval. Pero a mí me parece que las cosas están cada vez peor, sobre todo ahora que el conflicto se ha extendido al Mediterráneo. Miro los periódicos con avidez, intentando seguir el rastro de los cruceros británicos, en particular el del *HMS Nueva Zelanda*, que es donde está destinado Pye.

Pero no tenemos mucha información. Nadie la tiene. Por más que Robert nos explica las maniobras de la Gran Flota, dibujando mapas con líneas que se cruzan en el mar, yo no consigo entender gran cosa. No quiero entenderlo porque todo eso no es más que ruido. Quizá soy demasiado superficial, pero lo que de verdad me consuela es una cosa que me contó mi madre: dicen que el *HMS Nueva Zelanda* está considerado un buque con buena suerte. Al parecer, en la batalla de Jutlandia, esa de la que han estado hablando los periódicos durante meses, el capitán se puso una falda de hierbas maorí y un tiki de diorita, que ni ella ni yo tenemos idea de lo que es, pero por lo visto protege contra los malos augurios. Y dice mi madre que dio resultado porque, aunque tuvieron que actuar en primera línea, atacando a los buques alemanes mientras llegaba la Gran Flota, no les alcanzó ni un solo proyectil. Entonces Pye todavía no se había enrolado. ¿Qué pasará ahora? ¿Seguirá el *HMS Nueva Zelanda* mandado por ese excéntrico capitán? ¿Los amuletos tendrán todavía efecto? Quiero creer que sí. Pye está bien. Lo sé. Robert dice que, si no tenemos noticias, es que sigue a salvo.

Hay muchas noches en las que no hacemos otra cosa que hablar de la guerra. Mi padrastro despliega los periódicos sobre la mesa, saca un pliego de papel en blanco, un viejo atlas de 1898, y nos obliga a seguir la marcha de la guerra en el mar del Norte. Nuestro comedor parece a veces la sala de operaciones de la Marina Real británica. Y, sin embargo, durante el día la realidad se impone. Cada uno de nosotros se olvida de mares, regiones y puertos, de esas flechas de ataque que quedan trazadas en el pliego de papel, como caminos perdidos, y todos volvemos a nuestros quehaceres. Marcus a sus estudios, Gertrude y yo a nuestras clases en el pueblo, mi madre cose los vestidos de primavera y Robert se pasa el tiempo con unas máquinas muy raras que ha instalado en las cocheras. Es muy curioso. Durante el día parece que solo hubiéramos soñado con la guerra.

Pienso muchas veces qué diría Pye de todo esto. Si pudiera escribirle… Me gustaría tanto contarle cosas de Port de l'Alba. Pero cuando lo pienso me doy cuenta de lo ridículo e insignificante que le parecería. En fin, por muy poco heroicas que sean nuestras vidas, son lo que nos acontece. Yo también tengo choques en la niebla. Y naufragios… Pero Pye nunca sabrá de ellos.

Algunas cosas que nos ocurren son buenas. Otras no tanto. Por ejemplo, las clases de esgrima son fantásticas. Mi profesor —debemos llamarle maestro de esgrima, porque dice que profesores son los que enseñan a leer— es un inglés que vive en Punta Carbó y va al casino cada día a caballo. Es mayor, pero muy apuesto. Se llama Milton Finch. A Gertrude le ha dado por decir que estoy enamorada de él, pero no es cierto. Simplemente me gusta porque es el único en el pueblo que me trata como una persona normal. Los demás no. En sus rostros esquivos veo siempre el desprecio, agachado como un saltamontes a punto de saltar en cualquier dirección. A veces veo también lástima o compasión, pero eso no me consuela lo más mínimo, al contrario, es como si derramaran sobre mí fanegas de una humillación tan pegajosa como la resina.

Las personas normales hablan y se oyen a sí mismas. Construyen sus conversaciones y eso les sirve para tener elaborado un mundo compacto, algo así como un plato cocinado…, no como el mío que está hecho solo de pensamientos. Los pensamientos son demasiado efímeros. Tarde o temprano se borran. Y, además, cuando la gente habla sus palabras quedan depositadas en los otros, penetran en ellos como el agua de lluvia en la tierra que la absorbe. Yo puedo hacerme entender por señas, pero los gestos se vuelven aire, igual que los pensamientos, y a veces pienso que los míos no penetran en nadie.

Así que me esfuerzo mucho en las clases de esgrima para ser la mejor. Cuando subo las escaleras del casino, noto que crezco, que me hago más grande, o más alta, no sé cómo explicarlo. Me vuelvo útil y precisa.

Hace unos días, cuando finalicé las clases, Gertrude me esperaba como siempre en el vestíbulo del casino para regresar a casa. Estaba hablando con un muchacho al que he visto unas cuantas veces, pero no sé cómo se llama. Vi cómo me señalaban. Vi cómo él se acercaba a Gertrude, seguía mirándome con descaro y por eso pude leer sin dificultad sus labios:

—Ahí viene la tonta —dijo—. Ahora empezará con sus gruñidos… Yo me voy, que no quiero partirme de risa.

Así son las cosas. Así es el mundo. Sé que no puedo esperar nada de cierta gente, sobre todo de los muchachos de mi edad, y por eso me gustan más las personas mayores como Quima, el maestro de esgrima o Robert. Ellos se han dado cuenta enseguida de que no soy tan tonta.

El programa de literatura inglesa me gusta mucho también. Me gustaron *Orgullo y prejuicio* y *Jane Eyre*. Gertrude y yo hablamos de esos amores de novela y soñamos con que un día nos ocurra a nosotras algo parecido. A ella le divierten las historias románticas, pero a mí me trastornan y devoro las páginas una tras otra, esperando encontrar algo que no me excluya. Y enseguida lo encuentro: la heroína de Jane Austen se llama como yo, Elizabeth. Cuando me voy a la cama, y apago la vela de sebo, sigo viendo praderas inglesas y hombres que vienen a caballo.

Y entonces sueño con estocadas, ataques de fondo y con el maestro de esgrima. Él siempre sonríe en mis sueños; pero a veces su sonrisa se borra, poco a poco, como la del gato de Cheshire, y su rostro es de pronto el de Pye.

La frente de Pye. Los ojos de Pye. La boca de Pye.

Que me sonríe.

El mundo de fuera se vuelca sobre mí como el contenido de una sartén hirviendo. Me gustaría tener también un tiki de diorita, sea lo que sea eso, salir con él cada mañana de casa y que me proteja frente a todas esas absurdas batallas que tengo que librar en el pueblo.

Ayer pasó algo. Habíamos acabado antes de tiempo las clases y faltaba casi una hora para que Ferran viniera a buscarnos con la tartana. Le propuse a Gertrude que fuéramos al paseo porque hacía muy buen tiempo. Me dio la impresión de que le costaba separarse del grupo de muchachos con el que nos habíamos reunido al acabar las clases, pero yo no quería quedarme con ellos porque sabía lo que pensaban de mí. No dijo que no. Caminamos por la calle principal, mirando de vez en cuando los escaparates de las tiendas de moda, y torcimos hacia el mar. Me detuve en una tienda de guantes. Cuando me volví, Gertrude no estaba. Doblé la esquina y le vi hablando con el chico que me había llamado tonta, el mismo al que le molestaban mis gruñidos. No sé si gruño. Quizá sí. Yo no oigo lo que sale por mi boca. Solo intento poner los labios como hacen ellos y dejar que vibre la garganta. Supongo que el resultado debe de ser patético, por eso me esfuerzo en no abrir la boca. Soy sorda. Soy muda. Y cada vez intento serlo más. Mi padre me obligaba a sacar sonidos; ponía mi mano sobre la garganta y me hacía repetir una y otra vez, hasta que sonreía satisfecho. A él no le parecían gruñidos, solo era mi voz de niña, diferente a la de Marcus, pero igual de querida para él.

Me acerqué y vi el modo en el que miraba Gertrude. Como irritada. También me di cuenta del fastidio que expresaban los ojos de aquel imbécil al que Gertrude sonreía embobada un segundo antes. Me dio tanta rabia que me planté frente a ellos y tiré de la manga de Gertrude. Ella me apartó con la mano. Entonces me di media vuelta, torcí la esquina de nuevo y me fui hacia el mar. El viento soplaba de tierra adentro e invertía el sentido de las olas. El balneario estaba desierto. Me acerqué a la pasarela de azobe y me apoyé en la barandilla. Todos los toldos estaban recogidos, las casetas cerradas a cal y canto, y la playa sucia. El viento me arrancó el sombrero, rodó por la pasarela de madera, atravesando las láminas pardas en sentido horizontal, una tras otra, como si tuviera un destino, y se paró contra el pretil. ¿Por qué no me moví? ¿Estaba realmente llorando?

No sé cuánto tiempo pasó antes de que les viera. Eran cuatro. Me rodearon. Noté las manos en mi cuerpo. Muchas manos. No me daba tiempo a apartarlas. Aquella sensación... No poder gritar, saber que nadie me oía, que me iban a derribar sobre la madera de azobe y que estaba a merced de aquellos chicos que no eran mayores que yo, pero tenían la brutalidad reflejada en el rostro. No recordaba haberles visto nunca. Quería mirarles a la cara, lo quería con todas mis fuerzas, porque entonces no podrían hacer lo que me estaban haciendo, si descubría quiénes eran no podrían... Uno de ellos era muy moreno y delgado, pero tenía más fuerza que los otros. Creí que sería él el primero en derribarme, él, que no me llegaba al hombro y olía como los cobardes, como yo imaginaba que olían los cobardes, porque era bajito como los cobardes y enjuto como ellos, con aquellas manos anchas y aquellos brazos delgados y muy fuertes. Y así fue. Me tumbó contra el suelo de madera y se puso sobre mí. Reía con la boca muy abierta y yo veía sus encías oscuras, como llenas de sangre acumulada, sobre los dientes blancos y perfectos...

Y de pronto me dejaron.

Salieron corriendo.

Milton Finch apareció en medio del caos, como en mis sueños, con sus botas de montar y el estuche del florete en una mano. En la otra traía mi sombrero. No sé lo que sentí al ver al maestro de esgrima, porque eran muchas cosas a la vez. No quería mirarle, estaba muerta de vergüenza y de rabia, de congoja. Me cogió de la mano y me obligó a levantarme.

Finch me llevó a casa. Gertrude había vuelto con Ferran después de buscarme por todo el pueblo. Mi madre estaba consternada; lloraba sin parar, como si me hubiera pasado algo muy malo, irreparable, lloraba casi como cuando mi padre había muerto. Yo intentaba sobreponerme y convencerles a todos de que no había ocurrido nada que mereciera tanto alboroto, solo sentía una espantosa vergüenza que se acrecentaba con su actitud; intentaba que me dejaran en paz, que no me compadecieran ni me prepararan tisanas, que no me interrogaran una y otra vez. Pero no pude evitar que Robert cogiera la tartana y bajara a Port de l'Alba. Quiso poner una denuncia, pero los guardias le dijeron que solo era cosa de chicos.

Cosa de chicos.

Cuando nos lo contó, con el rostro congestionado y la voz tensa, le dije por señas que no pensaba volver a las clases del casino. Estaba firmemente decidida. Robert me miró muy serio, pero no dijo nada al respecto.

Esa tarde me pidió que subiera con él a la torre. Uno de los relojes, el Canseco, adelantaba un cuarto de segundo al día. No hablamos más sobre lo que había ocurrido en el pueblo. Y, sin embargo, la afrenta seguía allí; yo sentía las manos de aquellos chicos en mi cuerpo y veía las encías oscuras del más moreno. Todavía sus brazos delgados me aprisionaban como barras de hierro.

—Toma, guarda este penique.

Robert parecía tranquilo, apacible, como siempre. Y sin embargo yo sabía que no lo estaba.

Cogí la moneda. Estaba caliente.

Y esperé.

Robert se puso a hablar, pero en la posición que estábamos yo no podía leer sus labios. Giraba la tuerca que hay debajo de la lenteja del péndulo hacia la izquierda, muy despacio, y luego hacia la derecha, con más cuidado todavía. Sé que girando esa tuerca hacia la izquierda se atrasa el reloj. Y que rectificándola hacia la derecha se adelanta. Sé eso. Y más cosas. Solo querría que los demás supieran que las sé y dejaran de considerarme una tonta.

Mientras Robert Dennistoun manipulaba el péndulo, volví la vista hacia la pared, donde estaba la esfera encajada en el muro de piedra. Eso siempre me había gustado, verla del revés, con los números romanos invertidos, por dentro. Era como descubrir un secreto.

Cuando volví la vista hacia mi padrastro, él también la miraba.

—Fíjate —me dijo volviéndose un segundo—, esta es una posición privilegiada. Aquí estamos tú y yo, en el eje de todo, con este tictac que afortunadamente no puedes oír porque es ensordecedor...

Agitó la cabeza y me sonrió.

—Tres relojes son demasiados relojes, incluso para mí. Menos mal que el de sol no hace ruido.

Luego volvió a coger la brocha y cepilló con cuidado los engranajes. El polvo seco se desprendía con facilidad.

Pues sí, allí estábamos, ese hombre de rostro sonrosado al que había odiado por ocupar el lugar de mi padre, y yo. Dos extraños. Sin parentesco ninguno. Con distintos apellidos, distintos orígenes y posiblemente distintos sueños. Robert Dennistoun y Elizabeth Babel. Parecía que pudiéramos vivir detrás de las horas, del tiempo que se pierde entre los dientes de la máquina...

—No vas a hacerlo —dijo cogiendo la pluma de engrasar.

Le interrogué con una elevación de la barbilla.

—Dejar de ir al pueblo. ¿Y sabes por qué?

Negué con la cabeza.

—Porque eres la chica más lista que conozco. Mucho más que Gertrude, mucho más que Pye y, desde luego, infinitamente más que los zoquetes que te asaltaron en la playa. Y porque tienes algo muy importante a lo que no debes renunciar: entereza. Eres más fuerte de lo que crees, pequeña Elizabeth.

Por un instante pensé en contradecirle, en seguir en mi papel de víctima. Pero ese sentimiento había caducado.

Robert se dio cuenta de que aceptaba. Ni siquiera tuve que asentir.

—¿Tienes el penique?

Se lo enseñé.

—Colócalo aquí.

Me señaló una ranura en la barra de madera del péndulo. Parecía hecha a propósito para la moneda.

—El reloj se adelanta en invierno, porque con el frío cuesta menos mover el péndulo.

Metí el penique en la ranura. Parecía que estuviera introduciéndolo en una hucha.

—Cuando llegue el verano tendrás que quitarlo, porque con el calor pasa justo lo contrario, el reloj se atrasa un cuarto de segundo. Por la dilatación, ¿sabes?

Sabía que estaba ocurriendo algo, pero no podía imaginar qué. Algo que tenía que ver conmigo.

Robert guardó la brocha, los trapos y el aceitero en la caja de madera.

—Me temo que tarde o temprano tendremos que intentar hacer un nuevo muelle de suspensión.

¿Tendremos?

—Un día yo no estaré —dijo Robert mientras se bajaba las mangas—. Pero tú sí. Tú serás la única que seguirá en esta casa, así que tendrás que encargarte de los relojes cuando yo muera.

No me gustó que dijera eso. Yo no quería que Robert Dennistoun se muriera nunca.

De repente, la imagen del tiempo que pasaba y pesaba. Casi me pareció oír el tictac de las máquinas.

Teresa apagó la luz y se quedó un rato despierta. El mar gemía a través de la ventana entreabierta. Una vez y otra. Sin descanso. Como una máquina que nunca se fuera a agotar.

Le encantaba ese momento. Permanecer despierta en la habitación a oscuras, viendo aquellas dos franjas verticales de cielo que se hundían en el mar. La línea que los separaba no se podía distinguir. Entonces el mundo desaparecía, se borraba, igual que había desaparecido la raya del horizonte para convertir la vista exterior en un mismo todo, agitado y confuso.

La Guardia Civil.

En el vestíbulo de Los Cuatro Relojes. Con aquella actitud chulesca. Uno de ellos miró con desprecio los restos de la juerga nocturna, las botellas vacías, los cuerpos dormidos, y luego a mi madre, de abajo arriba, traspasando la gruesa seda de su caftán marroquí, recorriendo sus pechos y sus muslos, sin ningún miramiento, como si ella no mereciera otra cosa que aquel trato insultante. Mi padre estaba muy callado, con la mirada perdida y el ceño fruncido, mientras el otro guardia se dirigía a mi madre.

Le explicaron no sé qué del abandono del hogar. Algo sobre una ley. Las mujeres y sus deberes. Someterse al marido. Yo solo podía mirar aquella figura con corbata y aquella ponzoña que nunca había visto. Traía caminos estrechos que no conducían a ninguna parte. Alguien dijo que mi madre tenía que volver a Bilbao.

¿Quería yo volver? A la casa de la calle Iparraguirre. Donde no había desorden, ni visitas raras, ni ruido... Ningún ruido.

Esa sensación de estar entre dos mundos. Tan opuestos. Tener que decidir cuál de ellos quería para mí. ¿A quién quieres más, a papá o a mamá? De pronto el salón de nuestra casa de Bilbao se convirtió en un recuerdo peligroso, en ráfagas llegó de nuevo la tensión soterrada, aquel atronador silencio que contenía reproches y que podía explotar en cualquier momento. Tenía que saber..., tenía que decidir si volver a Bilbao era lo que yo quería.

¿Cómo se le ocurrió el engaño? Ese fue el primer día en que sentí admiración por ella. Sabía escapar de la vida que otros le tenían preparada. Fue la primera vez que la comprendí. Luego esa admiración me acompañó más veces de las que pensaba.

Aquella mañana mi madre llevaba esa túnica que Jack le había traído de Marruecos y estaba descalza, como siempre. Recuerdo que mi padre le miró los pies. Otra vez la ponzoña. Y que ella se pasó una mano por el pelo, apartando el flequillo y se acercó a él.

—Está bien, Ramón —dijo, ignorando esa mirada—, no hace falta ningún escándalo. Nos iremos contigo.

Mi padre apartó la vista de sus pies y lanzó sus ojos desdeñosos sobre los gitanos que se acababan de despertar. Alertaban a los otros diciendo en voz baja que había venido la Guardia Civil.

—Tú no —dijo sin mirarla—, no quiero saber nada más de ti. Puedes quedarte con tus amigos. Solo quiero llevarme a la niña.

Mi madre sin titubear. Rápida y ágil, mientras toda aquella gente se apresuraba a salir por la puerta con las guitarras y los pañuelos de lunares... Mi madre. Dispuesta a entregarme con una sonrisa complaciente. ¿Tan poco le importaba?

—De acuerdo, llévatela. Al fin y al cabo, esta cría no me da más que problemas...

Estoy en camisón. Tengo diez años. Soy todos los problemas del mundo encerrados en un cuerpo menudo.

—Pero vuelve mañana, sin los guardias —añadió como si yo no le importara nada—. Le tendré la maleta hecha y podrás irte con ella a Bilbao o adonde quieras. A mí tanto me da.

Aceptó. Él me quería y ella no. Ni siquiera intentaba convencerle, resistirse, suplicar.

Y luego. Cuando los gitanos se habían desperdigado por el camino, cuando la Guardia Civil arrancó el jeep y se llevó a mi padre al pueblo, mi madre le dijo a Jack:

—Voy a cerrar la casa. Tenéis que iros.

A toda prisa se vistió, me vistió, hizo dos maletas, habló con Marçal y le dio instrucciones. Luego me subió en el Ford Taunus y condujo por la costa a toda velocidad. A las siete de la tarde cruzamos la frontera.

Esa noche dormimos en un hotel de Perpiñán y al día siguiente conocí a Paul Bertrand.

La noche arrancada de cuajo.

Teresa dio mil vueltas en la cama, de un lado, del otro, con edredón, sin él… Al final se levantó. Sabía que no era insomnio, era algo peor. Como un redoble de conciencia, una alerta que la obligaba a protegerse. ¿De qué?

Atenta.

¿A qué?

Sobre las tres, sacó la caja de metal del cajón bajo el armario de caoba. Ese armario —un armatoste de dos cuerpos, con una luna en el centro y un copete que solo podía lucir bajo los techos altos de la habitación de la torre— era una de las pocas cosas que se conservaban de la época de los Dennistoun. Es de caoba, dijo su madre, si te gusta puedes quedártelo… y Teresa pensó que caoba era el lugar del que habían traído el armario. Cuando era una niña se preguntaba a menudo dónde estaría «caoba».

¿Qué guardaba en este cajón Elizabeth Babel? ¿Las camisas de batista? ¿Los pañuelos? ¿La ropa interior? Las manillas de bronce tenían forma de cordón, rematado en los extremos por dos rosetones, y había que tirar de las dos con la misma fuerza y al mismo tiempo. Cada vez costaba más abrirlo y cerrarlo. El cajón tenía tendencia a salir más de un lado que del otro, pero seguía oliendo bien, a madera noble, perfumada y lejana como el lugar en el que se ocultan los sueños: caoba. Posiblemente en las islas Filipinas. En Oriente. Más allá del mar y de sus reflejos nocturnos.

La caja de membrillo La Tropical siempre estaba allí, oculta para todos menos para ella, con las huellas de manos que la habían abierto una y otra vez. La pintura se había ido en el realce de los bordes. El peltre, sucio y grisáceo, aparecía entre los restos dorados.

Leyó otra carta. La fecha del sobre decía que era del 8 de septiembre de 1917.

Querida Elizabeth:

Hace justo un año que se fue Pye. En todo ese tiempo solo hemos recibido una carta suya, pero no parecía que la hubiera escrito el mismo Pye que conozco. Solo hablaba de batallas, de buques y submarinos, del rancho y de los boches. Luego nada más. No hemos vuelto a saber de él. ¿Nos habrá olvidado?

Robert dice que la guerra está durando más de lo que se pensaba. Todos los periódicos comentan que ya no se trata solo de una pugna entre naciones europeas, que, con la entrada de Estados Unidos en el conflicto, estamos viviendo la que se conocerá como la Gran Guerra. Y Pye está perdido en medio de ese fragor.

A veces pienso que está muerto, pero Robert asegura que de ser así la Marina Real se habría puesto de inmediato en contacto con nosotros. ¿Y si está desaparecido? ¿Y si ha caído al agua y nadie se da cuenta? Sé que no es posible. En los barcos todo está controlado. No puede faltar nadie sin que se den cuenta. Entonces, ¿por qué sueño a veces con olas enormes y siento ese frío y esa angustia, y trago toda el agua del mar? Tonterías, ya lo sé. Pero el miedo es libre. Y el mío pelea a diario con la cordura. A veces vence.

El otro día, por ejemplo, recorté una frase del periódico. No era una frase de un periodista, sino uno de esos proverbios chinos que sirven para explicar en pocas palabras cosas que no sabríamos definir con precisión. Me gustan los refranes de Quima y los proverbios chinos, porque cogen las palabras, las reducen, las acotan, y es entonces cuando se vuelven asombrosamente eficaces. Lo que recorté decía: «Un día dura tres otoños». Parece que los chinos usan este proverbio para explicar lo largo que se nos hace el tiempo cuando echamos de menos a alguien. Yo echo de menos a Pye. Así que he guardado el recorte de periódico debajo del colchón y duermo sobre él. He advertido a Quima de que ni se le ocurra tirarlo.

Bueno, tampoco es que viva en la angustia permanente. Nadie lo hace todo el tiempo. Eso es cosa de los libros. ¿Recuerdas que te dije que en ocasiones ocurrirían cosas buenas? Pues es cierto.

Hemos empezado de nuevo las clases de esgrima. El martes, al acabar, Milton Finch, el maestro de esgrima, me dijo que quería que conociera a alguien. Me extrañó, pero ¿qué iba a decir? Entonces salimos de la sala de entrenamiento y me condujo al vestuario. Él no entró.

Había allí una mujer de mediana edad. Iba elegantemente vestida, con una falda de seda plisada y una levita de verano. Su sombrero era uno de los más pequeños que yo había visto nunca, casi sin ala y calado hasta la frente. Era española. Dijo que se llamaba Matilde Fiel.

Hizo una seña para que me sentara en el banco y se instaló a mi lado, con el cuerpo girado para que yo pudiera leer sus labios.

—Me han dicho que eres muy buena en lectura labiofacial. Y que escribes perfectamente. ¿Dónde te enseñaron?

Busqué la libreta y el lápiz dentro de mi ropa. Ella me interrumpió.

—No, intenta decirlo con signos.

Le dije que en la escuela Montblanc, en Barcelona.

Ella asintió.

—Es un buen centro —dijo—. ¿Te enseñaron algo sobre tu propia voz? Quiero decir, ¿practicaste alguna vez con sonidos?

Mi padre…, poniendo mi mano sobre su garganta y luego sobre la mía. Un recuerdo lejano.

Llevé los dedos al cuello e intenté pronunciar «cuando pequeña».

La garganta vibraba, pero seguramente de ella solo salieron aquellos gruñidos que tanto molestaban a los amigos de Gertrude.

—Muy bien —dijo la mujer—. Creo que podrías aprender.

¿Aprender? ¿A qué? ¿A hablar?

Entonces me explicó quién era. Una maestra de la Escuela Municipal de Sordomudos de Barcelona.

—Todavía no hemos conseguido que cambien el nombre, porque lo correcto sería Escuela de Sordos, sin más. Pero al menos hemos logrado que la Comisión de Cultura separe las escuelas de los sordos y mudos, de los ciegos y deficientes. Antes estaban juntas y parecía más un orfanato que una verdadera escuela.

Yo me había quedado con una idea: ¿por qué debíamos llamarnos solo sordos?

Aquella mujer del sombrero pequeño me cogió la mano.

—Verás, ahora sabemos que la mayor parte de los sordomudos no son mudos de nacimiento, sino solamente sordos. Es no poder oír lo que les impide hablar. Si pudiéramos aprovechar tus restos auditivos con algún tipo de aparato, creo que te sería muy fácil manejarte con un sistema de comunicación bimodal.

¿Bimodal? ¿Quería decir de los dos modos, con sonidos y con gestos?

—Exacto. ¿Te gustaría venir a Barcelona para que te hicieran unas pruebas?

Le dije que hablaría con mi madre y con mi padrastro.

—Eso ya lo ha hecho Milton Finch de mi parte. Y han dado su consentimiento. Pero esto solo funciona si el alumno está dispuesto. No es fácil, ¿sabes? Me han hablado mucho de ti. Eres una chica instruida, valiente, con buena capacidad de aprendizaje. Pero la experiencia me dice que cuánta más formación tiene el alumno, más repugnancia le produce el lenguaje oral. Tienen tendencia a expresarse por escrito, como tú has querido hacer antes.

Creo que la entendí. Si puedes escribir, ¿por qué emitir sonidos ruidosos, lentos y descoordinados? Y, no obstante, la mano de mi padre en la garganta, y la voz de Robert, «tienes algo muy importante a lo que no debes renunciar: entereza. Eres más fuerte de lo que crees, pequeña Elizabeth».

Dije que sí. Que sí. Que sí.

Iría a Barcelona con aquella mujer.

Cuando llegué a casa, salté de la tartana y corrí como una loca para contárselo a mi madre. Necesitaba decirle que yo no era muda, que solo era sorda. Creo que ni siquiera vi el coche del médico. Solo recuerdo que ella estaba en cama y que Robert le cogía la mano.

Apenas había dormido y era el día en el que tenía que enfrentarse de nuevo a Serge Toussaint. Después de ducharse se preparó un té con el calentador de agua que tenía en la habitación de la torre, donde Natalia y ella solían reunirse algunas noches a beber una última copa y donde luego ella se preparaba una infusión para poder dormir. Esta vez las infusiones no le habían servido de gran cosa.

Antes de meterse en el coche, pasó por la cocina y cogió apresuradamente un paquete de galletas normandas. Se las fue comiendo en el coche, camino de Perpiñán, mientras pensaba en Toussaint. Ya le veía, apuesto y condescendiente, saludando de aquel modo que pretendía ser académico y resultaba ridículo.

Philippe no estaba en la academia. Fue el propio Toussaint quien le abrió la puerta. Se saludaron con cortesía, Toussaint le informó de la ausencia de Philippe con abundantes explicaciones que nadie le había pedido, y cuando entró en el vestuario, vio a través del espejo la mirada de su contrincante clavada en la espalda o posiblemente un poco más abajo. Tan golfa como ella… La boca de Serge Toussaint sonreía de un modo que le dieron ganas de abofetearle.

Se cambió con calma, y cuando salió del vestuario ajustándose el peto, Toussaint estaba esperándola en el mismo lugar.

—¿Vamos? —preguntó molesta.

Él la siguió hasta la sala. Se situaron uno frente a otro, conectaron los cables de los floretes y la clavija de la mesa de registro. Esta vez no hubo ceremonias. Un breve saludo y comenzaron a moverse suavemente por el tapiz metálico.

Los primeros ataques, sin ímpetu, le dieron la impresión de que ambos se estaban evitando. Los floretes se tocaban, pero los cuerpos permanecían a salvo. Teresa decidió romper aquella apacible coreografía de fallo-acierto-fallo, y trató de forzar su capacidad motriz. Buscó mayor velocidad en el ataque y realizó simultáneamente el lanzamiento de la pierna adelantada y el impulso de la pierna retrasada, equilibrando el cuerpo como pudo. El hierro entró con fuerza y la hoja del florete se dobló contra la clavícula de Toussaint. El cambio de actitud cogió a Serge Toussaint por sorpresa. La mesa de medición registró el toque a su favor.

Volvieron a la posición. Estaban a cuatro metros el uno del otro, pero incluso a esta distancia percibió la rabia de Toussaint. Era como una corriente que circulaba a través de los pasantes y electrificaba el ambiente. El combate cambió inesperadamente de ritmo. Lo que hacía de Teresa una buena esgrimista es que era capaz de anticiparse a su adversario antes incluso de que este hubiera roto la guardia. Desde la posición ya sabía que Toussaint intentaría una finta combinada. Serge Toussaint inició un ataque con medio fondo. La acción estaba siendo ejecutada a gran velocidad, pero ella la veía a cámara lenta.

Teresa sabía que él esperaba una parada circular, pero no la hizo. Realizó una parada lateral y a continuación la hoja del florete entró con soltura por debajo del hierro de Toussaint, de modo que el engaño se volvió contra él, y Teresa le tocó justo en el punto de unión de la ingle, en una zona comprometida para los varones, lo que en ese mismo instante la reconfortó tanto que estuvo a punto de soltar una inoportuna carcajada.

Se apuntó un tanto más. Desde la posición, ambos contendientes miraron el marcador. Señalaba diez puntos contra cinco a favor de Teresa.

Llevaban combatiendo siete minutos, pero Teresa ya sabía que Serge Toussaint era de esos hombres que no toleran las humillaciones. Su actitud desprendía tanta rabia que estuvo a punto de dejarle ganar. Pero luego, cuando le vio repetir un ataque de forma mecánica y sin ninguna imaginación, cambió de idea. Pensó que no se merecía ni siquiera una victoria piadosa. Cuando le tocó por última vez se escuchó un «bravo». Philippe había entrado en la sala sin que ninguno de los dos se diera cuenta y había presenciado el final del combate.

La presencia de Philippe podía haber hecho más llevadera la tensión de la derrota por parte de Serge Toussaint, pero cuando se quitó la careta Teresa vio que estaba pálido. No sentía ninguna compasión por él. Odiaba a los tipos que babeaban mirándole el culo y odiaba tener que soportarlos. Pero odiaba aún más la agresividad que despertaban en ella y el modo implacable con el que se empeñaba en hacerles morder el polvo.

—Enhorabuena —dijo Toussaint tendiéndole la mano—. Ha hecho usted un magnífico combate.

Teresa se la estrechó recogiendo el florete entre el brazo y la axila. Toussaint añadió entonces:

—El otro día no parecía usted una luchadora tan hábil; de hecho, pensé que sería una de esas amas de casa que hacen esto para pasar la mañana y, la verdad, creí que sería fácil ganarle.

Quizá cualquier otra persona hubiera podido interpretar aquello como un cumplido. Pero Teresa se lo tomó como una provocación.

—El otro día —respondió— yo no habría podido sospechar siquiera que iba a ser usted un competidor tan flojo. Así que ya lo ve: unos prometen más de lo que son y otros son más de lo que prometen. Por eso es bueno no confiarse en las preliminares, Philippe ya se lo habrá advertido.

Toussaint palideció de nuevo. La sonrisa forzada de la que hacía gala hasta ese momento desapareció totalmente de su rostro. La mandíbula se le contrajo y murmurando un seco «disculpen» abandonó furioso la sala.

Philippe cabeceó un par de veces con contrariedad. Apreciaba a Teresa, pero le preocupaba la frecuencia con la que se le saltaban los fusibles. Como luchadora, su agresividad y espíritu competitivo eran perfectos, le daban un impulso que pocas personas conseguían volcar en la pista. Muchas veces se lo había dicho: «Luchas como nadie», pero luego, cuando la veía comportarse con esa torpeza, esos malos modos y ese genio endiablado, sentía ganas de reprenderla como si fuera una niña malcriada.

—¿Qué falta hacía eso?

Teresa no respondió. De pronto se sentía bien, satisfecha y reparada.

—¿Comemos juntos? —propuso ella.

Philippe volvió a mover la cabeza a un lado y a otro, dando a entender que aquello no tenía solución. Luego la tomó por el brazo y la acompañó hacia el vestuario de mujeres.

—¿En el restaurante de la plaza de Armas? —preguntó.

—Querrás decir en la place Gambetta —le corrigió Teresa.

—Bueno, qué más da —admitió Philippe.

—Vale —aceptó Teresa sonriente. Parecía una adolescente que acabara de salirse con la suya.

En el vestuario, cuando se duchaba, pensó en algo que no le gustaba recordar.

Tengo catorce años. Vivo en Perpiñán con mi madre y con Paul Bertrand. Yo también tengo una especie de padrastro. Entonces llega el telegrama de mi tía Mari Carmen: mi padre ha muerto. Me esperan para el funeral.

No poder sentir nada, ni dolor, ni pena... Solo una molestia incómoda, un viaje inesperado para abrazar un duelo que no siento. Volver al pasado, a la orfandad, a los cielos grises y a las cintas de terciopelo en la garganta. Y de pronto estoy allí, en la ciudad en la que nací, ni siquiera sé cómo he llegado..., pero sí, estoy en la casa de la Alameda Mazarredo y mi tía me abraza llorando. El funeral será esta tarde.

En la iglesia. Las luces no son luces, porque para mí todo está oscuro. Huele a incienso. Y a flores que se van a marchitar. Es así como huele el futuro.

Mikel está a mi lado. Con un traje azul marino y una corbata ancha. Se ha hecho muy mayor, parece un hombre. La tía Mari Carmen, que es la única hermana de mi padre, llora sin parar y me abraza, me estruja, me aplasta la cabeza sobre su pecho gimiente y casi no me deja respirar. ¿Por qué no lloro? Solo pienso en lo que me ha dicho mi madre, que ahora podremos volver a España. Todo me da miedo. Eso también.

Y después..., el entierro. Los del coche fúnebre han preguntado si queríamos que destaparan el féretro. Mi tía ha dicho que sí. ¿Quién lo quería? ¿Ella? Yo no, desde luego. Tampoco quería mirar, pero he mirado. Mi padre estaba allí, era su cara, más pálida que de costumbre, con los labios brillantes, como si se los hubieran untado con vaselina, y tenía una expresión extraña, menos taciturna que de costumbre, casi como si estuviera contento de que le fueran a enterrar en el panteón familiar. Pensé que ese era también mi padre, el de muchos años antes de Port de l'Alba y la Guardia Civil, el de antes de los gritos y los reproches, era alguien a quien ni siquiera conocí, seguramente el hombre sereno del que se enamoró mi madre. Cuando han bajado el féretro por los escalones rotos del panteón me he echado a llorar. No pensaba exactamente en él, solo en el olor de flores marchitas y en el brillo artificial de los labios, pero no podía parar. Mikel me ha cogido la mano y me ha acariciado los dedos durante mucho rato. Luego, cuando hemos vuelto del cementerio de Derio, hemos dado un paseo por el Arenal él y yo solos, muy callados, como si las palabras también hubieran quedado sepultadas en la tumba que acababan de cerrar. La ría estaba opaca, el agua teñida de un extraño color anaranjado, y los plátanos empezaban a perder algunas hojas. El cielo parecía menos pesado.

Hemos ido caminando por el Campo Volantín hasta el puente de Deusto, y allí nos hemos quedado mirando un carguero que bajaba lentamente camino del puente, un barco de bandera extraña, como tantos. Hacía viento, un viento seco y cálido que revuelve la cabeza y suelta los músculos. Viento del sur, habían dicho esa misma mañana en la radio: «Viento del sur y suroeste de dirección variable con fuerza tres. Originará mar rizada a marejadilla. A partir de la tarde se espera mar de fondo del noroeste».

Mi padre ha muerto, pero a mí este viento me da ganas de reír y de llorar al mismo tiempo, ganas de gritar. Al llegar a la Escuela Naval, antes de cruzar el puente, nos hemos sentado en un banco circular que hay en torno a un castaño, en una pequeña plaza que siempre está desierta.

—Me ha dicho mi madre que haces esgrima.

¿Cómo lo sabe mi tía? ¿Es que habla con mi madre sin que yo me entere? ¿Acaso le pregunta por mí? ¿Es que ella le cuenta las notas que me ponen en el colegio y lo buena hija que soy? ¿Mi madre hace a veces de madre?

—Sí. Voy a una escuela de esgrima en Perpiñán. Me gusta mucho.

—¿Por qué te gusta? —insiste Mikel.

Lo pienso detenidamente.

—Me obliga a pensar en una estrategia —respondo al fin. Sé que ha sonado un poco pedante.

—¿Una estrategia?

—Para defenderte. Eso da mucha seguridad, te sientes bien, aunque no ganes.

—Qué rara eres, prima.

Mikel está sentado a mi lado, muy cerca, y ha puesto el brazo a lo largo del respaldo de madera. ¿Qué tengo de raro?

Entonces he sentido una cosa extraña: he estado a punto de tocarle. No como él me había acariciado la mano en la iglesia, sino de otro modo. Quería tocarle en lugares prohibidos. Y que él me tocara a mí. Y no sé por qué he sentido ese impulso. Quizá porque deseaba ser como los demás creen que soy, atrevida, despreocupada, una golfa, como mi madre. En esos instantes soplaba viento sur y el puente de Deusto empezaba a elevarse para dejar paso al barco que avanzaba lentamente.

Mi tía ha dicho que este fin de semana nos iremos unos días a Pedernales. Todavía no ha empezado el curso y ella cree que nos vendrá bien a todos.

Tía. Necesito que pongas límites. Si no lo haces algo malo ocurrirá.

La casa de Pedernales está húmeda. En cuanto se queda unos días vacía, entra la humedad de la ría y la invade ocupando el hueco que dejan las personas.

Hemos pasado directamente a la cocina. Mi tía me abraza cada cinco minutos. Parece que estemos tristes y sin embargo no lo estamos. No del todo. Algún día la hermana de mi padre y yo sabremos de verdad qué es la tristeza.

—¿Te acuerdas de cuando estuviste aquí aquel verano?

Apenas me acuerdo de la casa, solo del paisaje de la ría, del mar que va y viene, de los carramarros. Tras los cristales de la ventana que está junto al fregadero, se ven las barcas meciéndose en el agua. Más allá, en la luz mortecina de la tarde, la silueta de la isla de Txatxarramendi.

Nadie habla mucho. Creo que estamos cansados. Normalmente mi tía habla por los codos y Mikel se ríe de ella. Le toma el pelo y ella le responde con un cachete. Pero hoy no. Hoy nos ha preparado un tazón de leche en polvo con galletas y nos lo pone en la mesa con los ojos bajos.

—No he tenido tiempo ni ganas de ir a la compra. Mañana será otro día.

Fuera, tras la ventana de la cocina, se ve el agua de la ría, oscura, con ligeros destellos plateados, y el cielo cuajado de unos bultos negros que deben de ser nubes de lluvia.

Una polilla nocturna revolotea como loca alrededor de la bombilla. Tiene algo esta casa. Mi padre ha muerto y yo no he sido capaz de entrar en la suya. ¿Para qué? Habrá polvo y fantasmas. En cambio, aquí, aunque huela mal el sumidero y haya que encender la estufa de butano, me siento bien. La polilla ha empezado a dar tumbos y se ha precipitado sobre mi tazón. Se queda florando en la superficie, todavía viva.

—Pues ya no tenemos más leche.

Mi tía se ha echado a llorar. Una polilla es todo lo que necesitaba para derrumbarse.

—Dame. —Mikel ha cogido mi tazón. Saca la polilla con la cuchara y la arroja al fregadero. Luego me ofrece su taza y sigue mojando las galletas en silencio.

Tengo ganas de abrazarlos a los dos.

La plaza de Armas era la place Gambetta, pero Philippe la llamaba siempre con su antiguo nombre. Teresa había leído que en esta explanada frente a la catedral estuvo el antiguo mercado de la lana y que, con ese nombre, plaza de la Lana, se llamó también durante siglos. Pensó en proponerle a Philippe que, a partir de entonces, la llamaran así.

—¿Por qué esa risa?

Philippe había apartado con un gesto al músico que pretendía tocar el acordeón junto a la mesa.

—Por nada, cosas mías —respondió Teresa.

Estaban sentados en una terraza, bebiendo un excelente vino rosado que, de pronto, le hizo acordarse de unos días atrás, cuando en Figueres había estado tomando otro vino con aquel español al que no había podido alojar en su hotel. Mientras Philippe hablaba con el camarero del menú, Teresa recordó aquel encuentro. Tenía la impresión de que el dueño del perro negro y ella se conocían de otra vida; era una sensación recurrente y molesta.

—Teresa, ¿me estás escuchando? —Ahora Philippe la miraba preocupado porque, sin que viniera a cuento, ella se había quedado con la mirada perdida en un punto por encima del hombro de Philippe y quieta como una estatua.

—Teresa, ¿No me escuchas? ¿Qué te pasa?

Ella hizo un gesto negativo con la cabeza, mientras su mirada seguía fija en alguna imagen fantasmal, algo que estaba perdido en su interior y que de pronto parecía haber recobrado.

El camarero trajo la carta y un cubo con hielo para el vino.

—Philippe, lo siento, tengo que irme.

—¿Ahora?

—He recordado algo muy importante... Disculpa. Es urgente.

Teresa se había puesto en pie. Todavía llevaba el pelo ligeramente húmedo.

—Espera, te acompaño.

—No, por favor. —Cogió la bolsa con el equipo de esgrima, se acercó a Philippe y la besó en la mejilla—. Tengo que irme, de verdad.

Philippe la dejó marchar.

Se dirigió hacia el coche. Volver a casa. Cuanto antes. Refugiarse en la torre y pensar... Solo se había alejado unos metros cuando cambió de idea. En los soportales se detuvo ante el escaparate de una librería cerrada. Apoyó el bolso en el alféizar y buscó su teléfono móvil.

Tardaron en contestar. Una voz de mujer contrariada.

—¿Hotel Torres? ¿Está Dolors?

—¿De parte de quién? —La mujer parecía ahora aún más irritada.

—Soy Teresa, la dueña del hotel Arana, en Port de l'Alba.

—Lo siento, Dolors no se puede poner ahora mismo. Si puedo ayudarle en algo...

—Avísela, por favor, es muy importante.

Durante unos minutos hubo un gran silencio al otro lado de la línea. Teresa temió que hubieran colgado.

—¿Teresa? —La voz de Dolors la sorprendió dando nerviosos paseos de un lado a otro de los soportales. No había un alma en la calle, era la hora de comer, los comercios estaban cerrados, y apenas circulaban coches por el centro de la ciudad.

—Dolors, siento molestarte. Necesito que me hagas un favor.

—Desde luego, lo que sea.

—Hace unos días te envié a un par de clientes, eran dos hombres, españoles.

—Sí, sí. ¿Ocurre algo?

—Necesito saber con qué nombre se registraron. Sé que es algo delicado, pero no te lo pediría si no fuera realmente importante para mí.

—¿Pero ocurre algo con esa gente?

—No, nada importante, solo es una cuestión personal.

—Lo estoy buscando, no te preocupes, aquí está. La reserva está a nombre de Juan Luis Vidarte. Al principio pensé que se trataba de una pareja de gais, pero al parecer eran padre e hijo.

Teresa se quedó clavada en el suelo. Durante unos segundos no pudo pensar. Luego preguntó:

—¿Están todavía en el hotel?

—No, lo siento. Se han marchado esta misma mañana.

—¿Hacia dónde? ¿Lo sabes?

—Creo que comentaron que seguirían hacia Olot. Les recomendé visitar los volcanes.

—¿Y un hotel? ¿Les recomendaste algún alojamiento?

—No recuerdo, quizá tomaron alguna de las tarjetas que tengo en el mostrador, no sé. Pero, dime, ¿te ha pasado algo con ellos? ¿Has tenido algún problema?

—No, no, en absoluto. Sólo que… Bueno, creo que nos conocíamos de hace muchos años y no entiendo cómo no me he dado cuenta hasta ahora.

—Pues mira, acabo de recordar que estuvimos hablando de Besalú. Pueden haber ido a Casa Roser, ya sabes, ese hotel con jardines que hay junto al río. ¿Tienes el teléfono?

—No.

—Pues te lo mando ahora mismo con un WhatsApp.

—Te lo agradezco, Dolors. Y siento haberte molestado.

—No ha sido molestia. Si recuerdo algo más, te llamo.

Teresa se apoyó contra la pared y, lentamente, fue dejándose caer hasta quedar inmóvil en el suelo.

Segunda parte

Ya les advertí al principio que mi relato podía ser…, digamos, un poco fantasioso. Sí, lo reconozco, no tengo ningún reparo en confesar que he añadido a esta historia algunos acontecimientos que no he presenciado. No sé de dónde vienen, ni por qué motivo los conozco. Seguramente se han fraguado en las conversaciones que la propia Teresa y yo hemos ido tejiendo a lo largo de todos estos años. Puede dar la impresión de que conozco sus pensamientos más íntimos. En realidad, no es así. Nadie sabe con certeza lo que en verdad atañe a otras personas. Eso sí que es un misterio. Pero las confidencias de años, la historia compartida, se convierten en una complicada red en la que quedan atrapadas nuestras vidas. A merced del otro.

Bueno, el caso es que lo estoy haciendo como creo que debo hacerlo: sin ningún rigor. Porque la precisión nos dejaría huérfanos de interrogantes y la verdad no está solo en las respuestas. Casi siempre es una cuestión de perspectiva. Por eso he añadido lo que necesito para componer la historia tal y como creo que debe ser contada. Por decirlo de algún modo, he puesto el pegamento. Y así, los pequeños fragmentos de la vida de Teresa se han ido pegando, como trozos de un espejo roto. ¿Se han fijado ustedes en lo que pasa cuando se rompe un espejo? No cuando se hace añicos, sino cuando se parte, y las secciones quebradas no caen al suelo sino que se quedan adheridas al marco, astilladas, rajadas, con alguna esquirla y algún hueco… Si nos miramos en él, esos fragmentos de azogue reflejan nuestra imagen, es cierto, pero los planos nunca coinciden del todo, siempre se desplazan unos milímetros y nos desfiguran como si lo verdaderamente dañado fuera nuestro cuerpo.

Teresa desapareció aquel día, después de su enfrentamiento con Serge Toussaint. No sabemos si está viva o muerta. Encontraron su coche en los acantilados de Punta Carbó, entre la maleza. Por ahí solo hay un sitio al que ir: una vía ferrata, que hoy está cerrada, y las paredes verticales que caen al mar. Los buzos de la unidad subacuática buscaron durante días entre las rocas, pero ella se había esfumado sin más. Desaparecida.

Ida.

Repaso constantemente la última vez que la vi. Intento sacar de esa escena alguna pista, algún detalle en el que antes no haya reparado, pero es inútil.

Dimos la última clase de esgrima, mejor dicho, no fue una clase exactamente, más bien uno de esos combates que solemos hacer como entrenamiento, y fue muy raro, Teresa se comportó con su contendiente de una manera más agresiva de lo normal, como si se estuviera vengando de algo. Pero es extraño porque no se conocían, estoy seguro de que solo se habían visto una vez anteriormente. Teresa le sacó de quicio, eso sí que me quedó claro. Serge Toussaint se lo tomó muy mal, se puso violento y se fue dando un portazo. Fue bastante desagradable, la verdad.

Y, de todos modos, estoy convencido de que algo de lo que ocurrió ese día fue la causa de su desaparición. Pero no consigo saber qué.

O quién.

Me gustaría recordar exactamente desde cuándo la conozco. Creo que fue a principios de los setenta, pero no puedo precisar más. No sé si era verano o invierno, si hacía calor o frío, pero en cambio la recuerdo perfectamente a ella. La trajo a mi escuela Paul Bertrand, que en sus tiempos había sido también campeón nacional en la modalidad de espada. Parece que la chiquilla estaba empeñada en aprender esgrima y no paraba de dar la lata con eso. Debía de tener unos doce años.

La recuerdo como si la estuviera viendo. Una cría larguirucha y seria, muy rubia, con el pelo recogido a los lados por dos horquillas en forma de estrella. De las ondas laterales surgía un brillo que yo nunca había visto, era un brillo metálico. Pensé que debían referirse a eso cuando, en los libros, se decía que alguien tenía cabellos de oro.

Paul estaba liado con la madre. Vivían las dos en su casa de la place Vendôme, un hermoso edificio de dos plantas con vistas al canal. Era una casa muy singular, con un jardín a la altura del primer piso. Me invitaron una vez a una fiesta en ese jardín, seguramente para agradecerme que hubiera admitido a la chica en mi escuela. No había por qué, la muchacha era una alumna muy capaz.

Obediente, concisa, aplicada. Tenía instinto. Bien, lo cierto es que en esa fiesta me hice una idea bastante clara de la situación de la chica. Y de cómo era la madre. Una española descendiente de ingleses que había llevado una vida bastante alocada y que había escapado de España a causa del marido. Paul estaba absolutamente loco por ella.

Recuerdo que había mucha gente esa noche en el jardín. Ya saben, gente famosa, del mundillo del arte. Vino ese pintor español, Salvador Dalí, con una modelo que por entonces no se separaba un minuto de él. Había también en esa fiesta algunos músicos de rock, a los que yo no conocía, y una corte de falsos aristócratas con los que Paul Bertrand hacía sus negocios de compraventa de antigüedades. En fin, que Teresa iba y venía entre los invitados sin que nadie le hiciera caso. Como un alma en pena.

Era inevitable que me fijara en ella, porque parecía tan fuera de lugar como yo. Nunca me han gustado las fiestas y nunca he sabido cómo entablar conversación con los desconocidos. Así que suelo mantenerme al margen e intento distraerme con cualquier cosa. Una chiquilla de piernas largas como una cigüeña, por ejemplo, que iba de aquí para allá y les miraba a todos con ojos desdeñosos. Se sentó con su vestido de algodón en el borde de la fuente. El agua caía sobre la pileta a su espalda. Pensé que podía mojarse.

—¿Qué haces? —le pregunté sentándome a su lado; efectivamente, la fuente salpicaba.

Ella se encogió de hombros. Vi entonces lo que estaba mirando: al fondo del jardín estaba su madre, hablando con esa modelo que venía con Dalí. Las dos hermosas, cada una a su manera. Ángela, la madre de la chica, llevaba un cuerpo de sari, con el estómago al aire, y una falda de tela india. Iba descalza. En uno de los tobillos lucía, plateada y exótica, una pulsera de plata. Recuerdo su sonrisa. Sobre todo, su sonrisa. Era algo inexplicable. Se le iluminaba toda la cara, como si le hubieran encendido una lámpara interior. Los ojos se achicaban, hasta volverse una línea, los dientes emergían, blancos y perfectos, y de pronto parecía la mujer más bella del mundo. Quizá lo era.

Es raro que me acuerde con tanto detalle. Esas dos mujeres... La sonrisa de Ángela Dennistoun. El cuerpo de la protegida de Dalí, envuelto en un vestido blanco, tan fino que se veía el contorno de sus músculos ...

Las miré desde lejos. Con la niña a mi lado. La amiga de Dalí era mucho más alta que Ángela, de complexión un tanto atlética, con un cuerpo de esos que parecen cincelados despacio. Era una de esas bellezas que nunca parecen estar del todo al alcance de un hombre, no sé si me entienden. La madre de la chica, no. Ella era todo lo contrario. Tenías la impresión de que te iba a decir que sí a cualquier cosa que le propusieras.

—Es muy guapa tu madre —le dije a la chiquilla.

Ella volvió a encogerse de hombros. Yo tenía la espalda mojada. Supongo que ella también.

—Yo no quiero ser como ella —dijo de pronto.

—No lo eres —respondí.

No sé si funcionó, pero noté todo el peso de su mirada inundando mi cuerpo.

¿Por qué les cuento esto? Porque han pasado años, pero llevo a todas partes esa mirada que seguramente ella no habrá recordado nunca y que yo no he podido olvidar jamás.

Tiene catorce años. Su padre ha muerto y Teresa vuelve a Perpiñán cargada con algo que nadie sabe. Ni siquiera ella.

Apareció en mi casa con una maleta y yo no entendí por qué estaba allí. Era una chica demasiado seria para imaginar que se había escapado de casa, aunque lo pensé, es cierto, pero enseguida descarté esa idea. Era excesivamente formal para eso.

—Mi madre no está.

Al principio no entendí lo que le ocurría. ¿Por qué me lo contaba a mí?

—La casa está cerrada —añadió—. No hay nadie.

De pronto recordé: Paul me había dicho que la madre de la chica y él se iban unos días a España. Tenían que hacer no sé qué de unas propiedades que ella tenía en algún lugar de la Costa Brava.

—¿No sabían que venías?

Estaba allí, en la puerta de mi piso, con su pequeña maleta. Le pedí que entrara.

—Puse un telegrama —dijo obedeciendo el gesto con el que la invité a ocupar una esquina del sofá. Yo me senté enfrente, en uno de los sillones. Todavía iba en pijama y ni siquiera me había dado tiempo de ponerme el batín—. Pero no sé si lo habrán recibido…

—¿Cuándo mandaste ese telegrama?

—Hace dos días.

Le expliqué lo que sucedía. Ángela y Bertrand no podían haber recibido el telegrama, eso seguro, porque llevaban fuera algo más de una semana.

—¿Quieres quedarte aquí hasta que vuelvan?

Asintió. No era una chica muy habladora, desde luego. Le enseñé la habitación de invitados, ella dejó la maleta en el suelo y se quedó de pie, sin moverse, hasta que cerré la puerta y me fui a vestir. Luego la llevé a comer y dimos un paseo por la margen derecha del canal, cruzamos el puente y regresamos al cabo de media hora a la casa. En todo ese tiempo no dijo una sola palabra. Tampoco para mí era plato de gusto tener que ocuparme de una cría a la que habían dejado colgada. Yo tenía que atender mis propios asuntos. Sin ir más lejos, esa misma tarde había un combate en la escuela, competían dos de mis mejores alumnos, y le pedí que me acompañara. Lo hizo encantada. Creo que la esgrima era la única actividad en la que ella conseguía soltarse de verdad.

Tuvo lugar el combate. Fue bastante regular, nada del otro mundo. Al finalizar le dije a la chica si quería practicar con uno de los tiradores. Accedió. Su contendiente era un muchacho algo mayor que ella, se llamaba Jean-François Guillaume, luego él también sería campeón nacional de florete. Está mal que yo lo diga, pero por mi escuela han pasado algunos de los mejores tiradores de la década de los setenta. Y Teresa podría haber sido uno de ellos... En fin. El caso es que yo todavía no sospechaba que tuviera ninguna clase de talento. Pero ese día todo cambió, fue la primera vez que la vi entregarse a fondo. Parecía que le fuera la vida en ello. Atacó, esquivó, la vi tirar en cuarta, por dentro del brazo izquierdo, y luego volver a la guardia, sin dejar ninguna opción al adversario. Se lo había enseñado, es cierto, pero no pensé que pudiera hacerlo con tanta coordinación. Verán, el secreto de la esgrima es conseguir ejecutar varios movimientos al unísono, en cuestión de segundos, y tirar como ella lo hizo ese día exige una precisión extrema. Son movimientos que no se pueden explicar con palabras, tienen que aprenderse a base de entrenamiento. Y de instinto. Así, contado, es complicado ver lo que esa chiquilla de catorce años hizo ese día con su contrincante, usando solo las estocadas más comunes, lo único que yo le había enseñado hasta la fecha. Me dejó de una pieza. No sabía que fuera capaz de aprovechar tanto y tan rápido mis clases. Le dije que tenía que entrenar más en serio y que debía pensar en competir. ¿Sabe lo que se siente cuando sospechas que tienes delante un filón? ¿Cuando entre tanta mediocridad encuentras un diamante en bruto? Lo quieres para ti. Deseas pulirlo, sacarle el brillo que lleva dentro, que todos lo vean y lo admiren. Me dijo que sí, que lo haría.

A principios de septiembre me fui a los Juegos Olímpicos de Múnich, recordarán ustedes esas Olimpiadas porque hubo una masacre, el grupo terrorista Septiembre Negro secuestró y asesinó a once atletas israelíes... Mi amigo André Spitzer, que era el entrenador del equipo de esgrima de Israel, fue uno de ellos. Las negociaciones y el fallido rescate hicieron que estuvieran a punto de suspenderse los juegos. Y finalmente todo acabó de la peor manera posible. Fue una de esas veces en las que el deporte perdió todo su brillo para convertirse en una carrera vertiginosa hacia la desolación y el dolor. Me dejó destrozado.

Total, que estuve fuera del país más tiempo del previsto, porque algunos colegas acompañamos a Anky, la esposa de Spitzer, al entierro que tuvo lugar en Tel Aviv. Luego regresé a Perpiñán y no me preocupé de saber qué pasaba con la chica, ni con su madre, ni con nadie. Así funciona el presente, atropellando el pasado.

A comienzos de la primavera, volví a asistir a una de esas fiestas en el jardín de Bertrand. La chica no estaba. La madre tampoco. Al parecer las dos habían vuelto a instalarse en España.

Le pregunté a Paul qué sabía de ellas.

—No te lo vas a creer: la pequeña está embarazada.

¿Cómo? No podía comprender una cosa así. Si debía de tener apenas quince años…

—No dijo una sola palabra hasta que estaba de cinco meses. Y claro, Ángela ya no pudo hacer nada.

Se habían refugiado en la casa de Port de l'Alba. Por un instante intenté imaginar lo que Teresa podía sentir, qué iba a ser de su vida, cómo afectaría esto a su futuro, pero luego me olvidé sin más. Algunas veces la recordaba con la maleta en mi puerta, pero de un modo lejano, como una visión que se presenta de improviso y a la que no quieres hacer demasiado caso.

Las cartas…

Teresa mencionó que había unas cartas muy antiguas en las que alguien se había empeñado en trazar su camino. Me lo dijo una vez, años atrás, al preguntarle cuándo se había interesado por la esgrima y por qué.

Cartas escritas un siglo antes…, ¿quién podría aceptar eso?

¿Qué creo yo? Francamente, pienso que una chiquilla criada en el desconcierto puede aferrarse a cualquier cosa. Su personalidad se fraguó con esa madre complicada, errática, que la colmaba de inseguridad y miedo. Necesitaba algo a lo que agarrarse y el asidero estaba ahí, en unas cartas que esa tal Elizabeth se había escrito a sí misma hacía cien años.

Elizabeth buscaba que su historia no se desvaneciera en el pasado, que no cayera en el olvido. Teresa necesitaba una figura, un modelo de vida, algo que la acompañara hacia el futuro. Y se encontraron. Las dos necesidades se encontraron dentro de una caja de membrillo.

Bueno, puede resultar paradójico que un descreído como yo acepte tales cosas, pero me he preguntado muchas veces si las cartas serían importantes para aclarar lo sucedido y lo creo, vaya si lo creo.

Y si no, miren, lean ustedes.

La fecha del sobre es del 12 de enero de 1918.

Querida Elizabeth:

Mi madre está muy enferma y yo ya no bajo nunca al pueblo. Estoy aquí, con ella, intentando aliviar sus dolores. La vida se ha estrechado.

Lo que más echo de menos es la esgrima, aunque mi padrastro y yo nos entrenamos de vez en cuando, sobre todo en los días fríos de este invierno interminable. Pero practicar con Robert no es lo mismo que hacerlo en la escuela, bajo la atenta mirada de Milton Finch. Con Robert es como si me pusiera a dibujar palotes cuando ya sé escribir.

Como podrás imaginar, Milton Finch ya no es mi maestro de esgrima, aunque ahora viene con frecuencia a visitarnos, normalmente los domingos, cuando Quima y Ferran se van al pueblo a oír misa. Se ha hecho buen amigo de mi padrastro, dan largos paseos por el campo, hablando de sus cosas, y luego se sientan al sol con una botella de vino y unas arbequinas que compra Quima a un payés de Pedralta. El otro día, cuando les vio allí, sentados como dos viejos que intentan calentar los huesos, Quima dijo que el señor no andaba bien, que la enfermedad de mi madre le había hecho envejecer mucho. Eso me molestó. La que está en cama y posiblemente no se levante nunca más es mi madre. Robert vive su vida al margen de ella. Dudo mucho que su enfermedad le alcance.

Estoy muy sensible, lo sé, hay demasiadas cosas que me irritan. Por ejemplo, que Gertrude pueda seguir yendo al pueblo y yo no. Otras me hacen llorar sin motivo. Robert me dijo el otro día que con Milton Finch habla de cosas de las que nunca habla con nadie. «De hombre a hombre, ya sabes.»

He sentido celos. ¿Acaso le ayuda Milton Finch con los relojes?

Pero lo cierto es que a mí también me cae simpático. No solo porque me salvara de aquellos muchachos desaprensivos, o porque me presentara a una maestra de sordomudos; es por algo más, por cómo me trata. Solo mi padre y Robert me han tratado así. No sé cómo explicarlo: los demás, por muy cercanos que sean, por ejemplo, Gertrude o Pye, siempre tienen una sombra en los ojos, algo que por más que finjan comportarse con naturalidad acaba asomando a su mirada: comprende el esfuerzo que hacemos por entenderte, Elizabeth, por acercarnos a ti, mira cómo perdemos nuestro preciado tiempo contigo… Con Milton o con Robert Dennistoun nunca me siento así. Y creo que es porque, lejos de mantener conmigo esa postura paternalista (ellos que podrían adoptarla mejor que nadie pues son los únicos que me enseñan algo de provecho), los dos, cada uno por su cuenta, se empeñan en exigirme siempre un poco más, tal y como hacía mi padre. Eso me acomoda en la normalidad. Y entonces es cuando suelo dar lo mejor de mí misma.

El otro día, por ejemplo.

No era domingo, pero Milton Finch apareció por la casa a media tarde. Vino andando porque el caballo tenía una pata mala y le comentó a Robert que quizá tendría que sacrificarlo.

—Estoy pensando en comprar uno de esos automóviles.

Miré con atención los labios de Robert. Hacía tiempo que estaba intentando persuadirle de que también nosotros nos hiciéramos con un vehículo a motor. El caballo, muy viejo y cansado, estaba empezando a dar signos de locura, se encabritaba y acabaría por volcar la tartana, hubiera lo que hubiera encima.

—¿Vas a ir a Barcelona? —preguntó mi padrastro.

—No, si puedo evitarlo —respondió Milton Finch—. Hay un alemán en Palamós que vende un Ford T. Me han dicho que está en buen estado.

—¿Irás solo?

—Bueno, me gustaría que me acompañaras.

Cuando Robert accedió a ir a Palamós no pude aguantarme. Tiré de la manga de Robert.

—¿Puedo ir yo también? Por favor, por favor…

Las manos trazaban mis súplicas con tanta vehemencia que no sé si Robert podía leerlas. Mi padrastro le hizo un gesto a Milton.

—¿Has visto? Parece hija mía. Le pones una máquina delante y se le nubla la cabeza.

Milton se rio.

—Lleva a la chica, hombre. Que está aquí metida todo el día y la pobre no hace otra cosa que cuidar de su madre.

Me llevaron.

Tuvimos que ir con la tartana, pero la vuelta la hicimos en el Ford T. Fue como si todo en el mundo se pusiera en orden al mismo tiempo.

Verás, fue como un juego de esos en los que se tiene que ir encajando cada pieza. Ya a la ida, el caballo empezó a hacer cosas raras; de pronto se paraba y se quedaba con la cabeza baja, con el belfo colgando, como alelado, pero en cuanto llegamos y Robert lo ató al poste, empezó a querer dar vueltas en círculo.

—Este bicho está muy mal —sentenció Milton con una mirada compasiva.

El Ford T era una maravilla. Mi padrastro dijo que no era más que un producto de serie, que estos coches americanos hechos en una cadena de montaje no podían compararse a los automóviles alemanes y mucho menos a los ingleses, que eran pura manufactura, y que él supiera, todavía ningún coche americano había conseguido superar al Rolls Royce.

—Son los nuevos tiempos, amigo Dennistoun —argumentó Milton Finch un segundo antes de abordar la dura negociación con el propietario—. Lo único que este coche tiene a su favor es el precio, pero aun así no sé si podré permitírmelo.

Por la ventana vi que se había formado un gran tumulto a la entrada del café. Nuestro caballo estaba tumbado en el suelo.

No fue Milton Finch el que compró el Ford T. Fue mi padrastro. Después de llamar al veterinario para que sacrificara al caballo y le evitara tanto sufrimiento.

No estuve atenta a cómo sucedió, pero el caso es que Milton Finch renunció a la compra, no sé realmente si porque habíamos perdido a nuestro caballo o porque el precio que el alemán pedía por el automóvil era demasiado alto para él.

—Y, de todos modos, ¿qué podíamos hacer si ya lleva tu nombre? —dijo sonriendo con picardía, mientras mi padre cerraba el trato.

Mi nombre…

Es gracioso. Al Ford T se le conoce popularmente como Tin Lizzie.

Una Elizabeth de estaño, de hojalata... ¿Qué querían decir con eso?

—Solo que tú no eres de serie, pequeña —comentó Milton riéndose de mi turbación—. Desde luego que no.

Creo que ese ha sido uno de los pocos momentos dichosos de este invierno.

Quima es muy amiga de los refranes. Siempre tiene uno a mano. A mí me hace gracia, porque parecen recetas para cada mes del año. El otro día, cuando nos vio llegar con el Ford T, se plantó delante del coche y, sin que viniera a cuento, nos miró a los tres con cara de pocos amigos y soltó: «La luna de enero hace salir a la hormiga del hormiguero».

Hoy, por ejemplo, nada más comer, le he pedido que me ayude a preparar esas rosas de mantequilla salada que le salen tan bien.

—Para llevárselas a Milton Finch —he escrito en mi libreta.

Quima me ha mirado como si sospechara que guardo algún secreto pernicioso.

—¿Llevárselas? ¿A su casa?

—Sí. Quiero darle las gracias.

—¿Y eso a santo de qué?

—Por convencer a mi padrastro para que comprara el automóvil.

—Pues menuda idea del demonio. El buen camino se hace con suela de zapatos, toda la vida ha sido así. Aquí no necesitábamos ningún trasto de cuatro ruedas.

No le llevo la contraria, sobre todo porque mientras rezonga ya ha empezado a sacar la harina, la levadura, el azúcar y el aceite. Corro a por los huevos y el limón.

Quima y yo en la cocina… Es como un refugio confortable que fuera a permanecer inmutable a lo largo del tiempo. Sin derrumbarse jamás.

Me deja que prepare la masa. Tres tazas de harina, una de azúcar, tres yemas de huevo y una pizca de sal.

Mientras tanto, ella derrite un dado de levadura en media taza de leche templada y lo echa todo en el cuenco.

—Añade un dedal de aceite, que se amasará mejor. Y no te olvides del limón.

Amaso con las manos. Como cuando era pequeña y me colaba en la cocina a escondidas. Formo dos bolas y lo extiendo con el rodillo sobre el mármol de la cocina. Me gusta mucho hacer este trabajo. Hay que procurar que todo quede igual, que ninguna parte sea más gruesa que otra. Quima, entretanto, prepara la crema de mantequilla y luego la unta sobre la masa extendida. El horno ya está caliente.

—¿Quieres enrollarlo tú misma?

Claro que quiero. Y cortarlo en rodajas. Y disponerlo en la bandeja del horno, sobre un papel encerado que Quima mandar comprar en el colmado de Port de l'Alba.

La masa cruda forma espirales con forma de rosa sin abrir, de ahí el nombre, y por dentro de cada vuelta la mantequilla batida con azúcar parece escarcha.

—No las saques hasta que se enfríen.

No hago caso. Estamos en enero y la tarde será muy corta. Ya se enfriarán por el camino.

Por la senda de la costa, Punta Carbó no está muy lejos. Un par de kilómetros tan solo. Si me hubiera decidido a ir por el camino de Tossa habría tardado mucho más y he tenido miedo de que a la vuelta se me hiciera de noche.

Milton Finch se sorprende al verme. Está dentro de la casa, sentado frente a un escritorio atestado de libros viejos y papeles. Primero lo observo en silencio y al cabo de un rato golpeo con los nudillos en la puerta abierta.

Todo lo que sucede es raro y tranquilo al mismo tiempo. Una cadena de pequeños gestos que nunca habíamos hecho y sin embargo me parecen tan comunes, tan cotidianos y predecibles... Yo le entrego las rosas de mantequilla y él me ofrece un té. Nos sentamos. Él alaba los dulces, poniendo mucho cuidado en que lea sus labios... No hablamos mucho, nunca lo hemos hecho. Creo que evita las conversaciones conmigo, como si no estuviera seguro de algo (que yo le entienda o que él se explique convenientemente), el caso es que siempre parece dispuesto a evitarme complicaciones. No, no hablamos mucho, nunca lo hicimos y, sin embargo, Milton Finch y yo siempre nos hemos entendido con la mirada, con los gestos.

Es una casa pequeña, poco más que una choza, con un solo cuarto, una sala en la que se lee, se come y se descansa. La cocina está detrás de la puerta, amparada bajo la enorme campana de la chimenea. Hay ropa sucia sobre la cama y dos pares de botas cubiertas de barro en un rincón. Quima se llevaría las manos a la cabeza si viera este desorden.

No sé cómo hemos acabado mirando libros. Tiene una biblioteca grande, desigual, hecha de estanterías sin barnizar, cubiertas de polvo y cuajadas de pequeños objetos que parecen dejados con descuido aquí y allá. Una caja de música, una bola de lapislázuli, una piedra volcánica... Siento que todo tiene un significado personal, que no son simples adornos. No pueden serlo. Solo lo que tiene un valor sentimental es así de desordenado.

—Ven —me dice cuando dejo sobre la mesa el ejemplar dedicado por Rudyard Kipling que me había mostrado con orgullo—. Te voy a enseñar algo.

Damos la vuelta a la casa. Hay unos cuantos pinos de copa redonda que se inclinan sobre el acantilado. Llevo la libreta colgada al cuello, pero dudo que con él me haga ninguna falta.

El mar está agitado. No puedo ver la orilla porque el corte del acantilado es tan brusco que, según te acercas al borde, el mar parece aún más profundo. Las olas rompen en algún lugar invisible, la espuma crece, se abre como merengue y, un segundo después, vuelve a caer sobre el agua.

—¿Sabes cómo llamo yo a este acantilado? El borde del mundo.

No contesto. No hace ninguna falta.

—Aquí acaba todo —leo en sus labios.

Luego, cuando regreso con la fuente de las rosas saladas ya vacía, pienso en lo que he visto: ese mar embravecido, las olas que saltan unas sobre otras, la espuma que vuelve a caer en el mar. ¿Cómo será el sonido de todo eso? ¿A qué se parecerán los susurros, las canciones y el llanto? ¿Qué sonido tendrán las palabras que leo en los labios y las voces de la gente que quiero?

Voy sorteando las sombras que amenazan el camino de la costa. A lo lejos el mar sigue teniendo luz, pero la tierra se está borrando, convertida en una masa negra de árboles oscuros y siluetas amenazantes que se proyectan desde el macizo de las Gavarras.

Siento mucho frío. Y miedo de que aquí acabe todo, como dice Milton Finch, antes de que alguien pueda responder a mis preguntas.

No sé si lo que imagino es cierto. Ya insinué, al comienzo de esta historia, que para mí la verdad es algo a lo que no doy mucho valor... O quizá le dé demasiado para situarla en un solo momento y lugar.

¿Qué pienso yo? Que las cosas no aparecen en una carta de casi cien años antes por casualidad. Teresa desapareció en ese lugar, Punta Carbó...

Precisamente en ese lugar.

En el coche estaban todas sus pertenencias: el bolso, el móvil, las llaves del hotel... La policía revisó las últimas llamadas. Concretamente la última.

Teresa había telefoneado desde Perpiñán (seguramente nada más dejarme en el restaurante de la place Gambetta) al hotel Torres. Había hablado con la dueña, una tal Dolors, a propósito de unos huéspedes, un padre y un hijo a los que ella les había recomendado el hotel. No sé si la policía los interrogó. Pero algo tuvo que pasar entre el momento en que ella se enfrentó a Serge Toussaint y esa llamada. He insistido mucho en este tema, he dado la lata hasta que la policía española ha empezado a mirarme como a un chiflado, pero ellos no estaban allí, no vieron su cara.

¿Qué la llevó a los acantilados de Punta Carbó? ¿Tienen las cartas el significado que yo me empeño en darles?

Creo que sí.

Vean esta. Y fíjense en la fecha: 18 de octubre de 1918.

Querida Elizabeth:

Siento haber estado tanto tiempo ausente, pero las cosas no han sido fáciles para esta familia en los últimos meses. Muchas noches tenía necesidad de desahogarme, como antes, pero estaba tan cansada que lo único que podía hacer era cerrar los párpados y esperar a que la realidad se cerrara con ellos.

Han pasado dos años desde que Pye se fue. Tengo ya dieciocho, pero parece que fuera mucho mayor, casi tanto como Quima. Creo que no es el tiempo lo que nos hace viejos, sino el dolor, que se pega al cuerpo por capas.

Mi madre ha muerto. Ha sido una enfermedad larga y dolorosa. La he cuidado día y noche, pero mis desvelos no han servido de nada; al final la hemos enterrado en el cementerio inglés de Port de l'Alba y creo que allí ha encontrado el descanso que se merecía. Marcus y yo estamos ya definitivamente solos.

Todo este tiempo… Un agujero por el que caían los detalles normales de nuestras vidas, como si ya no tuvieran ningún sentido; desaparecían convertidos en frívolas maneras de perder el tiempo: las clases de esgrima que he tenido que interrumpir, los baños de mar, las recetas de cocina… Y los proyectos. Nunca pude ir a Bar-

celona. Aquella mujer que prometió enseñarme a hablar con sonidos quedó olvidada en el vestuario del Casino, como un sueño
ajeno. Sigo siendo muda y creo que nunca dejaré de serlo. Es mi
destino.

A mi padre le hubiera gustado. Pero él también se ha perdido en
los pliegues del tiempo. Cada vez estoy más sola.

Incluso he llegado a pensar en lo absurdas que son estas cartas
que escribo; por eso dejé de hacerlo por un tiempo, pero al final ya
ves, aquí estoy otra vez, contándome cosas a mí misma como si
fuera otra. Y es que necesito respirar.

Quima dice que «en octubre, el enfermo que no se agarra cae
como hoja de parra». Y debe de ser cierto. Mi madre ya no tenía
fuerzas para agarrarse a nada, ni siquiera a Marcus y a mí.

También ha habido alguna buena noticia, desde luego, pero incluso
las pequeñas alegrías están teñidas de tristeza: Gertrude se va a casar
con Moisés y, aunque me alegro por ella, que está feliz y muy ilusio-
nada con los preparativos, no puedo dejar de pensar que Marcus y
yo nos quedaremos solos con Robert, que se está convirtiendo en un
hombre huraño y encerrado en sí mismo. Además, Gertrude es tan
alegre… Echaré de menos sus confidencias y la sensación de que el
amor puede ser también algo real, no solo esta fantasía que yo he
construido en torno a Pye. En fin, Elizabeth, vieja amiga, tan lejana
y distante de quien soy ahora, creo que te haces una idea de cómo
transcurre la vida por aquí.

No es la única buena noticia. Hace unos días, cuando ya habían
pasado dos meses de la muerte de mi madre y como si la dicha y la
desgracia estuvieran unidas por hilos retorcidos, Pye ha vuelto a
casa. La guerra aún no ha terminado, pero le hirieron en el golfo de

Vizcaya, cuando su barco chocó con una mina y es posible que no vuelva a embarcar. Al parecer los aliados han roto el frente alemán y han entrado en Bélgica. Inglaterra estará muy pronto a salvo de los submarinos alemanes y todo el mundo dice que la guerra se acaba.

Pye regresó tan solo hace una semana. Robert fue a recogerle al puerto de Bilbao con el Ford T y cuando por fin los dos llegaron a Los Cuatro Relojes nos encontramos con una sombra de lo que fue. Estaba muy delgado, la cabeza rapada y llena de pústulas, la nariz rota y los ojos hundidos. No mostró ninguna alegría al estar de nuevo en casa, apenas parecía reconocernos a Gertrude y a mí. Solo sonrió al ver a Marcus. Le acostamos en su cama y durmió durante dos días con sus noches.

No quiere levantarse, apenas come, me muero de pena al verle así. Él no lo sabe, pero me siento junto a su cama y es como si la enfermedad de mi madre volviera de pronto. Allí estoy yo, una muchacha de dieciocho años que no hace otra cosa que tirar de los seres que ama para que la muerte no se los lleve. No puedo gritar; solo puedo ofrecer una resistencia terca, vigilante, procurando ser más tozuda que ella. Robert me lo dijo una vez: «Tienes más entereza que cualquiera de mis hijos y eres más fuerte de lo que crees». Pero también sé que con la muerte la entereza no sirve de nada.

Y sí, ahora sí. Ahora por fin entenderás por qué he vuelto a escribirte. Una de las primeras noches, cuando Pye gritaba en sueños y me quedé a su lado, abrió los ojos. Movía la boca, pero yo no podía entenderle. Acerqué la vela de sebo.

—Lizzie. —Era mi nombre lo que dibujaban sus labios.

Sé que era un susurro. También los sordos sabemos distinguir un grito de un rumor... Le cogí la mano.

—No sé si he... —dijo atragantándose con su propia voz. Tosía.

Abría la boca como si tuviera una piedra atascada en la garganta—.
No sé si he matado a alguien. No puedo recordarlo.

¿A qué venía eso? ¿No era él el que había querido alistarse para
acabar con todos los alemanes?

—No quiero volver —dijo apretándome con fuerza los nudillos—. Abrázame, por favor, Lizzie, abrázame.

El miedo tiene voz, pero también tiene cara. Es visible, aunque
no se le oiga. Su rostro… Acobardado y teñido de sombras. Sentí
que se estaba extraviando, hundiendo. Me acosté a su lado. Pye se
tranquilizó al instante y volvió a dormirse aplastado por el cansan-
cio. Al poco se dio la vuelta, yo le rodeé la cintura con el brazo y
puse la mano sobre su corazón inquieto. Nos dormimos así. ¿Sabes
qué significa eso para mí?

Cada noche he ido a su alcoba. He dormido con él. Incluso
cuando ya empezaba a levantarse y a dar pequeños paseos por el
jardín. Nos hemos abrazado en la oscuridad y nuestras manos se han
deslizado por el cuerpo del otro. No te escandalices. Sabes que soy
afortunada. Nadie más hará eso conmigo nunca. Soy una pobre
muda sin futuro, como dice despectivamente Moisés. ¿Quién más
iba a quererme en su lecho?

He hecho una pausa en esta carta. Creo que han pasado unos veinte días desde el último párrafo. Pye ya se ha repuesto del todo, así
que Robert ha consentido en organizar la pedida de Gertrude. Los
padres de Moisés van a venir a Port de l'Alba.

Quima está muy nerviosa, no sabe muy bien qué preparar para
tamaño agasajo. Le he dicho que haremos sus pichones en salsa de
la reina y su famoso pastel ruso. Que la ayudaré. Eso la ha tranqui-
lizado. Hasta yo sé cuánto calman los nervios las cosas de siempre.

Nadie sabe lo que Pye y yo hacemos por las noches. Todos andan ocupadísimos con la pedida de Gertrude y creo que mirarían para otro lado si lo supieran, cualquier cosa con tal de no torcer la marcha de los acontecimientos. A veces pienso si Gertrude me oirá cuando dejo mi cama y recorro el pasillo para meterme en la de su hermano. Pero entonces recuerdo la noche en que vi a Moisés salir por la ventana de su cuarto, hace ya dos años de eso, y pienso que, aunque no lo confesemos, las dos hacemos lo mismo.

Voy escribiendo a trozos. Apenas tengo tiempo para quedarme a solas. Mañana es el gran día. Los padres de Moisés están alojados en el hotel del pueblo, lo que ha resultado ser una decisión muy sensata, porque aquí nos volveríamos todos locos si además hubiera que atender a unos huéspedes como ellos. Dice Gertrude que son un poco estirados.

Esta tarde hemos dejado montado el pastel ruso. Quima dice que lo inventaron los reposteros españoles de Eugenia de Montijo cuando el zar de Rusia visitó París. Que lo hicieron en su honor y que por eso se llama pastel ruso. Quima siempre tiene una buena historia para agrandar sus platos. Como si no fueran igual de buenos sin ella… El caso es que a Gertrude le ha encantado el menú y mañana, cuando se sirva el postre, les explicará a sus suegros el origen del pastel, porque dice que cualquier plato sabe mejor si está acompañado de una buena historia. Y esta es del tipo que gusta a los burgueses estirados de Barcelona, seguro.

Moisés no me gusta. Nunca me ha gustado. A veces me pregunto si Gertrude será feliz con él. Es banal, arrogante, y siempre da la impresión de esconder algo. Pero si tengo que ser sincera, creo que le detesto porque cuando se dirige a mí lo hace como si fuera una tullida…, peor aún, porque entonces me trataría con algo de compasión y yo solo noto desprecio. Nadie más parece darse cuenta, pero es lógico, ¿a quién sino a mí iban a importarle las oscuras palabras que no se pronuncian? ¿Ves ahora cuál es el motivo de estas cartas? No hay nadie más a quien pueda contarle cómo me siento, ni siquiera a Gertrude. Bueno, en este caso, a ella menos que a nadie, no quiero que se preocupe por lo que no se puede cambiar. Soy muda, solo tengo esta voz de aquí dentro, estas palabras que necesitan tinta para poder existir.

La boda de Gertrude y Moisés se celebrará en Barcelona y el banquete será en el Majestic Hotel Inglaterra, que se acaba de inaugurar hace unos meses. Gertrude dice que sus suegros han elegido este hotel porque nosotros somos ingleses, pero a Robert le ha parecido una sandez y dice que lo único que quieren es aparentar ante sus conocidos porque es el más lujoso de la ciudad.

—¡Por Dios! —ha exclamado cuando Gertrude insistía—. Si el dueño es un italiano, piamontés para más señas. Ese lugar no tiene que ver con Inglaterra, salvo en el nombre.

No entendemos por qué se casan en noviembre, un mes frío y lluvioso, que nos obligará a todos a llevar abrigos a la ceremonia. Tendrían que haber esperado a la primavera, que es cuando todo el mundo celebra las bodas. Gertrude no ha querido contármelo, pero yo sospecho que tienen prisa por casarse y que quizá tanta salida y entrada por las ventanas haya dado su fruto. Pero no digo nada. Todos tenemos derecho a nuestros secretos. Yo también.

La verdad es que finalmente Robert no ha puesto una sola objeción a las exigencias de los padres de Moisés, ni a los caprichos de Gertrude. El traje de novia se lo confeccionarán en Casa Repiense, que pasan por ser los modistas más selectos de Barcelona. Dice Gertrude que su suegra ha aconsejado que los trajes del resto de la familia también nos los hagan allí.

—¡De eso nada! —ha respondido Robert—. Esa señora que disponga de lo suyo, a ver si se cree que yo soy millonario.

Ya no está mi madre para coserme los vestidos, así que de cualquier modo tendremos que encargar los trajes en Barcelona y habrá que instalarse allí al menos tres semanas antes de la boda. ¿Sabes qué representa eso para mí? No sé cómo explicarlo. Mi padre, mi madre, mi infancia. Es también la esperanza de ver la ciudad con Pye, conocer los sitios en los que él estuvo, que me los enseñe como me ha prometido, y enseñarle yo los lugares en los que crecí. Ya no existe el tifus en mis recuerdos, solo la sensación de que una vez, hace mucho tiempo, viví una felicidad sin deseos.

Acabamos de comer. Los padres de Moisés han elogiado mucho los pichones y el pastel ruso. Yo me había encargado del merengue y lo cierto es que había quedado un poco tostado. Al cortar las planchas se partían, pero eso lo hemos disimulado con una gran cucharada de azúcar glaseada. Al final estaba bueno. Gertrude ha disfrutado mucho contando la historia del zar Alejandro II y yo viendo la cara que ponía su suegra, encogiendo la sotabarba contra la gargantilla de perlas, como si tuviera que contener los elogios para que no le salieran a borbotones por la boca.

Creo que a Robert no le gusta mucho esta gente. Después de que los novios hicieran la entrega de los regalos, una pulsera de pedida para Gertrude y un reloj con leontina para Moisés, mi padrastro ha encendido su pipa, se ha puesto una chaqueta vieja y se ha ido a la torre porque dice que el Girod está atrasando y que quiere ver lo que pasa mientras haya luz. Nos hemos quedado todos en la salita, un poco violentos, hasta que se me ha ocurrido decirle por señas a Pye que invitara a Moisés y a su padre a ver los relojes. Ha costado conseguir que se levantaran, creo que el padre de Moisés había bebido más de la cuenta.

—Está bien —ha dicho a regañadientes—, veamos esos portentosos relojes. Muy buenos tienen que ser…

Nos hemos quedado a solas Gertrude, su futura suegra y yo.

—¿Y seguro que no oye? —he visto que decía la madre de Moisés acercando la boca a Gertrude.

Esa boca… Crispada como la maldad.

Gertrude se ha puesto roja como un tomate. No ha dicho nada, pero me ha mirado de reojo.

—Desde luego tu familia tiene mérito. Recoger a una chica como ella… Una impedida que nunca podrá mantenerse a sí misma… Claro que siempre viene bien tener alguien que ayude en la cocina. El servicio cada día está peor, ya te darás cuenta cuando lleves tu propia casa.

—No es una criada, es mi hermana —ha respondido Gertrude molesta. No lo suficientemente molesta para hacer callar a esa mujer horrible.

—Bueno…, hermana, lo que se dice hermana, no es. Y no te ofendas, querida, pero no me gustaría que mi hijo tuviera que cargar en el futuro con una responsabilidad que no le corresponde. Tu padre faltará un día y entonces ¿quién se va a hacer cargo de ella?

Gertrude sabe que yo estoy leyendo los labios de su suegra. Está a punto de echarse a llorar.

Ha faltado un ápice para que cogiera la libreta. Yo no necesito a su hijo para nada, señora, tengo mi propia renta, la que nos dejó mi padre, y Marcus y yo siempre podremos contar con Pye, él nunca nos abandonará. Y usted es una víbora de la peor especie. Y su hijo un mequetrefe que no se merece a Gertrude; si por mí fuera le aconsejaría que no se case con él bajo ningún concepto.

Pero no lo he hecho. Esta vez no he sido capaz. He dejado que esta mujer hablara de mí como si yo no estuviera presente. He aceptado ser quien ella ha decidido que sea: una inválida necia, disminuida, impotente.

Sorda y muda.

Y eso es lo que quería contarte: la verdad de las mentiras. Yo no soy así. No soy una inútil. Es cierto, no oigo, no hablo; pero sé defenderme, soy rápida con el florete, entiendo la maquinaria de los relojes casi tan bien como Robert, puedo hacer feliz a Pye por las noches… Hoy, por ejemplo, me siento infinitamente más afortunada que la pobre Gertrude.

Cuando empecé esta carta no pensé que iba a ser tan larga. La dejé en suspenso para contarte la boda de Gertrude, porque tenía pensado hablar de los trajes y de los invitados, del banquete y del hotel, de lo guapa y radiante que estuvo Gertrude. Se quedarán a vivir en Barcelona, como es lógico, y sé que a partir de ahora nos veremos muy poco. Quería contarte todo eso, pero el momento ha pasado. Entretanto ha sucedido algo terrible.

Verás, pocos días antes de que saliéramos para Barcelona, le notificaron a Pye que tenía que embarcar de nuevo, esta vez en el *HMS Waters*, que estaba anclado en el puerto de Bilbao. No lo entiendo. La guerra está a punto de acabar, según dicen todos, y sin embargo se llevan a Pye de nuevo. Tengo miedo de los submarinos alemanes, de los torpedos, de ese mar que se está convirtiendo en un cementerio. Me acuerdo de aquella noticia que leímos en los periódicos hace tanto tiempo, la muerte del músico Enrique Granados, cuando la guerra no significaba nada para nosotros y me doy cuenta de que, seas quien seas y vivas donde vivas, la guerra siempre te alcanza. Recuerdo que entonces escribí que yo no me imaginaba lanzándome al agua para salvar a nadie. Ahora sí, ¿sabes? Ahora sí.

De pronto todo lo que me parecía importante se ha convertido en una nimiedad, retales huecos de un mundo absurdo en el que no sé si podré sobrevivir. Porque aún hay más. Este otro «más» espantoso y desmesurado que puede cambiar mi vida para siempre. Estoy embarazada. Eso es lo único que oigo desde hace días en el interior de mi cabeza.

Nadie lo sabe. Ni siquiera Pye.

Tengo la impresión de que me han arrojado a un pozo y por mucho que arañe las paredes nadie me oirá jamás.

¿Ven lo que quería decir? ¿Comprenden ahora por qué yo también he llegado a creer en la importancia secreta de esas cartas que Teresa guardaba en una lata vieja? Recetas de cocina... No señor, eran mucho más que eso.

¿Cómo era la cosa? ¿Iba Teresa reproduciendo inconscientemente la vida de Elizabeth Babel, alentada por la lectura frecuente de las cartas, la imitaba, o realmente había una conexión entre las dos, algo que escapaba a la voluntad y se imponía? Es incómodo ceder ante esta explicación un tanto extravagante, darle crédito. Pero sin ella todo cojea.

Una conexión con casi cien años por medio. ¿Por qué no?

Duden, por favor.

Yo también lo hago.

Luego están los otros, lo que cuentan los otros...; más pegamento para unir los pedazos de un espejo roto. Más distorsión.

Mi nombre es Natalia Heras. Durante siete años he sido la recepcionista del hotel Arana.

Es cierto que Teresa y yo teníamos una relación muy estrecha, ya me dirá usted, siete años viviendo en esta casa… Solíamos tomar una copa juntas, por las noches, en esta misma habitación, donde Teresa dormía, y charlábamos de nuestras cosas. ¿Confidencias? Claro. No se lo voy a negar, hablábamos de los hombres, del futuro, también del hotel y de lo que se podía hacer para mejorar el negocio. Parece mentira… Hemos pasado muy buenos momentos juntas, sobre todo en invierno, cuando apenas había huéspedes. No hay mucho que hacer en Port de l'Alba durante el invierno.

Sí, me contaba cosas de su infancia, de cuando vino aquí, cosas de la casa cuando todavía no era un hotel. De su madre.

Tenía problemas. Claro que los tenía. Como todos. Y es cierto que había algo que la torturaba, no te dabas cuenta a simple vista, pero estaba ahí. Ella lo definía como una aguja clavada en un nervio. Era algo que le impedía tener una relación normal con los hombres, a mí me asustaba a veces, porque era una mezcla entre utilizarlos y otra cosa más profunda, una especie de desolación interior, de desprotección, de miedo. Todo esto los demás no lo veían, porque ella lo disimulaba muy bien. Aparentemente era una mujer práctica, inteligente, un poco fría. Pero por dentro...

Era muy guapa, pero eso usted ya lo sabe. Tenía ya cuarenta y nueve años, y seguía siendo un bellezón: alta, elegante, rubia natural, con unos ojos azul cobalto impresionantes. A su lado siempre te sentías como una pobre chica sin importancia.

Mire, todo esto me está trastornando. Estoy hablando de ella en pasado y no puedo soportarlo, porque me niego a creer que haya desaparecido y que quizá esté muerta... A veces pienso que la han matado, o que ella misma se ha tirado al mar; pero otras, casi siempre, imagino que está escondida en algún sitio secreto y que no quiere que nadie la encuentre.

Yo la echo mucho en falta. Mucho... Por ella y por mí. Me gustaría que estuviera aquí, con todos nosotros, que el hotel volviera a funcionar como antes y que pudiéramos tomarnos la última copa del día en su habitación. Era estupendo hablar con ella.

Bueno, iré al grano, que usted tendrá todavía que entrevistar a más gente.

Cuando llegué aquí, yo solo tenía juventud y tres idiomas en la bolsa de viaje. Ella me enseñó cómo debía comportarme con los huéspedes, lo que debía hacer siempre y lo que no podía aceptar nunca. Tampoco yo era una pueblerina, había viajado bastante con mis padres y conocía la vida en los hoteles, así que no fue difícil. Creo que fue el alemán que había aprendido en el colegio lo que hizo que me diera el puesto. Hoy en día cualquiera habla inglés, pero alemán ya es otra cosa. Y aquí, en la Costa Brava, franceses y alemanes son los turistas por excelencia. En aquella época no teníamos chef, era Teresa la que llevaba la cocina. Bueno, la ayudaba una mujer del pueblo, buena con los guisos de la zona, pero sin muchas luces, así que la pobre Teresa se pasaba el día en la cocina y peleando con los proveedores.

Recuerdo uno de aquellos días. El hotel llevaba solo un par de meses abierto. Todo era nuevo, impecable, pero un poco anodino. Se había inaugurado en abril, por Semana Santa, y tuvimos gente, es cierto, solo cinco habitaciones ocupadas, pero por lo menos nos estrenamos, y luego pasamos otro mes y medio con todo preparado y sin que apareciera nadie. Creo que fue entonces cuando se animó a poner la placa.

Había encargado en el pueblo una placa de bronce, grande, con el nombre del hotel y cuatro estrellas esmaltadas en negro. Dijo que había que evitar a toda costa que pareciera un *bed & breakfast*.

Marçal la estaba colocando en uno de los pilares de la verja de entrada. Ella estaba contemplando cómo apretaba el último tornillo y yo le dije alegremente que había sido un gran acierto, que ahora nadie pensaría que se trataba de una de esas casas de huéspedes. La placa brillaba como si fuera una promesa de lujo y confort. Y de pronto, Teresa se echó a llorar.

Nunca hasta entonces la había visto descomponerse de aquel modo. Salió corriendo hacia la puerta trasera, la que da a las escaleras del segundo piso, y fue a refugiarse en su habitación.

¿Qué había pasado? ¿Le había molestado algo de lo que yo había dicho? No me parecía lógico, pero cualquiera sabe... Pensé si tendría la regla; porque yo me pongo muy ñoña en esos días, me da por llorar todo el tiempo, sin motivo. Pero, al parecer, ella tenía uno.

Fui a verla. ¿Qué podía hacer? Pensé que a lo mejor me echaba con cajas destempladas, pero aun así me arriesgué. No iba a dejarla sola en la torre.

Me abrió.

Tenía los ojos rojos. No se le hinchaban cuando lloraba. A mí se me ponen como botas, pero ella era elegante hasta en eso. Solo rojos. Como se nos ponen al nadar en una piscina con cloro o en los días de mucho viento. Cuánto he envidiado la belleza de ese rostro inalterable, ¿sabe? Nunca dejaba ver del todo las emociones, era como si tuviera un dique interior... Qué tontería, ¿verdad? Pero, ya ve, usted me ha pedido que le cuente todo lo que pienso y eso es lo que más destacaría yo de Teresa: las cosas le sucedían por dentro, más adentro que al resto de las personas, y algo en su forma de ser impedía que los demás participaran de sus emociones. Por eso aquel día me sorprendió tanto que se echara a llorar delante de Marçal y de mí. Era como si de pronto se hubiera roto el dique. Y me asustó lo que pudiera salir de allí.

Me ofrecí a preparar una infusión. Una manzanilla con tila. Y me senté a esperar a que hablara.

Si es que quería hablar.

Durante un buen rato ninguna de las dos dijo nada. Bebimos en silencio. Luego ella se levantó, fue hacia la esfera del reloj y me preguntó con una voz que ya no parecía tan triste:

—¿Te he hablado alguna vez de mi madre? La casa era su herencia, ¿sabes?

Estaba de espaldas. Aquel día llevaba una chaqueta vieja de punto. Solía tenerla en la oficina, pero solo se la ponía cuando no había huéspedes. El último día que la vi, después de la comida de despedida que solía organizar para los trabajadores del hotel, yo misma se la eché por los hombros antes de marcharme. Tenía que haberme dado cuenta de que le pasaba algo, pero ya le he dicho que sabía ocultar sus emociones. En fin, me he arrepentido muchísimo de no haberme quedado con ella.

No sé si le pregunté o fue cosa suya, el caso es que empezó a hablar lentamente, sin contar una historia propiamente dicha, más bien como si continuara con una historia que hubiese dejado pendiente cualquier otro día. Con otra persona.

—Murió en un sanatorio mental —dijo con aquella voz neutra que parecía dirigirse a un interlocutor desconocido—. Drogas, alcohol, intentos continuos de suicidio… Solo hace doce años de eso, pero su imagen verdadera se ha alejado tanto de mí que me parece que nunca existió. Porque ella no era eso. No era esa mujer deshecha que ve pelusas y avispones flotando alrededor de su cabeza enferma, no la que me pedía que le borrara de la pared unas letras inexistentes. «Borra esas palabras», me decía. Y yo solo veía arañazos que habían hecho las camillas en la pared del sanatorio. Ella era otra. Otra a la que se tragó esa mujer delirante. La engulló. Nunca he podido entender cómo desapareció mi madre y me dejaron en su lugar aquella carcasa vacía…

Hizo una pausa. Seguía de espaldas, mirando a través de las horas del reloj. Yo solo veía su cabello, recogido en la nuca con un pasador de cuero, y la chaqueta.

Luego continuó.

—Hoy, cuando poníamos la placa —la voz me pareció de pronto menos triste, casi alegre—, he recordado a mi madre en sus buenos tiempos: hermosa, seductora, divertida. Todo era tan original e imprevisible con ella… No me dejó gran cosa, pero la casa sí, eso lo respetó hasta el final. Lo demás lo dilapidó alegremente. Si vieras cómo era esto cuando ella y yo vivíamos aquí, tanta gente entrando y saliendo, las fiestas que duraban varios días con sus noches, y todos esos famosos que luego veíamos en las revistas… Fantaseaba con la idea de abrir un hotel de lujo, sus amigos americanos siempre la animaban, pero nunca llegó a hacerlo. Era incapaz de hacer nada práctico. Y al final, ya ves, he sido yo la que ha realizado su sueño.

Así que era eso... La placa era un sueño cumplido.

—¿La querías?

¿Por qué le pregunté esa tontería? No lo sé. Entonces me pareció una pregunta adecuada. Supongo que intentaba animarla a expresar esos sentimientos que siempre nos ocultaba.

Se volvió. Vino hacia donde yo estaba y se sentó en el borde de la cama.

—La quería... No lo sé. ¿Qué es querer, Natalia? ¿Qué significa para ti?

—Pues desear estar con alguien —respondí—, no sé, pensar en ese alguien con ternura, echarle mucho de menos y creer que la vida es mejor a su lado.

—Entonces no sé si he querido nunca a nadie. Quizá a una persona... Y desde luego no era mi madre.

—Un hombre, supongo.

Me salió tal cual. Sin pensarlo. Ella sacudió la cabeza. No negaba, más bien parecía que quisiera deshacerse de una imagen que la perturbaba.

—Sí —reconoció—, algo así. Pero no era un hombre, solo era un muchacho.

—Vaya, un amor de juventud —aventuré—. ¿Y qué pasó?

Era una presunción por mi parte. De algún modo el dique seguía allí.

—Yo me fui —respondió ambiguamente—. Y él se quedó atrapado por las mareas.

No entendí qué quería decir. ¿Qué era eso de las mareas?

Hubo un silencio. Lo recuerdo porque era tan denso que casi se podía tocar. Nunca había sentido que el silencio tuviera tantas cosas dentro.

—Hay un lugar en la costa del País Vasco. —Esta vez sí parecía que se dirigía a mí porque me miró con aquellos ojos suyos que parecían un trozo de azul arrancado del mar—. Una ría entre Bermeo y Lequeitio... Ahora es reserva de la biosfera y se llama Urdaibai. Entonces solo se llamaba la ría.

Se calló de nuevo. Pero me miraba. De eso debía de estar cargado el silencio. De todo lo que ella guardaba.

—Pasábamos allí algunos veranos —añadió sonriendo levemente—. Las mareas subían y bajaban, las playas aparecían y desaparecían tragadas por el agua… Un día la marea creció tanto que hizo desaparecer mi infancia. Se la llevó, ¿entiendes?

No lo entendía y ella se dio cuenta. Pero no quiso seguir.

Llegué a la conclusión de que solo había estado enamorada una vez, cuando era muy joven, y la idea de que era precisamente eso lo que le impedía entablar relaciones duraderas con otros hombres fue creciendo en mi cabeza, hasta convertirse en la explicación de todo. Cada vez que ella conocía a alguien, porque eso sí que me lo contaba, me hablaba de los hombres con los que se veía; yo esperaba que ella se enamorara de nuevo, este sí, ahora sí… Pero nunca pasaba.

Hace unos dos años más o menos, se puso enferma. Estábamos en plena temporada y le dio lo que parecía una especie de cólico, un dolor abdominal muy agudo. Era una mujer fuerte, nunca se ponía mala, ni un simple catarro en los siete años que estuve con ella. La bajamos a Port de l'Alba cuando ya no podía aguantar el dolor y allí nos recomendaron que fuéramos al hospital de Palamós.

La llevé yo, desde luego. Ese día me enteré de su secreto.

Estábamos en urgencias y ella tenía la boca crispada y un color tan blanco que pensé que se desmayaría de un momento a otro. Nos llamaron rápido y le tomaron los datos para el historial clínico. Al principio solo me parecieron unas preguntas sin importancia. Qué estupidez…

—¿Edad?

—Cuarenta y siete años.

—¿Enfermedades importantes?

—Ninguna.

—¿Es alérgica a algún medicamento?

—No.

—¿Está embarazada?

Un breve silencio.

—No.

—¿Embarazos anteriores?

Más silencio. La pregunta repetida de otro modo.

—¿Ha estado embarazada alguna vez?

—Sí. Una.

—¿Abortos?

—No.

Así que tenía un hijo y no me lo había dicho. ¿Dónde estaba ese niño? ¿Había muerto y por eso ella sufría en secreto?

—¿En la actualidad mantiene relaciones sexuales?

—Sí.

—Túmbese en la camilla.

La operaron aquel mismo día. Al principio pensaron que podía ser un embarazo extrauterino, pero luego resultó que se le había reventado un quiste en el ovario y tenía una hemorragia interna. Me quedé con ella los cinco días que estuvo en el hospital.

¿Sabe qué es estar encerrada en un hospital día y noche? Para el enfermo y para el cuidador. El tiempo se para. Va tan despacio que puede parecer que la vida no existe. Ella y yo allí, entre los silencios embolsados y las enfermeras que entraban y salían dando portazos. Me lo contó todo. Y yo pensé que nada de lo que se cuenta en la cama de un hospital puede ser tenido muy en cuenta.

Ahora he cambiado de idea. Creo que eso es lo único realmente importante que sé de ella.

Los días de finales de septiembre. A veces llueve. Otras el cielo está limpio, estremecido y ardiente.

Mikel y yo ya no somos los pequeños que corretean por la playa buscando carramarros. Tampoco Beltza nos sigue, porque murió y lo enterraron en el monte. Ahora somos dos adolescentes. ¿Adolescentes? Quizá. A veces le miro, fuerte y ancho, más bajo que yo, el pelo oscuro lleno de rizos, siempre alborotado por el viento… Lleva pantalones de mahón, como los pescadores; se los remanga hasta media pierna, y aun así siempre los lleva mojados. No. No parece un adolescente.

—Ven, vamos a coger muergos.

—¿Muergos? —Mi abuela decía que los muergos eran peligrosos, que no se debían comer porque podías coger el tifus—. ¿Para qué?

—Para carnada. Mañana voy a pescar a San Juan de Gaztelugatxe, ¿quieres venir?

San Juan de Gaztelugatxe está muy lejos. Es una especie de islote con una ermita en la cumbre. Está unido a tierra por una especie de puente y hay que subir más de doscientos escalones hasta la cima. Dice la leyenda que si tocas tres veces la campana que hay en la ermita y pides un deseo, se cumplirá. ¿Cómo no voy a ir? Tengo muchos deseos atrapados en la garganta. Quiero que salgan de ahí.

Bajamos a la playa. Era un día raro. El cielo estaba cubierto de nubes blancas y grises que corrían a gran velocidad; de cuando en cuando salía el sol, con fuerza, unos rayos cegadores disparados desde el interior de las nubes. En ese escenario lejano algunas cosas pasan en presente. Otras en pasado. Tengo los acontecimientos de aquellos días clavados por detrás de los ojos, como si yo también estuviera mirando el tiempo al revés, desde dentro de las horas…

La marea está bajando muy rápido. El mar se retira y los islotes de arena emergen como huevos fritos. Mikel va descalzo. Yo llevo unas sandalias de goma con la hebilla oxidada. ¿Por qué hay un paquete de sal gorda en el viejo caldero de los carramarros? ¿Por qué Mikel me ha dado al salir de casa otro cubo vacío? Creo que es para meter los muergos.

—Vamos allí.

Señaló un arenal frente a la playa de San Antonio. Antes no nos dejaban bañarnos en esta zona por las corrientes. Realmente nunca me pareció que hubiera corrientes, pero ese era uno de los sambenitos de la tía Mari Carmen: cuidado con las mareas, cuidado con las corrientes, ojo con la bici, déjate de gasolinos, que ya tenemos bastante con un marino en casa… Mikel camina con la cabeza agachada, siguiendo de cerca las lenguas de agua que se retiran cada vez un poco más lejos. La marea está bajando tan deprisa que la arena queda al descubierto según avanzamos, empapada, grisácea y oscura. Mikel otea las burbujas, va de aquí para allá, con el paquete de sal.

—Llena tu balde con agua —me ordenó—. Bien lleno, hasta arriba.

Hice lo que me pedía. Coger agua de uno de los charcos que

quedaban atrapados entre la arena. Unos eran curvos, como meandros, se retorcían en torno a los islotes de tierra abrazándolos como serpientes de agua; otros corrían rectos hacia el mar, desangrándose. Mikel me señaló un lugar que a mí me pareció igual que los otros.

—Aquí.

Echa un puñado de sal en una de esas burbujas. Luego me arrebata precipitadamente el cubo con agua de mar y salpica con la mano el montoncito de sal.

Y espera.

Creo que nunca le había visto hacer esto. De pronto algo se mueve. La sal se embebe, se confunde con la arena, mientras una cosa alargada intenta salir a la superficie. Mikel atrapó el muergo muy rápido, sujetándolo con mano firme y después tirando lentamente, pero sin aflojar la presión de la mano. Me lo dio. La cáscara era dura y quebradiza, con forma de cacha de navaja. Es así como llaman en el mercado de Port de l'Alba a los muergos: navajas. Allí sí se comen, pero yo nunca los había probado. Era un bicho desconocido y un poco inquietante, como un muerto a punto de resucitar. Parecía que de dentro pudiera salir en cualquier momento la hoja afilada de un cuchillo; pero no, lo que salió fue un tubo de carne blanca, con un agujero en la punta. Es algo que de pronto me parece asquerosamente obsceno. Tanto que me produce un secreto placer.

—Tienes que tener siempre agua en el balde, que si no se nos mueren. Y cuando están muertos no son buen cebo.

Éramos las únicas personas que había en la ría en esos momentos. El cielo se había oscurecido aún más y ya apenas quedaban nubes blancas. Iba a llover.

—Venga, coge alguno tú también. Tenemos que darnos prisa si queremos llenar el cubo.

Pruebo. El primero se me escapa. Se escurre entre los dedos y se vuelve a enterrar rápidamente.

—¡Joder, tía! Hay que cogerlos con fuerza. Solo tienes una oportunidad.

Recuerdo que me sentó mal su impaciencia. ¿Qué se había creído? Yo podía hacerlo tan bien como él. De un manotazo le quité el paquete de sal.

En diez minutos, cojo doce muergos yo sola; ha empezado a llover, pero me da igual, sigo echando sal en los agujeros hasta que no queda un grano en el paquete.

—Qué rápido aprendes —recuerdo que me dijo Mikel cuando el balde estaba lleno de aquellas navajas apretujadas unas contra otras. Sabía que era su forma de felicitarme. Parca. Escueta. No me gustaba esa postura de hermano mayor, como si él lo supiera todo y yo nada. La lluvia caía sobre nuestras huellas en la arena y sobre las palabras que quedaban aplastadas contra el suelo.

—Vamos, que te estás calando.

Ahora volvía a ser mi primo. Adoro la voz cálida y cercana con la que me envuelve. Es como un impermeable forrado de lana.

Correr.

Con él.

Por la arena, hasta la cuesta del apeadero.

Correr. Los muergos se agitaban en el balde y el agua salpicaba sobre los charcos del suelo y sus pompas repentinas y furiosas.

Nos refugiamos en la parada del autobús. Había allí, bajo la marquesina, una mujer con una cesta de cebollas rojas colgada del brazo. Nos miraba y sonreía. Estábamos mojados de la cabeza a los pies y la mujer nos miraba con ojos afilados como cuchillos. Yo pensaba que su lengua también sería así. No quería hablar con ella.

—Ay, majos, cómo os habéis puesto. —Pero ella sí habló, dijo justo lo que yo quería y no quería oír—. Tú, chaval, dale calor a tu novia, ¿no ves que está temblando?

Deseé con tanta fuerza que me abrazara...

Lo deseé. Que me abrazara como Paul Bertrand abrazaba a mi madre cuando estaban en la cama y dejaban la puerta abierta.

Pero Mikel no lo hizo. Noté cómo el deseo me crecía por dentro, me recorría y me nublaba la mente, me invadía ante los ojos expectantes y ansiosos de la mujer. ¿O eran los míos?

Entonces salí de la marquesina con la cara roja como un tomate. Tenía miedo de que la mujer se diera cuenta de lo que yo pensaba. Era una mujer que podía verlo todo.

—Vámonos a casa —le dije sin volverme.

Él me sigue dócilmente. La lluvia le pega los rizos contra la frente, pero no se los retira de la cara, camina con los ojos bajos, como si algo le avergonzara a él también. Llevábamos el balde lleno de carnada. Yo no sé qué hacer con mi vergüenza, la que me aprieta la sangre, creo que tengo nudos en las venas... ¿Era eso posible? ¿Puede la vergüenza hacer eso? Quiero sacudírmela de encima para ser libre y alegre, como Ángela Dennistoun.

Unas cosas pasan en presente. Otras en pasado... Cuando llegamos a casa tengo muchas ganas de llorar. Eso recuerdo. La angustia y la frustración. El deseo insatisfecho.

Antes de entrar, me di la vuelta y me quedé parada frente a él. Veía su rostro sorprendido, los macizos de hortensias a un lado y otro del camino de pizarra, el cielo de plomo y sus rizos mojados.

¡Joder, tía! Hay que cogerlos con fuerza. Solo tienes una oportunidad.

Le beso. Un dolor punzante y placentero en el bajo vientre. Como una aguja que se hubiera clavado ahí. Deseaba con todas mis fuerzas que él me quitara ese dolor.

Le beso.

Sabe a sal.

Mi primer beso sabe a sal.

Esa noche, cuando la tía se encerró en su habitación a oír la radio, nosotros salimos de casa a escondidas.

Otra vez el cubo de los carramarros. No me ha dicho lo que vamos a hacer, pero imagino que quiere coger algún otro tipo de cebo. Por un instante, un pensamiento absurdo se me mete en la cabeza, a la altura de los oídos: quiere estar a solas conmigo y hablar de lo que ha pasado esa tarde. Le apetece besarme de nuevo.

Pero no.

—Hay que ir a la isla de Txatxarramendi, a las rocas del balneario.

¿Allí? ¿Aparecerá otra vez mi madre en lo alto de las escaleras, con su pañuelo en la cabeza y sus gafas de cristales verdes? ¿Me arrastrará de nuevo con ella? ¿Me sacará de esta vida que es solo mía y en la que ella no cabe? Hay veces en las que solo pienso tonterías, lo sé.

—Vamos a coger carramarros blandos. Eso es lo mejor que hay para que te entren las lubinas.

Siempre era tan brusco… Parece que solo le importen sus carnadas, sus anzuelos y sus cañas. Hoy ha dicho algo de meter los muergos en el anzuelo con «la muerte a la vista» y yo no lo he entendido, pero me ha dado un repelús. Por toda la espalda.

«La muerte a la vista.» Suena como una mala premonición.

La lluvia había dejado el cielo claro, lleno de estrellas. Cerca del monte se veía la Osa Mayor, el Carro y tres caballos. Hay una luna rara, no es llena, no es media, no es un cuarto. Es una especie de D con los bordes deformes, como si estuviera creciendo mientras la miras. No ilumina gran cosa, así que Mikel me da la mano. Otro escalofrío me recorre de arriba abajo, como una anguila que hubiera entrado por el cuello del jersey.

Cogidos de la mano y sin decir una palabra, subimos por la isla de Txatxarramendi, la bordeamos, y luego bajamos de nuevo por las escaleras del balneario hasta alcanzar las rocas de la parte izquierda. Mi madre no estaba. ¿Cómo iba a estar?

—Descálzate, que hay que meterse en el agua.

Está oscuro. No veo esa luna en forma de D.

—Y súbete el pantalón hasta las rodillas.

Entonces enciende la linterna. Enfoca el agua y me sorprende que sea tan transparente. Se ven nuestros pies, los dedos tan distintos, los míos largos y los suyos cortos y gruesos, sus tobillos de huesos anchos... De pronto un pez plano, como un lenguado, pasó entre los dos agitando el agua a una velocidad increíble, y desapareció más allá del círculo de luz.

—Ahí hay uno —intento ver el carramarro, pero él ya ha metido la mano, ya ha sacado el puño cerrado con su trofeo—. Mira, ¿ves qué blando?

Yo ya sé que la gente usa esos cangrejos para pescar, pero me pregunto cómo los ensartarán en el anzuelo. Son duros y tienen pinzas que a veces te pellizcan los dedos.

Pero este no tiene cáscara y es casi transparente.

—Da grima —digo cuando lo toco—. No es un carramarro.

—Claro que lo es. Pero en esta época pierden la cáscara para crecer. Luego fabrican la otra, la dura.

Seguimos en el agua, avanzando despacio en línea con las rocas.

Las encinas aparecían negras y sombrías, recortadas sobre la luna que se escondía tras ellas.

Una D.

Desaparecida.

También esto sonaba como una mala premonición.

Ahora Mikel se ha agachado, su mano se mete rápidamente en el agua, como una gaviota que cayera sobre un pez desvanecido. Cuando la sacó tenía un carramarro grande, oscuro, con algo deforme entre las patas. Lo alumbra con la linterna y veo que debajo del carramarro de concha dura hay otro blando, transparente y más pequeño. De pronto esos dos carramarros me recuerdan a nosotros, él cubriéndome con su cuerpo ancho y compacto, yo sin cáscara, desprotegida, a merced de cualquiera que venga en la noche. Otra premonición. Otro escalofrío.

Me da pena que lo coja antes de que crezca, que lo vaya a ensartar en su anzuelo y que una lubina se lo trague mañana en San Juan de Gaztelugatxe.

Cuando decidimos volver a casa con las zapatillas llenas de arena, antes de dejar la isla de Txatxarramendi, Mikel me coge de un brazo, me atrae hacia sí y me besa metiendo su lengua en mi boca. No había imaginado que se pudiera besar así. Dejo que esa lengua áspera busque la mía, que nuestras salivas se mezclen, que su olor se confunda con el mío, espeso, duro, como un cepo de hierro.

—Quiero una cosa —dice cuando me suelta.

Sé lo que quiere. Lo mismo que yo. Algo que tiene que ver con nuestras ropas tiradas en el suelo, con escondernos, con estar más solos todavía. Los dos.

Pero no.

—Quiero que te quedes en Bilbao y que seas mi novia.

Su novia. ¿Qué dirían mi madre y mi tía de eso? Seguro que la tía Mari Carmen se asustaba y la mía se reía.

Unas horas después. Por la mañana. Muy pronto.

Los carramarros y los muergos están en la bañera, sumergidos en sus cubos de agua salada. Mikel los mira varias veces para comprobar que siguen vivos. Vamos a ir a pescar por la tarde y yo no entiendo por qué me lleva al monte nada más desayunar.

—Tú no has subido nunca al Sollube —me dice—. Ya verás qué vistas.

Estamos a principios del otoño, ese tiempo que es cálido y frío al mismo tiempo, a ratos, como el cariño de Ángela Dennistoun. Llevamos botas Chiruca, y yo una vara de roble que Mikel ha pelado con su navaja; pero aun así me escuecen las manos y me arden los pies...

Subimos.

Hay rocas oscuras, cubiertas de musgo seco y ramas rotas por el suelo. Nos hemos perdido. A nuestra izquierda tendríamos que ver las campas agostadas y, al otro lado, el corte abrupto de los pinares de la ladera oeste, donde debe de estar el mar. Pero la niebla lo oculta todo. Llevamos una hora andando y es posible que nos estemos alejando cada vez más del camino de la costa.

—Tenemos que llegar a ese alto. Creo que desde allí podré orientarme.

Le veo caminar, con sus pantalones de mahón y su *kaiku* de cuadros verdes y negros. Dice Mikel que los *kaikus* verdes son propios de los pueblos marineros y los rojos de las zonas del interior. Tiene tres bolsillos ribeteados y coderas en forma de corazón.

Va por delante de mí. Le veo apurar el paso, pero no puedo seguirle. La distancia se hace cada vez mayor. Entre la niebla, trato de no perder de vista el pelo de Mikel, revuelto y encrespado, y su *kaiku* verde y negro. Corro hasta alcanzarle. No sé por qué continuamos andando, solo sé que él sigue y sigue, tenaz y maldiciendo por lo bajo. Seguramente se arrepiente de haberme traído aquí.

—Mikel.

No me oye.

—¡Mikel! —grito más alto.

Entonces se para, se da la vuelta. Veo en sus ojos un destello de preocupación, no es miedo exactamente, pero se le parece. Entre los jirones de niebla que no consiguen ocultarlo.

—Vamos a descansar un poco —propongo—. Por favor.

Sé que va a protestar, que tiene miedo de que se nos eche el tiempo encima y no podamos llegar a San Juan de Gaztelugatxe para coger buena marea. Pero me sorprende diciendo:

—Está bien. Vamos allí.

Hay unas rocas y una pequeña campa.

Me tumbo sobre la hierba y cierro los ojos. La claridad titubea a través de mis párpados.

No sé por qué lo he hecho. El suelo está húmedo como una lengua. Sé que va a decirme: no te tumbes ahí, que se te mojará la ropa.

Pero no.

Mikel se tumba a mi lado y me coge la mano.

Y allí nos quedamos, quietos, tendidos como muertos sobre los sonidos del bosque: un pájaro en la niebla, ruidos de ramas rotas, algo que parece el trotar lejano de un caballo. Allí permanecemos los dos, a medio camino entre nuestra niñez y lo que llevamos tantos días deseando sin que ninguno de los dos piense siquiera que es posible.

Ese día, bajo la sábana de niebla, pasó algo importante, ¿sabes, Natalia?... De pronto nos hicimos mayores. Los dos. Y fue en ese instante cuando descubrí que Mikel era inagotable.

—¿Tienes frío?

Lo tenía.

—Ven.

Me cobijé en el hueco de su hombro y él me abrazó. La lana del *kaiku* me raspaba la cara, pero no me importó en absoluto. Ni siquiera me moví. No podía, porque a través de los cuadros verdes y negros noté de pronto que Mikel era enorme, un gigante que tenía promesas en lugar de músculos, futuro en vez de sangre y que su ternura me alcanzaría siempre, estuviera donde estuviera.

Pero estaba allí. Con él. Casi dentro de él. Podía ver los poros de su barba, discontinuos en la mandíbula y abundantes en la barbilla, podía respirar su olor, húmedo y terco como el de la hierba, y sentir el bombeo rítmico de su corazón que parecía el pulso secreto de los árboles. No quería que se retirara la niebla, no quería que encontráramos el camino de Portuondo, no quería volver a ninguna vida que hubiera tenido antes.

Me cuesta explicarlo. Estaba poseída por una suerte de avidez que me hacía desear estar siempre con él, sabiendo al mismo tiempo que nunca sería suficiente. ¿Era eso lo que le pasaba a mi madre? ¿Estaba heredando su confusión, su tendencia a querer siempre más? Todas aquellas cosas, juntas dentro de mí, flotando a la deriva. En Pedernales.

—Mira, la niebla se está yendo.

Nos levantamos rápidamente y Mikel se sube en la roca más alta. La ladera se ve casi despejada. Al fondo, sin que los pinos ni las encinas oculten la visión, pero enmarcándola como si se tratara de un lienzo, la playa de Laida emerge inundada de sol. Solo la cumbre del Sollube sigue oculta por la niebla.

—Bueno, vámonos a casa, que mi madre estará que trina.

Entonces fue cuando me pinchó las ampollas de los pies. Ese día en el que no había sucedido aún nada, solo nos habíamos perdido entre la niebla y los deseos imposibles parecían más posibles que nunca.

—Y os lleváis los chubasqueros, que no tengo ganas de que volváis como ayer…

La tía Mari Carmen ha bajado al garaje con nosotros. Mikel revisa las dos bicis y se pone a inflar la rueda trasera de la mía. Oye a su madre protestar sin levantar la vista.

—No entiendo por qué tenéis que iros a estas horas. A ver si se os va a echar la noche encima.

—Pues por la marea, *ama*. ¿Por qué va a ser?

La tía, allí plantada, con la chaqueta de lana en los hombros y los brazos cruzados sobre el pecho. Siempre me gusta recordarla así.

—Y, sobre todo, cuidadito con los coches, que esa carretera no está para bromas.

Mikel me mira de refilón y sonríe.

—Ya te he dicho que vamos a coger el autobús, que solo vamos en bici hasta Mundaka.

—Pues por eso precisamente —insiste ella—. No ha habido accidentes ni nada en ese tramo, que van todos como locos. San Juan de Gaztelugatxe… No te digo. Qué se te habrá perdido a ti allí.

—Pues pescar, *ama*. ¿Qué se me va a perder? Bien que te gustan luego las lubinas.

—Anda, que no tengo yo bastante con tu padre... Y no se os ocurra esperar a que suba la marea. A ver si os vais a quedar atrapados en la isla.

—*Ama* —rezonga Mikel, sin levantar la cabeza de la rueda—, hace por lo menos trescientos años que construyeron el istmo artificial, ¿no te has enterado?

Le pega un cachete en la nuca a Mikel.

—Qué istmo ni qué istmo... Que cada día estás más salvaje.

Entonces oigo el sonido de unas llantas que frenan. Al contraluz, en la puerta del garaje, veo la silueta de un chico. Lleva una cesta de pescar colgada en bandolera y una caña sujeta a la espalda.

¿Sabes, Natalia, lo que es querer deshacerte del recuerdo de una persona y no conseguirlo jamás? No su cara, no su físico, eso lo he olvidado completamente; era otra cosa, algo que salía de su interior y me producía un confuso temor. Se llamaba Juan Luis Vidarte, pero Mikel le llamaba Juantxu. Al parecer era su mejor amigo.

La niñez está ahí, todavía atrapada en el centro de la ría. Y al mismo tiempo se está yendo, corre tierra adentro con nosotros, los dos arrastrados por la galerna. No somos niños y todavía lo somos. A ratos nos quitamos esa piel, nos la arrancamos a tirones. Como carramarros blandos.

Entonces no lo pensé, pero estamos a 4 de octubre, festividad de San Francisco de Asís. Otra vez ese viento que me altera tanto, seco y cálido, mientras pedaleo fuerte en la cuesta de Mundaka para alcanzar a Juantxu y a Mikel. Noto en los ojos un pequeño ardor.

Hemos dejado las bicis en una campa, entre las zarzas, para que no nos las quiten. Juantxu y Mikel llevan cañas y cestas cruzadas sobre el pecho, y yo también. La mía es pequeña, con tapa, y un agujero cuadrado para poder abrirla. Huele a pescado seco, como la tienda del bacalao de la calle Tendería.

Cuando llega el autobús, pintado de verde como el coche de mi madre, me extraña que lleve los faros encendidos en pleno día. Al subir veo que una de las ventanillas está astillada, un círculo hondo con estrías que salen en todas direcciones. Como los rayos del sol.

—Vamos, que es esta parada —dice Mikel, poniéndose en pie—. A ver si os vais a ir los dos a Bakio.

Juantxu se levanta en silencio y yo también. El conductor se vuelve impaciente y para el autobús con una maniobra rápida.

—Hay que apretar antes el botón de parada, chavales. Que yo no puedo adivinar dónde queréis bajaros.

Ya estamos. En el lugar en el que se encargan los niños.

Desde lo alto se ve el islote con la ermita en la cumbre y los escalones, un zigzag de peldaños que se retuerce casi hasta doblarse sobre sí mismo, como las carreteras de los puertos de montaña. Mi tía Mari Carmen contó anoche que había subido una vez, cuando quería tener hijos y no podía, que tocó la campana tres veces, rezó un padrenuestro y que gracias al santo pudo venir Mikel al mundo. Mi madre se hubiera muerto de risa de haber oído eso.

Según bajamos por la campa, atajando hacia la orilla, me doy cuenta de que el islote es más grande de lo que parece, más alto y mucho más abrupto. A la derecha veo dos grandes arcos excavados en la roca por los embates del mar. ¿Cómo romperá el agua la piedra? ¿Es que tiene tanta fuerza? A la izquierda del promontorio hay otros dos agujeros que parecen cuevas. Dos y dos. Como espejos deformados.

—Venga, Teresa. Que nos perdemos la bajamar.

Mikel grita desde la caseta. La hierba está húmeda y me moja el bajo de los pantalones, pero corro campo a través. Cuando llego al camino, Juantxu se acerca y me da la mano para que salte. No he cruzado una sola palabra con él.

¿Cómo era? No lo recuerdo bien. Alto. Mayor que nosotros. Solo eso. Que era alto y callado. Y que su presencia me dejaba aturdida.

Estamos junto a las cuevas en la parte izquierda del islote. Mikel y Juantxu han instalado las cañas entre los huecos de las piedras que unas horas más tarde quedarán completamente sumergidas.

—Hubiera sido mejor ponernos del otro lado —dijo Mikel mientras anclaba la suya—. Si sube rápido siempre podríamos trepar por los salientes del muro.

—Es muy incómodo, está lleno de lajas —contesta lacónicamente Juantxu. Ha empezado a hacer calor. El viento sopla del suroeste.

Este aire seco y cálido. Otra vez.

—Me da que puede haber galerna.

Esa palabra no existe en Port de l'Alba... Galerna. No sé lo que es, solo sé que los marinos del Cantábrico la temen como al peor de los temporales.

—¿Tú crees? —Juantxu mira hacia el mar con el ceño fruncido.

—Estamos en otoño. Este aire tan seco no suele traer nada bueno. Deberíamos ponernos del otro lado —insiste Mikel.

—Ni hablar. Para la parte de Bakio siempre hay mejor pesca.

Veo que Mikel le respeta. Hace mucho calor. El aire está quieto, amenazante, como si el mundo se hubiera parado. Miro como ensartan los muergos en un alambre, los aprietan con un hilo de coser y los prenden en el anzuelo, dejando el pequeño arpón de la punta libre de carnada. Me da mucho asco verlo.

«La muerte a la vista.» Eso era lo quería decir.

Dejo que lancen el sedal, que suelten el carrete, que se desafíen mientras yo me quito la ropa y me tumbo sobre una piedra lisa con el bikini de ganchillo que compré en Saint Cyprien. Sé que Juantxu me está mirando. Pero no me importa, al contrario, quisiera que Mikel se enfadara con él por mirarme así.

El sol. Un calor distinto del de Port de l'Alba. Más intenso, más inesperado.

Algo que solo sucede aquí.

¿Qué ha pasado? De pronto el viento. Empieza a soplar con fuerza, como si viniera de todos los costados a la vez. El aire se ha vuelto frío, húmedo. Cuando consigo soltarme del calor que aún queda atrapado entre mi cuerpo y la roca, les veo a los dos en el agua.

Un golpe de mar se había llevado la caña de Mikel y estaban intentando recuperarla.

Mikel va delante, se ha metido hasta la rodilla, pero el mar va y viene con fuerza, la caña se aleja, se sumerge y se acerca de forma inesperada. Hay tantas rocas puntiagudas que no puede sumergirse para atraparla. La caña se desplaza hacia la izquierda, en dirección a la costa, donde veo una playa de piedra en la que antes no había reparado.

Todo es tan rápido que apenas da tiempo a pensar. Era como en la esgrima, el peligro llega en un segundo, pero aquí no puedes anticiparte a lo que el mar va a hacer.

—Quedaos ahí —gritó Mikel entre el estruendo del oleaje.

Su voz. Lejana y turbia.

Corría entre las rocas, con el agua por las rodillas, para alcanzar la playa.

Otro golpe de mar atrapó la cesta, el chubasquero de Juantxu y mi ropa. Juantxu trata de recuperar mis vaqueros, que flotan entre golpes de espuma blanca. Quiero ayudarle, pero el mar se lo lleva todo, entra a golpes por las rocas donde habíamos instalado las cañas y cubre la piedra lisa en la que unos minutos antes yo estaba tomando el sol.

—Vamos, sube por ahí —me grita—. Esto se está poniendo feo.

Trepamos por la pendiente de piedra hacia un saliente con hierba que había a la derecha de las cuevas. El mar era un clamor. Todo ese estruendo... ¿Dónde está el sol? ¿El calor? ¿Dónde está Mikel? Ya no lo veo. Subo sin saber muy bien qué hago, detrás de Juantxu, con mi precioso bikini de ganchillo, arañándome las manos y las rodillas, sin pensar en el dolor, ni en los pies descalzos, ni en los escalofríos… Solo pienso que el agua puede tragarse el balde de los muergos, las cañas, que no vemos a Mikel y que algo muy malo nos está pasando. Pero Mikel me protegerá. Quitará todas las polillas que caigan en mi tazón. Me pinchará las ampollas de los pies. Sé que siempre lo hará.

Algo malo.

Deben de ser las seis de la tarde. El agua cubre todas las rocas y golpea el puente que une el islote con la costa. Veo cómo entra por los arcos y vuelve a salir. Mikel no está en la playa. La playa tampoco está. Es una fina franja gris, como una línea de lápiz debajo de la ladera verde.

El agua.

Gris y profunda. Ya no había sol.

Llevamos horas en el saliente. Juantxu se ha quitado el jersey, me lo ha puesto sobre el bikini y ha subido la cremallera hasta arriba. Él se ha quedado en camisa. Cuadros blancos y azules. Blanco y azul. ¿Dónde está Port de l'Alba? ¿Dónde está mi madre?

—Teníamos que habernos puesto del otro lado —murmura Juantxu con voz sombría. Tengo ganas de pegarle, de arañarle, de exigirle que vaya a buscar a Mikel. Pero no lo hago.

Vemos un barco rojo y verde que se acerca al islote. Es un pesquero. Toca la sirena varias veces y yo, tonta de mí, creo que nos han visto y van venir a rescatarnos; pero Juantxu dice que lo hacen para que el santo les ayude a llegar a puerto. ¿Y a nosotros? ¿Quién nos protege a nosotros?

Juantxu se ha puesto en pie, hace señas con los brazos extendidos, y grita. Grita muy fuerte. Pero el barco desaparece tras el promontorio. La galerna le hace ocultarse y emerger una y otra vez entre la espuma de las olas.

Babor, estribor. Pleamar.

Cielo de noche anticipada.

Me he dormido apretada contra Juantxu a causa del frío. El pequeño espacio de hierba es un lecho húmedo que deja arrugadas las yemas de mis dedos. No veo el cielo, aunque abro los ojos. Las manos de Juantxu están dentro del jersey. De su jersey. Dentro de mi bikini. Los pezones. Me toca los pezones y yo pienso que sigo durmiendo.

En la oscuridad. En la negación de la realidad. En el falso sueño. Algo entra en mí. Alguien sobre mí. La aguja clavada ahí, en el bajo vientre. No sé si está ocurriendo de verdad o solo lo imagino. El dolor crece. Punzante y placentero.

Crece.

El viento ha hecho sonar la campana tres veces.

Tengo un deseo de olas de seis metros, de caos súbito y violento, de galerna. Quiero a Mikel, con sus ojos avergonzados y sus rizos sobre la frente. Mikel con su ternura enfurruñada y protectora. Pero el que está sobre mí no es él. Es alguien que no se le parece, otro con una urgencia desconocida, apremiante, casi violenta. Quiero reconocerle en este cuerpo que se mueve y jadea en silencio. Quiero que sea Mikel.

Que sea.

Pero no.

Entró una enfermera y la voz de Teresa se extinguió, como si un golpe de mar se la hubiera llevado también. Tuve que salir de la habitación y hacer un gran esfuerzo para regresar de aquel islote.

El dique se había abierto. Una grieta por la que caía el pasado de Teresa.

Nunca continuó la historia. Muchas veces quise preguntarle qué había pasado con Mikel, pero no sé, o no tuvimos ocasión o simplemente no me atreví. Más bien creo que fue lo segundo. Ella lo había dicho: algo malo va a suceder. Sospecho que sucedió. Pero no estoy segura del todo.

Ya le digo, no era fácil intimar con Teresa, pero lo cierto es que hablábamos con frecuencia de los hombres, de lo que nos gustaba de ellos, de lo que esperábamos y algunas veces de lo que podían llegar a defraudarnos. De eso sí. Pero nunca del amor verdadero. Era como si analizáramos la envoltura de las cosas sin calar más adentro.

Ella prefería a los hombres casados. No lo decía, pero era evidente que los escogía a propósito, seguramente porque así tenía garantizada la falta de compromiso. Eran relaciones sin futuro, con fecha de caducidad, como me dijo una vez.

El último... un francés que estaba casado y vivía en Perpiñán. Se llamaba Xavier.

No me gustaba. Entiéndame, yo ni siquiera le conocía, pero no me gustaba. Bueno, lo que me incomodaba era precisamente cómo hablaba Teresa de él, lo que transmitía de esa relación. Muchas veces tuve ganas de decirle que aquello no le aportaba nada bueno, pero nunca lo hice.

Verá, a mí nunca me han gustado los casados. Sé muy bien lo que puedes esperar de ellos: promesas que nunca se cumplen, y si por fin dejan a su mujer, se te meten en la vida rodeados de complicaciones. Hijos que te odian, pensiones por alimentos, sábanas usadas y complejos de culpa entorpeciendo la relación. En eso estábamos de acuerdo Teresa y yo. Pero ella no tenía ninguna intención de llegar hasta ese extremo, aunque siguiera viendo al tal Xavier. Cuando cerrábamos el hotel en octubre, se iba a Perpiñán, alquilaba un estudio, siempre el mismo, y se quedaba todo el mes. Creo que él dormía algunas noches allí. A veces hacían un viaje clandestino a París, o a Lyon. Una vez me contó que habían alquilado un barco para recorrer el canal du Midi. Creo que fueron hasta Toulouse...

Aguas tranquilas. Detenidas como los malos pensamientos.

Ese hombre que se llama Xavier está leyendo un libro en la cubierta. Hace frío allí. Teresa se ha puesto una chaqueta y ahora se escurre hacia la popa. ¿Es para que no pueda verte? ¿Escapas de él, Teresa?

Acaban de pasar las esclusas de Fonséranes, siete escalones de agua para salvar un desnivel de veintiún metros.

Y ahora esta quietud.

Detenidos en algún punto del trayecto, la *pénichette* (un barco tan estable que parece falso) flotando sin que se note el vaivén y esos plátanos de ramas inclinadas que crecen en ambas orillas. Árboles de otoño. Perfectos a la luz del crepúsculo. Se buscan. Enlazan sus brazos, hasta formar un túnel. Hace poco había algunos ciclistas por el camino de sirga, pero ahora está a punto de anochecer. Teresa no sabe cómo él puede leer con esta luz.

Pasa un rato hasta que escucha la voz de Xavier. Al otro lado del barco.

—¿Has visto esto?

No contesta. Le oye, pero no quiere responder. No está dispuesta a que nadie le quite el placer de la noche que se aproxima con pasos sigilosos.

—Teresa.

Calla, Xavier. Calla. Olvídame.

—Teresa, ¿no me oyes?

Despierta. Regresa de donde quiera que estés. Vuelve de ese horizonte rojizo donde se quema un rescoldo de octubre. Regresa, Teresa, con este hombre casado con el que solo compartes un viaje de otoño. Tranquila. El resto del tiempo él no estará.

—Ya voy.

Y vas. Claro que vas. Ese es el menor de los males.

En la cubierta de proa, bajo la toldilla, hay una mesa y dos sillones de lona. Xavier está sentado en uno de ellos, lleva un frontal en la cabeza, parece un minero. O un espeleólogo. Teresa se inclina sobre el mapa que está mirando.

—Creo que mañana, si madrugamos, podremos llegar a Capestang.

Es uno de esos mapas turísticos. El canal está coloreado de azul, ancho, con fotografías intercaladas en cada punto del trayecto, y dibujos como los de los cuentos de los niños: una iglesia, un castillo, botellas de vino y racimos de uvas. Si tuvieran una lengüeta, ella podría tirar y hacer que se levantase el canal du Midi y apareciera debajo la ría de Pedernales.

—¿Solo a Capestang? —Nota su propia voz irritada, llena de contrariedades confusas—. Pero si eso está aquí mismo.

Él levanta la cabeza. La luz del frontal le da directamente en los ojos. ¿Ya se ha hecho de noche?

—Hay que pasar el túnel de Malpas —dice Xavier con la misma actitud paciente con la que ella imagina que se dirige a sus hijos—. Y allí siempre se forma un atasco desesperante.

Teresa finge que contempla el itinerario, pero piensa en que él ha hecho este mismo viaje antes. Y se pregunta con quién. En el mapa, donde está escrito «Malpas» en letras azules, ve la foto de un largo túnel de piedra con una pasarela y una barandilla a la izquierda. Junto al mapa, extendidas sobre la mesa, hay también una serie de hojas cuadriculadas con el desnivel y la distancia de cada etapa. De Colombiers a Capestang calcula que debe de haber unos quince kilómetros. Todo un día para quince miserables kilómetros. Tirar de las sogas, amarrar y desamarrar la barcaza, volver a tirar...

Teresa aparta la mirada y se toca la palma de la mano. Le escuece.

—¿Qué tienes? ¿Ampollas?

Le muestra la mano y él se la coge. Sí, son ampollas. Dos grandes y una pequeña, enrojecidas por la abrasión. Se las ha hecho en las esclusas, al tirar de las maromas para que la *pénichette* avanzara por el estrecho canal. Los dos han tenido que trabajar duro con ese barco de miniatura. Pero él tiene mucha más fuerza. Y más ganas, de eso no hay duda.

—Te dije que te pusieras mis guantes. Ven, que te las voy a curar.

En el interior de la barcaza hay una cama con dos almohadas y una colcha de rayas azules. La cocina es tan minúscula que a Teresa le parece imposible que una hora antes haya podido preparar la cena en ese lugar.

—¿Tienes uno de esos sobres con agujas que dan en los hoteles?

Lo tiene. Siempre lleva uno en el bolsillo lateral de la maleta.

Xavier ha encendido un mechero y calienta la punta de un imperdible con la llama, hasta que se pone roja. Luego vuelve a cogerle la mano. Teresa deja que él juegue a los médicos.

Mikel pinchándole las ampollas de los pies... cuando bajaron del monte, después de perderse a causa de la niebla. Él ya era ese hombre completo, de espaldas anchas y piernas fuertes que repartía algo, un olor, una autoridad, una tela de araña que se mezclaba con las agujas de pino pisoteadas y con las zarzas cuajadas de moras. Había dejado atrás al niño que pescaba carramarros y se había convertido en alguien fiable.

Pero ella no era de fiar.

No lo era.

Ese día… Esos pocos momentos en los que estuvieron tumbados sobre la hierba de lengua húmeda. ¿Pasó algo más? ¿Algo que no sabemos?

La tía Mari Carmen estaba hecha un basilisco porque no sabía que nos habíamos ido al monte, pero Mikel no le hizo ningún caso, la dejó en la cocina, protestando, «sin saber nada de vosotros, a punto he estado de llamar a la Guardia Civil, ya verás cuando se entere tu padre», calentó en el cuarto de baño una aguja que también se puso roja como la fragua de Vulcano, pinchó las ampollas, primero un pie, luego el otro, ella sentada en la taza del váter y él en el borde de la bañera; luego le echó mercromina con el cuentagotas, limpió los chorretones rojos que se habían escurrido dentro de la bañera, tan parecidos a la sangre, y le vendó ambos pies. Sus manos anchas y calientes como las de un hombre… detenidas en el tobillo, eléctricas, manos capaces de hacer palpitar un minúsculo trozo de anatomía hasta que dolía. ¿Por qué Xavier tenía que hacer lo mismo? ¿Por qué le robaba aquello?

Ya no existe la mercromina. Xavier le pone otro desinfectante que se llama povidona yodada. Ve cómo la palma de la mano se le cubre con esta solución de color marrón, se va aclarando en cosa de segundos y deja un reflejo nacarado sobre la piel desinflada de las ampollas.

—Mañana no se te ocurra coger ninguna maroma, ni con guantes ni sin ellos.

Le besa el dorso de la mano y se quita el puñetero frontal de la cabeza. Un calor hondo recorre el cuerpo de Teresa, justo unos instantes antes de que suene el teléfono de Xavier.

Su voz. Contrariada y a la vez amable. Sabe que es su mujer.

—Sí, en Toulouse. En el hotel.

Teresa piensa en algún sonido que le dé, a la otra, indicios de que no es así: el canto de un pájaro tardío, el rumor leve del agua golpeando la orilla, su propia respiración. Sale a la cubierta. Todo está en un sobrecogedor silencio. Oscuro. Los árboles son solo sombras erguidas sobre un camino de agua, un sendero líquido por el que tendrá que pasar los próximos nueve días. Tan plácido y sobrenatural como los sueños inquietos en los que vuelve Mikel.

—Sí, tengo que salir a cenar con esos clientes.

La voz de Xavier se filtra a través del silencio. Suena tan sincera…

—Es que son españoles, ya sabes, esa gente suele cenar tardísimo.

Españoles. Como ella. Se inventa unos imaginarios clientes que, mira tú, son españoles. Cenan tarde. Pero nosotros ya hemos cenado, Xavier. Y tu mujer seguramente también. ¿En qué lugar me sitúa eso? ¿Estoy o no estoy?

Oye cómo se despide. Besos y hasta mañana.

Sale a buscarla. Con gesto contrito.

—Era mi mujer.

—Ya —dice ella mirando el fondo del canal, ese camino oscuro, de agua que todavía no han recorrido.

—Pensarás que soy un mentiroso.

No, no piensa en ello. No le importa que él mienta a su mujer. Solo piensa en que no quiere ser ella por nada del mundo, no quiere que un día él la convierta en esa mujer ausente que llama a deshoras, sacudida por las sospechas o la desesperación. Nunca.

—¿Qué quieres que te regale para tu cumpleaños?

No puede creer lo que está oyendo.

—Faltan meses para mi cumpleaños. —La voz de Teresa suena despreocupada, pero afortunadamente él no puede ver el rostro torcido por una mueca de desagrado. La oscuridad envuelve, como una gasa negra, el fastidio de esta mujer que mira el fondo del canal.

—¿No era en septiembre?

—No —dice sin amargura—. Es a finales de noviembre.

—Bueno, es igual. ¿Qué te gustaría? Dame una pista, que no quiero defraudarte.

Teresa guarda silencio y piensa. En septiembre pasaron otras cosas. Hubo una galerna. Perdió la inocencia, tiró el bikini de ganchillo a la basura y se odió por primera vez.

—Un tiki de diorita.

—¿Un qué?

—Un tiki. Es una especie de amuleto maorí. Y lo quiero de diorita; si no es de diorita no me sirve de nada.

—Vaya. —Se acerca a ella, le rodea la cintura con los brazos, hunde la nariz en su cuello—. Veo que sigues siendo una caprichosa. Ahora a ver dónde encuentro yo ese dichoso tiki de diorita.

Luego, cuando hacen el amor en aquella cama estrecha, ella se da cuenta de que sigue pensando en Mikel y en la casa de Pedernales. carramarros, polillas, mercromina… En el camarote de la *péni-chette* algo retumba…

De vuelta del mar está el marinero,
de vuelta del monte está el cazador.

¿Pudo haber sido así? ¿Oyó Teresa en la quietud de la noche los versos de Stevenson? Dicen que los escribió catorce años antes de ser enterrado en la cima del monte Vaea, en Samoa, y que pidió que los pusieran en su epitafio.

No le pregunto a la recepcionista si cree que pudo suceder como lo imagino. Me tomaría por loco. Pero mientras Natalia Heras sigue parloteando sobre ese amante de Teresa que se llama Xavier, mi mente divaga por caminos retorcidos, cables imaginarios que un día ataron el canal du Midi y un lugar llamado San Juan de Gaztelugatxe. Oigo la respiración de Teresa mientras hace el amor en la barcaza, veo sus ojos, cerrados a la realidad del momento, intuyo su pensamiento perdido en un islote verde y rocoso. Puedo notar la importancia de ese instante. El agua se estremece antes de hervir. Creo que ya me entienden.

¿Por qué lo hice? ¿Por qué dejé que sucediera? Fuimos unos traidores y unos cobardes. Mikel habría saltado al agua por mí.

Juantxu y yo volvimos a la costa en cuanto amainó el temporal. Mikel no estaba por ninguna parte. Le buscamos en la playa, en las campas, y con la bajamar sorteamos las rocas hasta los arrecifes que hay debajo de San Pelaio. Mikel no estaba.

No estaba.

—Vamos a ver si está su bici —dijo Juantxu cuando nos dimos por vencidos—. A lo mejor la ha cogido y se ha ido a casa.

Esperamos de nuevo el autobús. Era el mismo conductor del día anterior. El mismo vehículo pintado de verde. Con los mismos faros encendidos y el cristal de una ventanilla astillado por una pedrada. Pero yo era otra: la que no es de fiar.

Entre las zarzas estaban las tres bicis. En la misma posición que las habíamos dejado el día anterior. Todo era igual y todo era asquerosamente distinto.

Como en una nebulosa sigo a la tía Mari Carmen, las dos en el ruidoso Dauphine, camino de Bakio. Los buzos han encontrado el cuerpo de Mikel entre las rocas de Punta Lugarri, donde teníamos que haber mirado mejor. Cuando llamaron por teléfono para darnos la noticia, la tía Mari Carmen se quedó muda, no me dirigió la palabra, pero sus ojos estaban anegados de furia. ¿Le habrá contado alguien lo que Juantxu y yo hicimos en la ermita? Sé que no es eso. Pero para mí lo es.

Hay una campa en lo alto. Por debajo están las rocas, metidas en el mar y batidas por las olas. Y un guardia civil. Como aquel que vino a Port de l'Alba con mi padre.

—Señora, ¿dónde está su marido?

La tía Mari Carmen le lanza también a él una mirada furiosa y le aparta con un manotazo. Hay un bulto cubierto con una manta sobre la hierba. Alguien intenta retenerla, pero ella corre hasta el cuerpo, lo destapa, y entonces cae de rodillas y se tapa la cara con las manos. Todo me da vueltas, no consigo ver con claridad, la campa verde y el mar gris se confunden, se vuelven uno, sin color definido, sin límites, y por un momento siento que voy a salir volando como las gaviotas que planean sobre las rocas. No. No vuelo. Estoy clavada en una pequeña franja de hierba, una cárcel cerrada a mi alrededor, y los pies se me agarran al suelo como si toda yo fuera uno de esos hinojos marinos que crecen por todas partes.

Oigo voces.

—El mar lo ha traído hasta el bajío y se ha quedado atrapado entre las rocas.

Explicaciones.

—Si llega a haber marea alta no lo habríamos visto.

No quiero acercarme. Tampoco me lo permiten. ¿Qué cara tendrá? ¿Le habrán dejado los ojos abiertos?

—Sí, no es plato de gusto. Las gaviotas y los cormoranes, seguramente.

Y luego alguien que hablaba sobre un avión desde Canadá en el que viene mi tío. Llegará, vendrá para el entierro… Pienso en Juantxu y en mí, abrazados en el saliente del islote, mientras Mikel se ahoga.

Llega mi tío. Hay llantos, desolación, un hundimiento hacia abajo que se parece al naufragio de un enorme barco. Dormimos en Pedernales, porque todo es confuso y nadie puede pensar en volver a Bilbao. La tía se ha venido abajo. Esa noche los oigo discutir.

El tío José Luis más calmado, con su voz grave y reverberante, la de la tía aguda, un grito que sube y baja sin control.

—Es mejor que esté en el cementerio de Derio, en el panteón de la familia.

—No. Me niego. Mi hijo no tiene nada que ver con ese suelo. Mi hijo pescaba aquí, correteaba desde niño por estos arenales, cogía muergos y verigüetos, trepaba por las rocas… Mikel ha sido feliz aquí y aquí ha muerto.

—Mari Carmen, si lo enterramos en Pedernales nunca podremos volver a ser felices en esta casa porque todo te lo recordará. ¿No ves que el cementerio casi se ve desde la ventana?

—¿Y tú qué crees? ¿Qué si está en Derio no me acordaré de él? ¿Qué poniendo tierra por medio se me olvidará que ha muerto? ¿Quieres enterrarle allí solo, en ese sitio tan grande, rodeado de viejos?…

Dejé de escuchar. Alguien ganó la disputa. A Mikel le enterraron en el cementerio de Pedernales, muy cerca del lugar al que luego traerían los restos de Sabino Arana. Cada año pasan de largo por su tumba centenares de personas.

La puerta de forja, dos columnas y un arco, una cruz de piedra. Un ciprés viejo. Sí, es un día de lluvia, todos con paraguas negros, con trajes negros, con un dolor tan negro que lo oscurecía todo. Solo nos quedaba ese cielo de noche anticipada que yo había visto unos días antes, durante la galerna, cuando Mikel estuvo y no estuvo al mismo tiempo. Cuando todo era verdad y mentira.

El tío José Luis, el padre de Mikel, ha llevado a hombros el féretro hasta el coche fúnebre, con otros tres amigos que yo no conozco. Cuando salían de la iglesia, cargados con el cuerpo, le temblaban las piernas. Ahora, ante el agujero excavado en el suelo, hay treinta o cuarenta personas, todos extraños para mí, que están callados y tristes mientras meten a Mikel en el barro. Pienso cosas absurdas, como por ejemplo que Mikel ha muerto un 4 de octubre, día de San Francisco de Asís. Y veo al santo agitando el cordón rudo de su hábito contra todos nosotros. Con saña. Con mucha saña.

No sé si lo hago realmente. Creo que sí, que me acerco al agujero rectangular y, cuando todos han echado ya claveles y rosas, yo arrojo sobre el féretro una carta que le he escrito a Mikel.

Cae tapando la cruz. Dios y yo no estamos en buena armonía.

La tía Mari Carmen me ha cogido de un brazo, por encima de la muñeca, y me ha apretado tan fuerte que me hace daño.

No sé si sigue odiándome.

Ya sé, fabulo.

Sobre lo que no ocurrió y sin embargo ocurrió.

Hubo una galerna. Ella está hundida en el suelo como un hinojo marino mientras el cuerpo de ese muchacho, Mikel, yace muy próximo. Dicen que es el amor lo que mueve el mundo. ¿No será la culpa? ¿Cuánto daríamos por cambiar las cosas que nos muerden por dentro?

Natalia Heras sigue hablando. Convencida de tener una imagen fiable, real, sincera. ¿Qué pensaría si le digo que no sabe de la misa la media? ¿Que solo gobierna una parte minúscula de la verdad?

Y sí, para qué voy a negarlo, me he preguntado muchas veces cómo Teresa podía quedarse enredada en los quince años de ese modo tan incomprensible. Una mujer como ella… Había vivido mucho, había tenido luego mil oportunidades de encontrar a un hombre del que enamorarse de verdad. ¿Y qué hizo? Decidió no arriesgarse, como si al pasar página pudiera caerse. Creo que se protegía, que preservaba el pasado para sentirse segura.

Aunque no me gustara Xavier, al menos era un hombre de verdad, de carne y hueso quiero decir, no un fantasma como el tal Mikel. Pero ella seguía ahí, sin irse nunca de ese sitio que llamaba Pedernales. Y luego ese otro que se llamaba Juantxu, ese con el que se acostó por primera vez. Está enamorada de uno, se acuesta con su mejor amigo… No sé, nunca conseguí entenderlo. Por Dios, si solamente era una niña… En fin, que por muchas vueltas que le dé, no consigo comprender algunas cosas de Teresa.

Y ahora esto. Esta desaparición que nos tiene trastornados. Sé que está muerta. Tiene que estarlo, porque si no, tarde o temprano se habría puesto en contacto con alguno de nosotros… Las personas no desaparecen sin más ni más, no se evaporan, y Teresa no era de dejar las cosas colgadas; ya me entiende, el hotel, a la gente que trabajaba aquí, a mí misma, sin ir más lejos. Y claro, tampoco a usted... Por eso una parte de mí cree que ha muerto. La otra se niega a admitirlo. Si hablé con ella por teléfono unos días antes... Por eso no consigo resignarme, incluso he llamado al tal Xavier para ver si él sabía algo. Pero no, tampoco él. Me dio a entender que ni sabía, ni quería saber. Ya ve lo que son los hombres. Sobre todo, los casados.

Usted debió de verla mucho durante los años que estuvo con Xavier, cuando cerraba el hotel y se iba a Perpiñán... Ella me decía que daban clases de esgrima todos los días y que esas eran para ella las verdaderas vacaciones, lo único que la relajaba de verdad. ¿Sabe una cosa? Una vez me confesó que usted era lo más parecido a un padre que había tenido, que al suyo apenas lo recuerda. Añadió que un padre es quien te enseña cosas, quien te ayuda o te protege, y que deberíamos poder escoger a nuestros padres. Así sufriríamos menos decepciones, añadió.

Supongo que fue por influencia suya por lo que se aficionó a la esgrima. Es la única pasión que tenía. Bueno, eso y en cierto modo la cocina. Una cocina que no era frecuente en los restaurantes: platos tradicionales, antiguos, de esos que son más propios de una casa de comidas que de un hotel de lujo. Nunca seguía una receta, cocinaba por instinto. Podía pasarse dos días haciendo uno de aquellos guisos. Menos mal que hacía siempre una buena cantidad y luego lo metíamos en el congelador, para que dieran juego en la carta. Tenía varios que repetía habitualmente: pichones en salsa de la reina, *boeuf à la mode*, arroz del señorito, pato con peras de Puigcerdá... La gente se quedaba sorprendida con aquellos guisos de abuela, muchos clientes nos decían que les recordaban el sabor de otros tiempos y que ya no se podían comer cosas así en ningún sitio. Y ella disfrutaba enormemente, se notaba, aunque luego también eso cambió, ya sabe que cuando una afición se convierte en trabajo el placer desaparece poco a poco. Teresa dejó de cocinar cuando el hotel empezó a funcionar a pleno rendimiento, porque ya no le daban de sí los días. Contrató a un cocinero tras otro, pero ninguno le gustaba. Hasta que vino Pierre, un chef joven pero muy bueno, que le dio otro aire a la cocina, más francés, ya sabe, más sofisticado. Si quiere también puede hablar con él...

¿Por qué rompió con Xavier? No lo sé. Me dijo que se había acabado. Yo le pregunté si era porque su mujer se había enterado, pero creo que no fue por eso. Teresa no quiso nunca que él la dejara. Supongo que se sentía más segura así, en la provisionalidad total.

No conozco todas sus aventuras, ¿sabe? Bueno, decir aventuras es inexacto; porque Teresa no lo vivía con esa frivolidad. A ver, quiero que me entienda, para ella los hombres tenían un peso enorme, es cierto que aparentemente los cogía, los usaba y los dejaba, pero hasta en eso había cierta dimensión..., no sé cómo llamarlo, trágica, dramática..., algo que tenía mucho de autodestructivo.

Autodestructivo, sí... Era como si en cada relación metiera las manos en un hueco oscuro. Una vez le pregunté si se sentía culpable de su primera experiencia. Y era para pensarlo, me parece a mí, porque tal y como lo contaba una podía llegar a creer que se había dedicado a follar con el tal Juantxu mientras Mikel se ahogaba, cuando en realidad yo pienso que fue casi una violación. ¿Por qué? Imagínese, ella está en shock, el temporal se ha llevado a Mikel, quizá Juantxu y Teresa hayan estado a punto de morir también, si se hubieran arrojado al agua es posible que hubieran corrido la misma suerte, pero eso no la eximía de culpa ante sí misma, ella seguía pensando que era responsable. Como si el hecho de no haberse opuesto con uñas y dientes la volviera culpable. El chico era mayor, ella mismo lo dijo, y en esa relación no hubo amor, ni siquiera atracción, fue algo que vino con la galerna y se fue del mismo modo. Solo que dejó rastros en la playa. Un embarazo a los catorce años y una muerte irreparable. ¿Cómo se gestiona eso? ¿Quiere decirme cómo se puede sobrellevar?

Y lo cierto es que últimamente Teresa se veía con alguien que podía haber resultado. Se llamaba Gabriel y vivía en Can Ferrer, una masía cercana, en el camino de Pedralta, creo. Era viudo, con un hijo.

No me pregunte por qué, pero desde un principio pensé que esta vez era diferente. Un viudo es alguien libre, predispuesto, no sé si me comprende, sin los malos hábitos de los solteros y sin el egoísmo de los casados. Tenía un hijo adolescente, eso sí, pero curiosamente Teresa se llevaba bien con el chico, hacían piña contra el padre, según me contó. Bueno, el caso es que él enseguida quiso algo más sólido, pero Teresa se empeñaba en mantenerle a raya. Le pregunté una vez si pensaba que Gabriel estaba buscando una sustituta para el hueco que había dejado su mujer, si era por eso, y me lo negó. Dijo algo sorprendente: «Es de esos tipos que pueden cambiarte el tazón de leche cuando se te cae una polilla dentro».

A mí me gustaba Gabriel. No porque le conociera mucho, que solo le vi un par de veces, pero me pareció un tipo normal, agradable, cordial. Ella decía que era demasiado bueno. Y yo le dije en una ocasión, un poco por llevarle la contraria, la verdad, que ningún hombre podía ser nunca demasiado bueno. Me miró y se rio. Como si aquello no fuera con ella.

No le trataba bien. Una vez vino por el hotel y se notó mucho que eso le disgustaba. Se lo hizo notar.

Ese día...

Era media tarde. Yo estaba en mi puesto, tras el mostrador de recepción, y Teresa estaba cambiando las flores del vestíbulo. Me parece que eran lilas.

La estoy viendo, llevaba el pelo recogido y un vestido de gasa, muy primaveral, con florecillas malvas que parecían hacer juego con las lilas. Él pasó por delante del mostrador, ignorándome, lo cual me sorprendió porque al principio pensé que era un cliente en busca de habitación, y se dirigió directamente al rincón donde estaba ella. Vi cómo la miraba mientras se acercaba. Era algo parecido a la veneración, al asombro frente a algo que no puedes abarcar. El rostro de Teresa era justo lo contrario. Desvió la mirada de aquel hombre sonriente y puso cara de fastidio. Supongo que él tuvo que notarlo también, pero desde luego no se dio por aludido. Esa escena se me quedó grabada, una actitud injusta, casi cruel; y sin embargo algo me decía que Teresa se comportaba de ese modo por un motivo que estaba más allá de ella misma, de su voluntad, algo que la carcomía y le hacía sentirse vulnerable. No sé si me explico... Me dio la sensación de que intentaba protegerse de aquel hombre.

Bien, pues creo que esto es básicamente lo que podría contarle de nuestra amistad. No le hablo de cómo era como jefa, porque supongo que a usted no le interesa eso, pero en este hotel me he sentido mejor que en ninguno de los trabajos que he tenido en mi vida. Y yo no era la única que lo pensaba. Hable con los masoveros, con Marçal y su mujer. Ellos la conocen desde que era una niña. O con cualquiera de las camareras. Incluso con el último chef que hemos tenido, Pierre..., él la adoraba.

Ahora me parece increíble que todo lo que hemos vivido en este hotel se haya terminado. Toda nuestra rutina... Los huéspedes, los menús, la limpieza de las habitaciones, la atención de la terraza... El incesante ir y venir de gente. Ya no hay nada de todo aquello. ¿Sabe qué? Me molesta estar aquí. Es como si hubiera llegado al escenario de una película que han terminado de rodar. Está vacío. Y no solo de gente, está vacío de alma.

Aunque me duela, tengo que insistir: Teresa está muerta y creo que la han matado, porque no puedo entender por qué no da señales de vida si no es así. No puedo.

¿Suicidado? Ni hablar. Eso no le pega en absoluto. Ella no era de esas personas que se dejan caer sin más, no sabría muy bien cómo explicárselo, no va con ella, no puede ser... Teresa podría haber resistido cien años más, con sufrimiento o sin él, pero nunca se habría tirado al mar. Y en todo caso, ¿sabe qué? Si hubiera tenido que hacer tal cosa, no habría elegido Punta Carbó, se habría ido a morir a San Juan de Gaztelugatxe, ¿no le parece?

En fin, hay algo que me gustaría añadir. Es sobre el hijo de Marçal. A mí nunca me ha dado buena espina ese tío, es violento y está arruinado por las drogas. Tiene que preguntarle a él. Si, como dicen, entraron a robar en el hotel unos días antes, yo pondría la mano en el fuego que él tiene algo que ver en eso. Creo que la policía le interrogó en su momento, pero vaya usted a saber qué les contó. No es que le esté acusando claramente; bueno, tampoco me importaría hacerlo, la verdad, porque aunque su padre es un buen hombre, desde luego, honrado y fiel a carta cabal, el hijo es pura escoria, eso se lo digo yo. Hable también con él si consigue localizarle. Puede que no sea más que una tontería mía, pero creo que hay que intentarlo todo.

¿Unas cartas? Sí, tenía unas cartas viejas guardadas en una caja de metal. Creo que eran recetas de cocina, al menos eso me dijo una vez.

No, yo no le vi leerlas nunca... Bueno, sí. Una vez anduvo con una en la cocina, creo que estábamos preparando un plato inglés a base de cordero. Ya le he dicho que nunca seguía una receta, que cocinaba por instinto, improvisando. Por eso me sorprendió verla ese día con papeles. Estuve un buen rato allí, mirando cómo lo hacía, y me pareció una receta muy rara, muy alejada de nuestras costumbres. No sé yo por qué teníamos que cocinar un cordero a la inglesa, hervido, ya ve usted, cuando aquí hacemos esos asados que te chupas los dedos. Sin tanta historia, ni tanta salsa complicada. Pero ella tenía ese punto británico, ¿sabe? No sé cómo decirlo, un poco extravagante, estirado. Me avergüenza hablar así, pero es que a veces parecía que dormía con el meñique levantado.

Estaba dentro de un sobre. La carta, digo. No, no había nada escrito, ninguna fecha. Lo recuerdo porque me pareció raro, un sobre en blanco, viejo, sin dirección y sin sello. Desde luego no era una carta que alguien hubiera enviado por correo.

Bueno, el caso es que la leí.

Querida Elizabeth:

Pobre, sola y muda Elizabeth…, guardarás esta casa cuando todos se hayan ido.

Sube a la torre, Elizabeth. Pon un penique en el péndulo del Canseco para que no adelante o quítalo del Girod para que atrase un cuarto de segundo. Cuida los relojes, Elizabeth. Eres la única que puede hacerlo.

Han pasado tantos años y tan pocas cosas… Quizá no son pocas, quizá es que ahora me importan menos. Veo las cartas que escribía cuando llegué aquí; todo era emoción y descubrimiento, cartas llenas de detalles precisos, de palabras desconocidas, de escenas alegres. Y lo que son las cosas, ahora me parecen tan infantiles… Aun así, daría media vida por recuperar a la Elizabeth que era entonces. ¿Cuándo perdí aquella inocencia y aquel entusiasmo? ¿Cuándo? ¿Fue cuando se malogró el niño que Pye engendró en mí? Solo era un feto de ocho semanas y ya tenía sus manitas y sus pies. Y una carita que se había quedado a medio hacer.

No pude ocultárselo a Quima. A los demás sí, pero a ella no. Cuando lo supo solo dijo una cosa: *El que es fa de nit surt de dia.* Ya sabes… «Lo que se hace de noche, sale de día».

Querida Quima, ¿lo sabías? ¿Nos oíste por las noches a Pye y a mí? ¿Por qué guardaste silencio?

El feto quedó en la cama, sobre las sábanas blancas, con aquella piel transparente, como de alabastro, a través de la cual se adivinaban las costillas y los ojos sin hacer. No era mayor que una rana. Y yo sangré y sangré por todo el pasillo, hasta el cuarto de baño. Quima me cuidó. Me protegió. Me ocultó. Enterró aquello que aún no era mi hijo y al mismo tiempo lo era, envuelto en un pañuelo de batista, bajo la rosaleda, al pie de una variedad de rosa damascena que florece en verano.

—Así tendrá flores en su pequeña tumba —dijo—, cuando todas las demás se hayan agostado.

Después de eso, se me fue la voz del todo; también la de dentro, se esfumó mi capacidad para hacerme oír, y así vino el silencio, el verdadero silencio: Pye no estaba, Gertrude se había casado, Moisés y ella nunca venían por Port de l'Alba, y Marcus se desgajó de mí para empezar a ser un hombre. Nos quedamos en esta casa Robert y yo. Solos con Quima y con Ferran. El silencio se hizo atroz. A veces sacábamos los trajes de esgrima y nos entrenábamos como dos viejos torpes que apenas recuerdan las estocadas. Muy pronto también aquella manera de tocarnos desapareció. Se agotó en sí misma.

Y pasó el tiempo. Más tiempo. Días iguales los unos a los otros. Se sucedieron las estaciones, el cielo y el mar cambiaban de aspecto, pero nosotros seguíamos allí, como si la vida nos hubiera secado. Mirando desde el interior de la torre las esferas de los relojes ancladas en la pared, detrás de las horas, de los minutos, del tictac ensordecedor que yo no podía oír. Los fogones se entristecieron. Las grandes recetas de la antigua señora Dennistoun se olvidaron. La máquina de coser de mi madre fue a parar a la habitación de los relojes, como otro trasto más que nadie quiere. Y el espíritu de Elizabeth Babel se fue secando dentro de esta otra mujer. Más sorda y más muda.

¿Por qué vuelvo a escribir ahora? Porque lo necesito. Solo por eso.

Hace un mes enterramos a Robert junto a mi madre. Vinieron todos: Gertrude, con su marido y sus hijos, Marcus, que ahora está estudiando en Barcelona, y Pye. También él.

No le había visto desde que se fue, pocos meses antes de que acabara la guerra. Nunca volvió a casa, se quedó en esa ciudad del norte, Bilbao, encontró trabajo en una naviera y se instaló allí. No se ha casado, pero creo que pronto lo hará.

Ni siquiera sé si tenía ganas de verle. Mi corazón se ha retorcido tanto…

—Bueno, *noia* —dijo Quima plantándose enérgicamente delante de mí—. Ellos van a venir. Eso no puedes impedirlo. Y nosotras vamos a hacer que esta casa sea la de siempre. Por Sant Telm que lo vamos a hacer. Tú y yo. Así que ahora mismo mando al Ferran al pueblo a por una buena pierna de cordero.

Mayo no es un buen mes para morirse. Pero era mayo. Los pinos tenían yemas de un verde tierno, la ginesta sin hojas había florecido por todas partes, y las amapolas estallaban en las cunetas del camino. Una alfombra de flores para recibir a los que venían.

Mientras, Robert esperaba para irse del todo. Se había ido, pero aún estaba presente.

Era un rostro de cera, una expresión extrañamente tranquila, pero todavía era él. Su cuerpo. Su volumen. Sus facciones. Allí tumbado en la cama de siempre. Y esperaba… A que ellos vinieran, sí. Los que no habían estado con él, cuidándole en la enfermedad y el dolor, mitigando su vejez, los que no le habían alimentado con sus propias manos en la lenta agonía. Ellos venían, pero yo había estado siempre. Y Robert Dennistoun también. Éramos los guardianes de los relojes, pon un penique en el péndulo del Canseco para que no adelante, Elizabeth, o quítalo del Girod para que atrase un cuarto de segundo. Cuida los relojes, Elizabeth. Eres la única que puede hacerlo.

Robert. El que reemplazó a mi padre sin sustituirle nunca. El que no abrazó mi niñez, pero me dio una casa y una nueva vida. Y ahora estaba ahí, custodiado por cuatro cirios en las esquinas de su cama. Tan viejo e indefenso que cualquier estocada podía alcanzarle. Tan delgado como el filo de un florete. Tan de cera. Le metí el reloj de oro con la leontina en el bolsillo del chaleco porque no quería que nadie se lo llevara, nadie lo merecía, era suyo y como suyo iba a quedar. Debajo de la tierra hasta que todos hubiéramos desaparecido de este mundo. Estoy segura de que le gustará sentir una maquinaria, aunque se pare tarde o temprano, cerca del corazón.

Quima ha empezado a preparar el cordero a la menta.

—Este plato lo estuvimos preparando durante años para celebrar el cumpleaños del señor.

Quima y sus recetas con historia. Ay Quima, qué solas nos vamos a quedar.

Ella no lo sabe. Pero para mí, las recetas de Quima son la vida. Con ellas vuelve el pasado, los días felices, los deseos del cuerpo y mi voz.

Cordero a la menta. Típicamente inglés. Un plato para los Dennistoun ahora que han huido.

Pye apenas me ha prestado atención. Sé que son momentos muy

duros para él; cuando uno está lejos la muerte parece algo que podías haber evitado de haber estado aquí, pero su frialdad me ha do-
lido enormemente y me ha obligado a volver a la realidad. Así que
me he metido en la cocina, me he puesto un delantal con mangas
sobre el traje negro de encaje, y he adoptado el papel que todos tienen dispuesto para mí: silencio y eficacia. Cero protestas, cero reproches, solo tímidas sonrisas.

Hemos mechado con unos ajos la pierna de cordero y la hemos
cocido en una olla grande, con abundante agua, tomillo y unos granos
de pimienta. Mientras se hacía, Quima me ha encargado que prepare
yo misma la salsa. Las hojas picadas de menta llevan un día entero
macerándose en un cuenco con vinagre. Las remuevo y el líquido
suelta un aroma que llena la cocina. Es olor de pasos en la hierba. En
otro tazón mezclo una cucharada grande de mostaza con dos yemas
de huevo. Añado poco a poco el aceite. Se va ligando, mientras a través
de la ventana veo correr a los hijos de Gertrude y Moisés por el jardín.
Juegan a algo. De vez en cuando alguno de los adultos pasa frente a la
ventana. Supongo que deben de estar todos sentados en el porche
trasero. Conversando. Dos chalotas, muy picaditas y un manojo de
perejil. Sobre esa mayonesa amarilla. Poco a poco. Todo poco a poco.
Me dan ganas de lanzarles la mayonesa a la cara a los Dennistoun.

Paso las hojas de menta por un tamiz y lo añado. Poco a poco.
Elizabeth, recuerda, tienes que poner un penique en el péndulo del
Canseco para que no adelante y quitarlo del Girod para que atrase
un cuarto de segundo.

Me pregunto muchas veces por qué empecé a escribir estas cartas.
Pensaba que era porque soy muda, porque no tengo otro modo de
explicarme, porque quería conservar la memoria de las cosas que me

han ocurrido y que no podía contar a nadie… Ahora sé que es por algo más: al escribir como si alguien fuera a leerme se enfrían mis pensamientos, se vuelven concretos y me hacen menos daño. Lo salvaje se domestica.

Ya han vuelto todos a sus vidas. Gertrude, con su alegría doméstica, una señora como Dios manda, con un esposo y dos preciosos hijos. Me ha aconsejado que me corte el pelo, como ella, y que deje de usar vestidos largos, que ya nadie los lleva en Barcelona. Pero no estamos en Barcelona, Gertrude, y visto de luto, sí, con los viejos trajes de mi madre. Me gusta sentirlos sobre la piel.

También Marcus, lejano como si no fuera mi pequeño hermano, un joven apuesto y decidido que habla de viajar por el mundo y para el que no soy más que una obligación molesta que no quiere aceptar. La hermana sordomuda a la que tendría que recoger si se quedara en Barcelona. Pero él ha decidido conocer otros países, Egipto, Grecia… Lugares lejanos a los que yo no puedo seguirle.

Y Pye.

Hablamos a solas solo una vez. En el acantilado. Bajo las palmeras.

Él hablaba y yo le leía los labios.

—Has cuidado de mi padre como si fueras su propia hija —me dijo—. Mi hermana y yo hemos acordado que permanezcas aquí, en la casa. Iremos a Palamós y firmaremos la renuncia sobre nuestros derechos, queremos que te quedes con la propiedad, ¿entiendes?

¿Por qué no iba a entenderte, Pye? ¿Tú también crees ahora que soy una lerda? Claro que lo entiendo: Gertrude y tú necesitáis libraros de mí, como Marcus, queréis ser libres, seguir con vuestras vidas y que yo no las invada con mi necesidad.

Sus labios…, tan ajenos de pronto. Los únicos labios que había besado y que ahora escupían aquella mezquina misericordia. ¿Vomité realmente bajo las palmeras o solo lo pensé?

No me lo dijo, pero para entonces es muy posible que estuviera ya comprometido con aquella señorita de Bilbao a la que tantas veces imaginé, pero nunca conocí. ¿Te hizo feliz, Pye? ¿Te acariciaba en el silencio del sueño como yo? ¿Conociste con ella la aceptación total que yo te tenía guardada para ti?

Se fueron todos. Después de que de la cocina salieran fideos con costilla y crema quemada. Después de los buñuelos y el cordero con salsa de menta. Después de que los relojes se pararan y volvieran a funcionar.

Se fueron.

Escribieron muchas veces, pero nadie volvió.

La verdad. La maldita verdad.

Natalia Heras se ha ido y yo me he quedado solo en la habitación de la torre. En ese lugar lleno de Teresa que desde hace un tiempo también permanece mudo, como el reloj de oro que enterraron con Robert Dennistoun y que debió de pararse enseguida.

Tengo las cartas. En su lata de membrillo.

¿Será esta la siguiente? Tampoco tiene fecha. También es un sobre en blanco.

Querida Elizabeth:

Hoy es un día muy especial, uno de esos días que contienen otros, los días baúl les llamo yo. Van pasando los meses y de pronto un día, casi por casualidad, todas esas pequeñas insignificancias cobran su verdadera dimensión.

Desde mi última carta han ocurrido muchas cosas en el mundo. Sobre todo, en el último año, como si la vida se preparara para acometer el futuro: en marzo, España se incorporó a la Sociedad de Naciones, en junio una norteamericana, Amelia Earhart, se convirtió en la primera mujer que sobrevolaba el Atlántico en avioneta, y en julio, por fin, las mujeres consiguieron el derecho a voto en Gran Bretaña. Parece que, por fin, la guerra que sacudió al mundo se está olvidando. Ya ningún periódico habla de ella.

Sí, recibo los periódicos. Los leo. Todo. Hasta los anuncios y las esquelas. Ya no es como antes, como en los tiempos de Robert; ahora las noticias me llegan al cabo de un par de días. El servicio postal ha mejorado mucho. Leo tanto en español como en inglés. De los diarios españoles me gustan *La Vanguardia* y el *ABC*. De los ingleses, prefiero *The Guardian*, el diario al que estaba suscrito Robert Dennistoun, aunque también recibo *The Times*. Todo esto me ayuda mucho más que los viejos libros de la biblioteca y asienta, sin permitir que la olvide, mi condición de inglesa. Te confieso que a veces tengo miedo de convertirme en alguien sin raíces.

Este ha sido para mí el año de la recuperación. Seguramente fui mejorando poco a poco, sin darme cuenta, porque con la vida pasa muy a menudo; nunca sabes cuándo empiezas a cambiar tu forma de ver las cosas. Quizá fue el día en que Gertrude me mandó la fotografía de su familia: Moisés con gafas, sentado junto a una Gertrude de rostro adusto, prematuramente envejecida, rodeados de sus seis hermosos hijos. Las dos niñas y ella llevan medias gruesas de seda, vestidos cortos, con las rodillas al aire, y zapatos Mary Jane, atados al empeine. Los chicos visten trajes de cheviot o chaquetas cruzadas, con pajarita. Es una foto aparentemente bonita, pero hay algo en ella que me resulta triste. Los rostros. Moisés parece un viejo contable y ella…, ¿dónde está la verdadera Gertrude en esa foto? ¿La alegre, despreocupada y frívola Gertrude es ahora esa mujer de gesto tenso, contenido y agrio?

Es curioso cómo nos complace contemplar en secreto la desdicha de los demás. Cómo nos afirma. Hace tiempo que me entristece el destino de Gertrude más que el mío propio. La recuerdo en mi habitación, haciendo planes y dibujos sobre nuestros vestidos de verano, emanando vitalidad y olvidándose con frecuencia de que yo era sorda. La recuerdo con sus bombachos, intentando encajar una estocada, aunque pocas veces lo conseguía, o bailando al son de esa música que yo no podía oír y arrastrándome de la mano para que bailara con ella. Pobre Gertrude…, ¿con quién bailará ahora? Seguro que ya no sabe ni cómo coger el florete.

Moisés y ella fueron a la boda de Pye. A mí nadie me invitó. Pero tuvieron la deferencia de mandarme una caja de dulces, con un enorme lazo blanco y una tarjeta escrita con cariño por los novios. No he visto ninguna foto de la boda, en eso Pye ha tenido tacto, así que no puedo decir cómo es ella.

Ni siquiera me duele. Sé que es lo que corresponde y solo le deseo que tenga una vida feliz. En el fondo sigo sintiendo la necesidad de cuidarle. Ese día, como homenaje a nuestro querido Pye, Quima y yo hicimos nuestro clásico pastel ruso y lo celebramos con Ferran en la mesa de la cocina. Un pastel ruso para la boda invisible de Pye. Bate las claras, Elizabeth, poco a poco, como tú sabes hacer, tienes que conseguir un pico duro brillante y luego extiéndelo sobre la bandeja del horno, no más de un centímetro, Elizabeth, tienes que tener mucho cuidado con el merengue, eso es muy importante, recuerda que estás haciendo su pastel de bodas. Las capas de merengue tostándose al horno, dos horas mínimo, vigila, Elizabeth, tiene que quedarte perfecto. Y luego…, con el corazón encogido y el estómago revuelto, parte las planchas de merengue en trozos iguales, cuidado, que se no se te rompa, prepara la nata montada, solo una cucharada de azúcar, Elizabeth, a Pye no le gusta muy dulce, y rellena, una capa crujiente de merengue tostado, una de nata, no de mantequilla batida, esta vez no, y luego otra de merengue, una nueva de nata, no has olvidado ponerle también un poco de crémor tártaro, ¿verdad?, y otra vez el merengue duro, quebradizo, como el único amor que has conocido. Y después cómelo con Ferran y con Quima en esta cocina donde respiran todos los que se han ido.

Ya no estoy enamorada de él. Aunque quizá sí. ¿Cómo puedo desgajarme del único hombre al que he amado? Mis días baúl están llenos de él.

Poco a poco, Elizabeth. Poco a poco.

Tengo veintiocho años. Soy una mujer soltera, con su propia

renta, dueña de una hermosa casa y sola. Terriblemente sola. A veces pienso que vivo a través de los otros, de sus vidas lejanas e incomprensibles. Pero no les dejo. Nunca les dejo del todo.

Esto que voy a contarte ahora podría formar parte de una sola carta si quisiera explayarme. Pero no quiero. Solo pensar en ello me produce una gran amargura. Y además creo que Gertrude no tiene la culpa. Estoy convencida de que todo ha sido idea de Moisés.

El lunes recibí una carta de un abogado de Barcelona. Decía que está facultado para interponer una demanda en nombre de sus clientes, doña Gertrude Dennistoun y don Moisés Guida, con objeto de reclamar la hacienda familiar (¿qué hacienda?, ¿esta casa rodeada de viejos alcornoques?, ¿la vivienda desvencijada que no queríais y que me ofreció Pye con el cuerpo de su padre todavía caliente?) y así revertir la propiedad a sus legítimos herederos. Insinuaba que mi «deficiencia» podía ser causa de que me declararan incompetente para administrar cualquier tipo de bien. Eso sí que me ha indignado… Por último, me citaba en su despacho, en la fecha que mejor conviniera a mis intereses y ocupaciones, para intentar un acuerdo amistoso que nos evitara, a todos, las pesadas cargas judiciales.

Al principio pensé en escribir a Gertrude, pero estaba tan furiosa que decidí dejarlo para más tarde. Luego me pregunté si Pye sabría algo de esto. Finalmente, tiré la carta a la basura y traté de pensar en otra cosa.

Intento hacer mi vida. Como si esa carta no hubiera existido nunca. Porque aquí las cosas siguen funcionando como antes y yo tengo una vida a pesar de ellos. Pequeña, quizá estrecha, pero suficiente para sentirme cada día un poco más yo. Y también tengo a Marcus.

En mi día baúl está también mi hermano. ¿Cómo no iba a estar? He colocado en el espejo de mi tocador, en la parte de abajo, el recorte de un periódico en el que se le ve posando con Bill Urquhart-Dykes, dentro de un coche de carreras en el circuito de Le Mans. Ahora Marcus es ingeniero en la casa Alvis y vive en Coventry. Nunca viajó a Egipto, ni a Grecia como soñaba... Pero la verdad es que le siento tan lejos como si se hubiera ido al otro extremo del mundo.

Creo que mi hermano me sigue queriendo. A su modo. Le comenté por carta que el viejo Tin Lizzie de dos plazas que compró Robert había dejado de funcionar definitivamente y hoy he tenido una gran sorpresa. Quima ha debido de oír el ruido del motor, porque ha venido muy alterada a buscarme a la habitación de los relojes. Al bajar he visto a un hombre desconocido, aguardando delante de un 10/30 HP (sí, conozco muy bien los modelos que fabrica la casa Alvis, al fin y al cabo, siempre me interesaron las máquinas y ahora que mi hermano es el ingeniero jefe de esa firma inglesa, mucho más). Aunque no era un modelo nuevo y se veía a la legua que estaba usado a conciencia, poco se parecía a nuestro pequeño y destartalado Tin Lizzie sin capota, con el que Robert se pasaba las horas muertas intentando que funcionara como es debido: soltaba el motor, lo desmontaba, lo engrasaba y purgaba como hacía con los relojes, y luego apenas nos servía para llegar renqueando hasta el pueblo. Quima decía que el caballo y la tartana eran mucho más rápidos, y que desde luego costaban mucho menos dinero. Pero eso a Robert le daba igual. Las máquinas eran su vida.

El caso es que me ha emocionado el detalle de Marcus. Mandar un automóvil desde Inglaterra, atravesando Francia, los Pirineos, un coche que ha venido transportando por las carreteras de varios países los buenos deseos de mi hermano. Era como si me dijera: te quiero, pienso en tu bienestar, en mis días de ausencia te tengo presente.

¿Sabe Marcus lo que ahora me gusta la mecánica? ¿Es consciente del legado que Robert me traspasó? ¿Por eso me ha mandado este automóvil rojo y dorado con el que podría participar en cualquier carrera? El Alvis 10/30 HP es algo más que treinta caballos a sesenta millas la hora. Es una inyección de entusiasmo que desentierra a la Elizabeth Babel de antes.

Me encanta conducir este coche. Bajo al pueblo con él. No hace falta oír para eso, ni hablar; con ver la cara de asombro de los mismos que me despreciaban cuando era joven es suficiente. Sí. Yo. La muda de Los Cuatro Relojes, con mi flamante deportivo, la capota quitada y el viento en la cara, como Isadora Duncan. Luego lo aparco en el paseo marítimo, justo frente a la playa, y me instalo en la terraza del balneario, donde me asaltaron una vez. Me refuerzo en esa idea. En ocupar espacios de los que llevan toda la vida intentando excluirme. Me instalo, sí. Pido un jerez y el periódico que siempre tienen sujeto a una vara de madera. Paso las hojas, grandes como sábanas, distraídamente, mirando las fotos y los titulares porque sé que esta noche podré leer todas las noticias a conciencia. Y de pronto me detengo en una entrevista cuando distingo entre las preguntas la palabra sordomudo. Se la realizan al director de la Escuela Municipal de Sordomudos de Barcelona, Pere Barnils. Habla de avances técnicos, de fonética experimental y de ortofonía. Pero sobre todo parece convencido de algo que nadie me ha dicho jamás, ni siquiera aquella mujer que me presentó hace años Milton Finch: «Hay que abandonar principios antiguos y perseguir la realización del ideal: los sordomudos pueden y deben hablar por palabra articulada perfectamente clara e inteligible para todo el mundo».

El corazón me da un vuelco. Como si me trajeran de pronto el aliento de mi padre. Saco un cigarrillo de mi pitillera esmaltada y lo enciendo con el mechero Julius Franz Meister que me regaló Robert cuando se enteró de que me gustaba fumar. Supongo que todos me miran, pero soy la hija muda de los ingleses, puedo permitirme cualquier excentricidad. Ellos no saben que solo soy sorda y que nada me impediría hablar si pudiera oír su palabrerío incesante. Que, de hecho, a veces, a pesar de no oírlo, sé perfectamente lo que dicen de mí.

Aprieto el encendedor de plata en la mano, entierro en la palma de mi mano la imagen esmaltada de este fox terrier que ocupa el frontal y fabulo. Fabulo...

Cuando vuelvo a la realidad veo a un grupo de muchachos que han montado una orquesta. Tocan y bailan en traje de baño. No sé qué música suena, pero sé que es distinta a todo por cómo se mueven: media docena de cuerpos jóvenes agitándose en el embarcadero nuevo, sobre el espejismo del mar. Parecen pájaros con brazos. Con piernas libres. Con rostros llenos de novedades. Y ríen. Ríen sin parar.

Hay una chica que toca el saxofón. Y otra aporrea un instrumento nuevo al que llaman batería. En realidad, parece eso, una batería de cocina: platillos, tambores redondos como cazuelas, y un pedal como el de la máquina de coser de mi madre. Ahora yo también hago mis vestidos. Es fácil. La moda se ha vuelto asombrosamente sencilla.

Los miran. Todos los miran. No oigo los comentarios, pero es igual, veo las bocas retorcidas y los gestos de reprobación. No son nuevos para mí.

Una muchacha con una boina blanca de ganchillo, a juego con

su bañador, se acerca a la baranda y me hace una seña para que baje a bailar con ellos. Me ha elegido entre todos los espectadores porque debo de ser la única que sonríe. Le indico que no con otro gesto, amable, de disculpa. ¡Qué oportunos son los gestos cuando no tienes otra cosa que ofrecer! Se aleja despreocupadamente, con sus alpargatas anudadas a los tobillos, y vuelve a bailar. Y yo sigo allí, al calor del sol, imaginando la música que guía sus pies libres, sin que ella sospeche lo que soy.

Sí, esta nueva música también parece hecha para mí, que no puedo oírla. Es desordenada y caprichosa, lo sé, se nota que sale sola y carece de partitura, como las tormentas o un buen contraataque de esgrima. Creo que a la música también le han quitado el corsé.

No sé por qué he vuelto a pensar en aquel músico que se ahogó: Enrique Granados. Me gustaría que alguien patentara un sistema para que los sordos pudiéramos disfrutar de la música. ¿No existirá ya? Han inventado tantas cosas que parecían imposibles… Aquella mujer que me hizo conocer Milton Finch antes de enfermar mi madre, dijo que había aparatos con los que un sordo podía oír. Aprovechar los restos auditivos, dijo. ¿Tendré yo restos auditivos? Porque entonces podría conocer la obra de Granados, no solo su muerte… Y pienso de nuevo en la escena que he imaginado tantas veces: un hombre que salta de la barca, en la noche, luchando contra las olas de tres metros, nadando hacia un bulto de pesados ropajes que se hunde… Pye nunca habría hecho eso por mí. Ahora mejor que nunca, lo sé.

Mientras regresaba a casa, conduciendo mi coche nuevo, he tomado una decisión: voy a hacer un viaje a Barcelona. En secreto. Sin que lo sepa Gertrude. No es ella, ni sus maravillosos hijos lo que me interesa, ni sus abogados con ridículas reclamaciones que no pienso aceptar. Barcelona todavía me sigue perteneciendo; las calles, los edificios y el ambiente de la ciudad son más fieles que las personas, pero también están en peligro. Quiero ver de nuevo las torres del agua, esos gigantes mágicos que se alimentaban de las aguas del Besós, y saber qué ha pasado con el Mina Grott, aquel pequeño tren que nos llevaba a los merenderos de Vallvidrera atravesando el túnel de la mina de agua. Nombres. Lugares. Palabras que yo no entendía y que iban quedándose dentro de mí para siempre. Los jardines de la Lamparilla, sus mirtos, tejos y grandes tilos plateados. Las barracas de La Perona que mi padre estaba empeñado en erradicar a toda costa...

Quima ha puesto el grito en el cielo cuando se lo he dicho, pero eso me da igual. Me he negado en redondo a que Ferran me acompañe.

Quima sí saltaría al agua para rescatarme. Ella sí.

Jardines, obras de ingeniería, barrios pobres de los que ella conserva el nombre, aunque seguramente muchos ya habían desaparecido para siempre... Imágenes secretas que Elizabeth Babel atesoraba tras los años de confinamiento en Port de l'Alba.

Fotografías sin revelar.

Al final las cartas actuaron como el líquido fijador de un laboratorio, justo lo que creo que ella pretendía, y las imágenes quedaron grabadas letra a letra, palabra a palabra. Eran mensajes cifrados que colgaban del vacío. Anunciando el secreto que alimentaba en su interior: poder hablar, tal y como quería su padre.

¿Y Teresa? ¿Qué buscaba ella en las cartas? ¿Qué intentaba conservar de esa vida tan ajena? Elizabeth Babel llevaba varios años muerta cuando supo de su existencia.

Sigo con la ronda de entrevistas. Total, qué más me da. Soy viejo ya. He cerrado la escuela de esgrima y estoy aquí, en la casa de Los Cuatro Relojes persiguiendo algo que nos inquieta a todos, pero que nadie más se atreve a afrontar. La policía ha dejado de investigar la desaparición de Teresa, dicen que no se puede hacer nada más, que tarde o temprano aparecerá su cadáver. O que ella misma dará señales de vida en algún lugar al que se le haya ocurrido huir. Pero yo no confío en que las cosas se resuelvan por sí solas. Así que continúo hablando con unos y con otros.

No sé si ellos inventan también. Lo que sí puedo decir es que todos están convencidos de tener explicaciones fiables. Nadie duda. Nadie cree que miente.

Ni siquiera el bueno de Marçal.

Mi hijo no ha sido. Eso se lo puedo jurar. Estaba lejos de aquí, ella misma me pidió que se marchara.

Es cierto que fue él quien entró en la oficina de la señora unos días antes, a robar, ¿sabe usted?, eso ya lo ha confesado... Y, aunque me duela en el alma decirlo, todos sabíamos que tenía que ser cosa suya. Nunca lo había hecho, por lo menos aquí, pero las drogas son mala cosa, muy mala... Y mi Jaume no consigue librarse de ellas por más que hayamos intentado su madre y yo que las dejara, que incluso lo mandamos a ese sitio, el Proyecto Hombre, pero vuelve a caer una y otra vez.

Y, claro, ahora intentan echarle la culpa de la desaparición de la señora, no sé si la policía cree que la ha matado, o secuestrado, o qué... Pero lo que sí sé es que, a poco que puedan, irán a por él. Siempre se necesita alguien a quien colgarle el muerto, ¿no cree? ¿Que no consiguen resolver el asunto porque no hay cadáver? Eso qué más da, si tenemos un culpable. Así se cierra el caso y listo. Pero mire bien lo que le digo: esté la señora muerta o viva, yo respondo por mi hijo. Ha hecho muchas, eso no se lo voy a negar porque todo el mundo lo sabe, pero esta vez no, esta vez no ha sido el Jaume. Pero si el muchacho nació aquí..., en esta misma casa, antes de que la señora Teresa pusiera el hotel.

Sí, llevo en la finca más de cuarenta años. Con la anterior señora ya estaba yo aquí. Lo que habré visto yo en este lugar…

¿Cuándo vinimos? Claro que lo recuerdo. Acabábamos de casarnos
y yo no tenía trabajo. Vivíamos en la masía de mis padres, mi Roser
estaba embarazada del Jaume y queríamos tener nuestra propia casa;
las mujeres siempre quieren hacer y deshacer a su antojo, ya sabe,
sin que la suegra les esté encima todo el día… Así que cuando la
señora Ángela me ofreció una vivienda y un poco de jornal a cambio
de atender la casa, acepté más contento que unas pascuas.

La propiedad estaba hecha un desastre. Antes vivía aquí una
mujer, creo que era familia de la señora Ángela, ella sola, sin ayuda
de nadie. Dicen que antes había servicio, pero luego ya no, fueron
cayendo como moscas, ya sabe, la muerte no respeta a nadie, así que
esa mujer inglesa, creo que además era muda, se quedó aquí sola.
Claro, dejó que la casa se viniera abajo. Luego, al morir ella, la finca
estuvo unos años vacía. Se llevaron todo lo que valía algo, vaya usted
a saber quién, pero el caso es que, cuando nosotros llegamos, aquí
solo quedaban las cuatro paredes y unos cuantos muebles viejos.

La madre de la señorita Teresa era muy guapa. Y muy descarada.
Llevaba una vida que no era propia, no sé, aquí no estábamos acos-
tumbrados a tanta libertad, y eso que por aquel entonces ya había
muchos extranjeros en esta parte de la costa; venían de todos los
lados, se compraban casas o las alquilaban, y qué quiere que le diga,
más o menos todos estaban cortados por el mismo patrón, ya sabe,
poco trabajar, mucho beber y vivir de bar en bar, o de sala de fiestas
en sala de fiestas, y luego a dormir hasta el mediodía. Vamos, que
chocaban con nuestras costumbres. Y la señora Ángela era como
ellos, tan pronto estaba con uno como con otro, siempre de juerga.

Yo creo que no andaba muy allá de la sesera, porque La Roser y yo le vimos hacer cosas que no estaban bien, nada bien. Sobre todo, aquello que hizo con la chica cuando tenía catorce o quince años. Se me pone mal cuerpo solo de pensarlo. La Roser me lo decía: esto no está bien, Marçal, así no se educa a una hija… Pero lo que hiciera o dejara de hacer la señora no era cosa nuestra. Nosotros oír, ver y callar.

Sí que era guapa, sí. Yo me acuerdo de un día que la vi desnuda. Está mal que lo diga un viejo como yo, pero no era como mi Roser. Entiéndame bien, yo quiero mucho a mi mujer, ella siempre ha sido lo más importante para mí y nunca, en toda mi vida, la he engañado con otra. Pero ese día…

Debíamos de estar a principios del verano de 1968. Yo creo que sobre el 20 o 21 de junio, porque todavía no habíamos celebrado la verbena de San Juan y unos días más tarde pusieron los banderines en las calles del pueblo y la señora Ángela se empeñó en que nosotros también llenáramos el jardín de farolillos, como si no tuviéramos otra cosa que hacer. Y hala, a subirse en la escalera y poner todos aquellos colgajos que a la Roser le gustaban, porque daban alegría, decía, y que a mí solo me parecían una bobada de las muchas que hacía la señora. Bueno, a lo que íbamos, que la vi desnuda una vez. Y que era por San Juan, de eso estoy seguro, aunque no tenga ninguna importancia, que no la tiene, pero quiero explicar las cosas bien, con sus fechas y sus tiempos, ya me entiende.

A la señora Ángela le gustaba tomar el sol, siempre andaba bajando y subiendo de la playa, no de la de Port de l'Alba, sino de la cala que hay aquí mismo, debajo del hotel. Son todo piedras, pero a ella le daba igual, cogía una toalla, se ponía esos pantalones cortos que más bien parecían bragas, y perdóneme usted la comparación, pero es que yo nunca había visto una manera más indecente de vestirse una mujer, se calzaba unas zapatillas que ella llamaba parisinas, planas y finas como una hoja de papel, y se largaba a tumbarse en la playa dejando a la chica sola en casa. La niña se venía con nosotros, claro, qué iba a hacer. Le gustaban las gallinas, se pasaba horas mirando a través de la alambrada y, cuando le parecía que una ponía un huevo, venía gritando a contárselo a la Roser. Ese día le habíamos dejado que cogiera a uno de los polluelos; normalmente tenía prohibido hacerlo porque si la madre piensa que es de otra gallina puede llegar a matarlo, estos bichos son así, se picotean los huevos una a otra y hay que separarlas cuando tienen crías... El caso es que la niña andaba manoseando aquel polluelo negro que yo le había dado, después de que me suplicara y prometiera que lo iba a cuidar y alimentar como si fuera la madre. Tendría que haber visto su cara... Parecía que le habían regalado el mayor tesoro del mundo, yo creo que ni cuando la señora le compró la bici se puso tan contenta. Bien, estábamos con ella, ahí mismo, en la parte de atrás de la casa, donde antes teníamos el gallinero, que luego, ya ve lo que son las cosas, la propia señorita Teresa me lo hizo quitar cuando montó el hotel, y oímos unos gritos. Enseguida me di cuenta de que era la señora.

Salí corriendo hacia puerta de madera, esa que está al final del seto y que siempre teníamos cerrada por miedo a que la niña, y luego el Jaume, mi hijo, se asomaran. La bajada es muy abrupta, hay que saltar de una roca a otra, como las cabras. Vi lo que pasaba. En la parte más estrecha, junto a la pendiente, estaba la señora, completamente desnuda, y dos hombres la estaban atacando. Les grité. Abrí la puerta de madera y bajé a toda velocidad, vociferando con todas mis fuerzas. Cuando llegué abajo ellos habían salido a escape y la señora estaba llorando. Tenía el pelo todo revuelto y se abrazaba las rodillas como una niña. Seguía desnuda. Me dio vergüenza acercarme, pero ¿qué iba a hacer? Le ayudé a ponerse en pie. Ella se me echó en los brazos. Tenía la piel caliente y olía a sudor. ¿Sabe una cosa? Me turbó. Me nubló el entendimiento. Nunca se lo he contado a nadie, pero usted es un hombre y creo que me entenderá, son cosas que se nos pasan por la mente y es asunto nuestro dejarnos llevar o no... Sí, lo confieso. Hubiera querido tumbarla allí, sobre las piedras, y acabar lo que los otros hombres habían empezado. Desde luego no lo hice. La ayudé a vestirse de cualquier manera y le puse las zapatillas en los pies, primero una y después otra, sin poder dejar de pensar en aquel cuerpo que tenía tan cerca. Intentaba pensar en Roser, en la casa y el trabajo que habíamos conseguido, pero tenía que sujetar las manos para que no se me fueran. Fue un momento muy malo. Luego, cuando subíamos por las rocas, ella delante de mí murmurando agradecimientos, veía sus piernas y sus muslos, y me entró un cabreo de padre y señor mío. ¿Por qué demonios se exponía de aquel modo? ¿Es que no sabía que estaba provocando continuamente? Le juro que ese día pensé en decirle a la Roser que nos íbamos de allí, que esto no podía salir bien... Pero luego llegamos arriba, la señora se dirigió a toda prisa a la entrada y la niña, que al vernos había venido corriendo con su polluelo en las manos, corrió hacia su madre para enseñárselo. Entonces ella se volvió furiosa, le dio una bofetada a la pequeña, y le dijo que ni se le ocurriera meterlo en casa. Nos quedamos allí, la chiquilla y yo, hasta que ella se echó a llorar y a mí no me quedó otra que consolarla como pude. El polluelo murió al cabo de unos días. Y la señorita Teresa volvió a llorar.

Luego nunca más. No la vi derramar una sola lágrima, ni siquiera cuando sucedió aquello...

Le dije muchas veces a la Roser que teníamos que desentendernos de lo que ocurriera en la casa pairal. Si la señora quería llevar aquella vida, nosotros chitón. Ni opinar, ni fisgar, ni aparecer por allí a menos que nos llamaran. Pero mi mujer limpiaba y cocinaba, y claro, tenía que ver, aunque no quisiera.

Más de una vez vino a decirme que andaban todos borrachos… Y muchas mañanas, cuando iba a servir el desayuno, se encontraba a la pequeña sola en la cocina, esperando el tazón de leche. La Roser le preparaba una rebanada de pan con aceite, o se traía de nuestra casa un poco de coca de azúcar, que le salía muy buena, la verdad es que la cuidaba como si fuera su propia hija; me decía que no podía aguantar ver cómo la niña se quedaba en ayunas hasta que toda aquella gente se levantaba de la cama.

Sí, desde el principio. La casa estuvo llena de gente desde el principio. La señora Ángela tenía un talento especial para rodearse de golfos. No eran muertos de hambre, entiéndame, sino personas de postín, ya sabe, artistas, pintores, gente del cine, la mayoría extranjeros, aunque también los había de Barcelona, pero esos no salían en las revistas. Les decíamos bohemios. Bohemios. Claro que podían serlo… Ninguno tenía que ganarse el jornal cada día. Seguramente eran personas cultas, instruidas, más que nosotros, desde luego, pero vividores… Y vagos… Sobre todo, vagos.

Daban mucho trabajo. Las juerguecitas nocturnas duraban hasta las tantas y luego la pobre Roser tenía que limpiar todo aquello, lavarles la ropa, plancharla, hacer un arroz con sepia a las cinco de la tarde y tirar docenas de botellas al cubo de la basura.

Hubo unos americanos, una pareja de hombres que a mí nadie me lo quita de la cabeza, eran de la acera de enfrente, y esos estuvieron bastante tiempo en la casa. Casi un año se tiraron aquí, viviendo de la sopa boba y pasándoselo en grande. Y la chica allí, viéndolo todo.

Estará usted pensando que soy un viejo retrógrado, pero no es cierto. Sé muy bien que los tiempos cambian y lo que antes nos parecía un escándalo ahora es normal. Claro que lo sé. Y lo acepto. Al fin y al cabo, ¿quién soy yo para juzgar la vida de nadie? Ya ve, mi propio hijo, educado a la antigua, sin que nosotros le hayamos dado nunca un mal ejemplo, y mire cómo me ha salido... No es culpa suya, ni nuestra. No es culpa de nadie. Las drogas se le metieron por medio, como a la señora, y le torcieron el camino.

Bueno, que no quiero desviarme del tema. Usted quiere saber qué pasó, por qué la señora se fue a vivir a Francia y por qué volvió cuando la chica tenía catorce años.

Pues se fue de la noche a la mañana, después de que apareciera por aquí su marido con la Guardia Civil.

Por aquella época le había dado por traer gitanos a la casa. No eran de esos que andan pidiendo, no, pero no dejaban de ser gitanos. Tanto frecuentar las salas de fiestas de Tamariu y Llafranc, pues se habían hechos amigos de una bailaora que por entonces empezaba a ser famosa, La Pelusa, la llamaban, ya ve usted qué nombre, una que bailaba descalza y que se había dado a conocer en el tablao de Pastora Imperio, en Palamós. Había hecho un par de películas, dicen que en América, y seguramente por eso acabó en el círculo de la señora. Creo que los americanos, los que eran un poco así, ya me entiende, también se dedicaban a la cosa del cine en su país.

Total, que una noche sí y otra también aparecían por aquí una caterva de gentes armando alboroto, con las guitarras y las castañuelas, venga música y venga risas, nos despertaban a las tantas y más de una vez la Roser se desveló sin poder coger el sueño de nuevo. Yo le decía que no se levantara, que, si veían la luz encendida, seguro que acababan por pedir que les preparara algo de comer.

Hasta que pasó lo que tenía que pasar: una noche llegó la Guardia Civil. Esa vez sí me levanté.

No venían por el alboroto. Era peor. Al parecer el marido de la señora Ángela la había denunciado por abandono del hogar, imagínese, a buenas horas mangas verdes. Si llevaba casi un año haciendo lo que le daba la gana…

No sé cómo lo consiguió, pero se deshizo del marido, de la Guardia Civil y, en un abrir y cerrar de ojos, agarró a la niña y salió pitando. Me dijo que nos quedáramos, que cuidáramos de todo como si ella estuviera aquí.

Y así lo hicimos.

Cada mes nos mandaba el dinero a la oficina de correos, poca cosa, no se vaya a creer, pero con la vivienda gratis, el huerto y sin tener que ocuparnos de nadie, era suficiente.

Esos años fueron estupendos. Nosotros solos, la familia, ver crecer al Jaume sin que nadie le diera malos ejemplos… Total, para lo que nos sirvió. Pero eso es otro cantar.

Es verdad que vivimos aquí muy felices. Sin demasiadas obligaciones y sin apuros económicos. Solo por esos años ya le estaría agradecido a la señora. Pero además tengo que confesar que, con todas sus locuras, siempre se portó bien con nosotros, nunca nos trató como a criados, nunca, ni a la Roser ni a mí. No le importaba el dinero, ni lo que pensaran en el pueblo, solo le importaba pasárselo bien y dejar que cada cual hiciera lo que quisiera. ¿Sabe qué le digo? En el fondo a mí me caía bien la señora Ángela. Aunque critique su forma de vida. Y a la Roser también, sé que le tenía ley, quizá más que yo. Muchas veces, cuando yo me cabreaba, que me cabreaba, vaya que sí, con las cosas que se le ocurrían a la señora y que a ella le divertirían mucho, pero a nosotros nos complicaban la vida sin necesidad, mi mujer me decía que era una cabeza loca, pero también buena persona. Y entonces me recordaba una a una todas las cosas buenas que la señora había hecho por nosotros, que eso sí, la Roser tenía una memoria de elefante, ya ve ahora, quién nos lo iba a decir... ¿Sabe que tiene esa enfermedad, el alzhéimer la llaman? Por eso le he dicho que es mejor que no hable hoy con ella, tiene uno de esos días malos, le diría cualquier locura, y luego si se altera se me pone a dar gritos, ¿sabe? Si mañana veo que está mejor, yo mismo le aviso...

A la niña la queríamos los dos; no le voy a decir que tanto como a nuestro propio hijo, eso sería exagerar, pero le teníamos un gran aprecio. Luego también. Sobre todo, luego.

No sé qué hicieron en Francia. Oí que la señora vivía con un francés, pero creo que no se casaron. Y luego, un día, volvió de la misma manera que se fue: de la noche a la mañana. Sin avisar a nadie.

Las imagino a las dos. En el viejo Ford Taunus verde pastel. Cruzando la frontera, Ángela con aquel cabello suyo, largo y rubio, siempre desordenado, los muslos dorados bajo el vestido indio y las pulseras en los pies, apretando el acelerador mientras la chica mira obstinadamente hacia el horizonte.

¿Qué veías Teresa? ¿Qué sentías?

—Hemos preparado las habitaciones de la parte trasera, señora. Son las que están en mejor estado.

Marçal llevaba las tres maletas grandes, una en cada mano y la tercera debajo del brazo. Roser las dos pequeñas. En el coche todavía quedaban varios bultos apretados entre los asientos.

Habían ventilado, porque no se notaba olor a cerrado, y en el vestíbulo había unas dalias colocadas con esmero en un jarrón bajo. Ángela fue directamente al comedor. Teresa la siguió en silencio.

—Todo está perfecto, Roser. Deja las cosas en cualquier sitio, que estamos muertas de hambre.

—Claro, señora. He preparado la caldereta de cabrito que tanto le gusta.

—¿Cabrito? Imposible, Roser, soy vegetariana.

—¿Desde cuándo, señora? ¿Quiere decir que ya no come carne? ¿Ninguna?

—Ninguna, querida. Mira a ver si puedes prepararme una ensalada y un poco de arroz con cualquier verdura.

—¿Y la niña?

—¿La niña? ¿Tú la has visto? Tiene catorce años.

Roser contempló a Teresa, casi sin reconocerla. Ahora era una muchacha larga como un ciprés, delgada, con las piernas embutidas en un pantalón blanco y el pecho breve, ajustado bajo la camiseta de tirantes. Tenía una cintura tan estrecha que Roser pensó que cualquier hombre podría abarcarla solo con las manos.

—Se ha hecho toda una mujer, señora.

—Esta come de todo, no te preocupes. No sé cómo consigue estar tan delgada, la verdad.

Teresa se acercó a Roser, que tenía los brazos cruzados sobre el delantal negro, y tocó su mano. La piel era suave y húmeda.

—Yo comeré la caldereta encantada, Roser. Seguro que está buenísima.

Marçal había entrado las cajas, las había apilado en el pasillo, y ahora también contemplaba a la muchacha que había ocupado el cuerpo de la niña que él recordaba. No miraba su cuerpo exactamente. Otra cosa. ¿Sus ojos? ¿Sus gestos? Todavía quedaba en ella algo de la anhelante curiosidad con la que vigilaba a las gallinas.

—¿Cuánto tardarás, querida? —Ángela, descalza, se había sentado en el sofá con las piernas recogidas—. En tener lista la comida, quiero decir.

—Una media hora, señora.

—Ah, ¿tanto? Entonces voy a hacer unas llamadas. Porque nos han instalado de nuevo el teléfono, ¿verdad, Marçal?

Se había levantado como impulsada por un resorte. Sus hermosas piernas no habían durado ni un minuto dobladas sobre los almohadones. Marçal se fijó en la pulsera del tobillo, que se agitó como un enjambre de abejas.

—Sí, dieron la línea el jueves. Pero nos han cobrado casi doscientas pesetas.

—Bueno, qué se le va a hacer. —Ángela echó un vistazo a la habitación. Parecía desorientada—. Luego te pagaré.

El teléfono, un aparato góndola de un desvaído verde pastel, estaba sobre el aparador blanco de la esquina. Cogió el auricular, marcó un número, apartó un cuenco de cerámica oscura, y se apoyó en el mueble. La pulsera de su tobillo desnudo volvió a relucir.

Marçal la oyó hablar en aquel idioma suyo, palabras rápidas, desconocidas, dirigidas a un alguien que imaginó muy lejano, con el tono despreocupado y alegre que ella manejaba como nadie, mientras la chica le decía algo sobre la torre de los relojes. Cuando quiso darse cuenta, Teresa había desaparecido.

Subiste a la torre, ¿verdad? Ibas a buscar las cartas, estoy seguro. Para entonces ya debías de saber...

Esa noche.

Y la siguiente.

Madre e hija solas en el salón sin televisión, sin visitas, solo con aquella música de Osibisa que Ángela oía una y otra vez, *criss-cross rhythms that explode with happiness*, la botella de whisky a punto de acabarse, la cajetilla de Pall Mal. Ante una niña que ya no lo era.

Te duelen los pechos. En secreto. Un largo y prolongado secreto.

—Mañana voy a ir a Tamariu.

Ángela retira con el pie la carátula del disco que había quedado abandonada sobre la mesa: un elefante de largos colmillos, con alas de mariposa, o de libélula, y una iguana-dragón en una esquina. ¿Qué hay en Tamariu?

—¿Para qué? —pregunta Teresa.

La madre, tan poco madre, tan rara madre, se encoge de hombros.

—Necesito ver a un amigo.

—¿Qué amigo?

La hija, vigilante, sobre los tambores, los gritos tribales, las trompetas y los acordes de jazz.

—No le conoces.

Ángela se recoge el pelo desordenado, hace un tirabuzón con la melena rubia y lo suelta de nuevo. El cabello se queda enrollado sobre el hombro. Algo en su rostro sigue recordando a Brigitte Bardot.

—Vas a comprar droga.

—¿Y qué si es así? —No se miran, el disco sigue sonando, repetitivo y un poco vulgar—. Desde luego no sé qué he hecho yo para tener una hija tan modosita.

—Me pareceré a mi padre —responde Teresa con rabia.

Ángela suelta una carcajada.

—Eso no lo digas ni en broma.

Ha encendido un cigarrillo. El anterior todavía humea en el cenicero. Teresa se levanta.

—Me voy a la cama.

¿Fue entonces cuando leíste de nuevo la carta de Elizabeth Babel? ¿Cuándo recuperaste la imagen del feto sobre las sábanas? Una piel transparente, como de alabastro, a través de la cual se adivinaban las costillas. Y los ojos sin hacer.

No mayor que una rana.

Ángela no volvió sola de Tamariu.

—Mira, cariño, este es mi amigo Pablo. Se va a quedar unos días.

Un hombre más bien bajo, corpulento, de espaldas anchas y piernas cortas, que se acercó a ella pisando con fuerza el suelo de guijarros. Teresa estrechó la mano que le tendía.

—Pablo es pintor —oyó que decía su madre alegremente—. Ya sabes, como Picasso…, hasta se llama como él.

A Teresa le vino a la mente unos retratos de Picasso que había visto en la biblioteca de Port de l'Alba. Sí, pensó en esas fotos nada más verle. Espaldas anchas y cuello de toro. Amenazante.

¿Cuánto tiempo se quedó Pablo, el pintor, en la casa? ¿Todo el otoño?

Quizá sí.

Y de pronto volvió la vida de antes. Como si nunca se hubieran ido. La misma vida con diferentes comparsas. Durante meses hubo gente entrando y saliendo, barras elásticas de hachís, pequeñas pastillas de ácido traídas de Amsterdam, flores de marihuana… Ya no había cante flamenco, ni otros pies desnudos que los de Ángela, ni palmas al compás. Ahora todo era música de Pink Floyd y Santana, conversaciones lentas y humo de Ketama. ¿Quiénes eran ahora los que se acostaban en el sofá y comían a deshoras? ¿Los recuerdas, Teresa?

No.

La presencia atosigante del falso Picasso lo llena todo.

Todos los demás, incluidas la madre y ella, se convierten en simples invitados al baile, figurantes sin frase alguna.

Un día.

Pablo, siempre encantado de haberse conocido, parece ahora el dueño de la casa… Han vaciado uno de los dormitorios que dan a la parte de atrás, la cama y la cómoda, el banco, el armario de palosanto, todo ha quedado amontonado provisionalmente en lo que antes era la despensa. El insigne pintor ha instalado su estudio en la mejor habitación de la casa, la que tiene más luz, la que da al este. Al mar desnudo. Se mete allí y solo sale para comer y cenar.

Pues sí…, ese día que Teresa cruza por delante del estudio y él tiene la puerta abierta. Pinta un enorme lienzo. Desnudo de cintura para arriba, con pantalones cortados a media pierna, deshilachados y viejos, cubiertos de manchas de pintura. En la cabeza lleva una cinta elástica que le aparta el pelo de la cara.

El cuadro…

Teresa reconoce haberlo visto antes…, pero no es posible porque él lo está pintando ahora, allí, en ese preciso momento.

Hay un toro con cuerpo de hombre. ¿O es un hombre que tiene cabeza de toro? Y una niña de cabellos rubios que aprieta contra su pecho un ramo de espigas. Apenas esbozada con carboncillo, la quilla de una barca. Los colores son verdes, rosas y azules. El mar todavía no existe.

—¿Qué haces ahí?

La voz de Pablo. Bronca. Hostil.

—Nada. Miraba.

Se acerca con la paleta en una mano y el pincel en la otra. Las manchas de color son ocres, como si se hubieran oxidado en contacto con el aire.

—No me gusta que nadie vea mis cuadros antes de que estén terminados —suelta con cajas destempladas.

Luego cierra la puerta sin miramientos. Teresa ya se ha apartado, pero está segura de que la niña del cuadro es ella.

Y luego una noche.

Hubo una gran tormenta. El aire olía a tierra mojada. Otra vez era noviembre.

—Van a venir unos amigos.

La voz de la madre tiene un ligero temblor, apenas perceptible.

—¿Otra vez?

Al pintor empieza a impacientarle que la casa esté siempre llena de gente. Dice que entorpecen su inspiración.

—Son conocidos de Toni, ya sabes. Y creo que uno tiene una galería en Barcelona.

El hombre, como un actor experimentado, de repente se vuelve amable, sonriente, obsequioso.

—Entonces voy a seleccionar unos cuantos lienzos, por si los quieren ver.

Ángela se tranquiliza. La amabilidad de él aparta la inquietud como un peso desterrado. Cuando Pablo sale del salón para atender a su anhelante ego, la madre se sirve un whisky y le añade media botella de Coca-Cola. Luego enciende un Pall Mall.

—¿Qué haces?

Se fija por primera vez en su hija, que está escribiendo sobre la mesa blanca y redonda que tiene pequeñas quemaduras de cigarrillos olvidados aquí y allá. Teresa deja el bolígrafo sobre la cuartilla. Las minúsculas letras azules bailan.

—Escribo —responde con fastidio.

—¿Una carta?

—Sí.

Ángela se acerca, con el vaso en una mano y el cigarrillo en la otra. Lleva su túnica marroquí, una seda falsa bordada en falso oro.

—¿A quién? —pregunta distraída. Los ojos se pierden más allá del ventanal, en la mancha gris del mar.

—A una amiga. No la conoces.

Esa mirada perdida… Algo ensombrece el rostro de la madre. Teresa se da cuenta.

El cigarrillo tiene una larga columna de ceniza que está a punto de caer. Mira a la madre con rostro serio, el de la niña que ya no es, el de la adolescente que dejará de ser en unos meses. El de la mujer futura que desaparecerá sin decir nada a nadie.

—¿Podrías hacerme un favor? Cuando vayas a echar tu carta al correo.

Teresa sabe que esa carta jamás irá a parar a un buzón. Ahora yo también lo sé.

—¿Podrías pasarte por el médico y pedirle que te recete un jarabe para la tos? Con codeína.

—¿Estás enferma?

—No, pero la codeína me ayuda a dormir.

—¿Y por qué no vas tú? A mí no me lo van a dar.

De pronto la madre que siempre escapa vuelve. Sus ojos azules se lanzan sobre los de Teresa, azul contra azul. Son tan escasos los instantes de intimidad con la madre, los anhela tanto…

—¿Cómo no te lo van a dar, cariño? Si llevas la inocencia escrita en el rostro. Si pareces un ángel…

Un ángel… ¿Sabes mamá lo que hice en el peñón, mientras Mikel se ahogaba?

Cuando vuelve del pueblo, con el jarabe de codeína, ya están aquí Toni y sus amigos. En el estudio.

Las palabras llegaban lanzadas en ráfagas titubeantes.

—Picasso lo hizo con Las Meninas.

—Sí, pero reinterpretar a Picasso puede ser una apuesta muy arriesgada.

Teresa se asoma a la puerta. Con su recado de la farmacia.

—Quiero hacer cuatro, los cuatro minotauros guiados por la niña en la noche.

La madre ve el paquete y sonríe. A la hija obediente.

—Uno de ellos, ese en el que la pequeña sostiene una vela en la mano, es una anticipación del *Guernica*, ¿lo veis? Están todos los elementos: el caballo, la figura con un candil, la mujer de pechos desnudos…

No hay todavía ninguna madre con un bebé.

Tendrías que haber entendido, Teresa. Pero solo tenías catorce o quince años. Y una amenaza nueva dentro, muy dentro. Como un minotauro ciego.

¿Le dijiste a tu madre que la niña del cuadro eras tú? ¿Que tenías que ser tú? ¿Qué los ojos enormes y azules, abiertos como puertas al vacío, eran los tuyos? ¿Y que el minotauro ciego que intenta alcanzarte con su mano de monstruo evidentemente era Pablo, el amante, el falsificador, el toro hombre con un rabo rizado?

Sí. Creo que lo hiciste.

Esa misma noche.

Con esa misma cara de inocencia que te sirve para comprar jarabe con codeína.

Ha pasado la noche, esa misma noche u otra cualquiera. Qué más da.

Teresa se levantó cuando el sol todavía no asomaba por el mar. Fueron sus voces a despertarla.

En el salón. Envueltas en el humo de muchos cigarrillos, de alientos nocturnos que ya no estaban allí.

—Pues si no estás a gusto, puedes irte.

Las palabras de la madre crispadas por el llanto. Una voz oscura, anegada de vigilia, como tantos otros amaneceres.

—No lo dices en serio.

La incredulidad de él. Teresa está a punto de entrar en la habitación, pero sabe que no es cosa suya, casi nada de lo que hace la madre es cosa suya.

Pero sí lo es.

—Tú y tus malditos cuadros podéis iros de una vez por todas. ¿Qué crees? ¿Que no puedo vivir sin ti? No me haces ninguna falta, no pintas nada en mi vida, no me aportas nada, solo eres un maldito egoísta pagado de sí mismo.

Un portazo. Ruidos en el estudio. El motor de la vieja DKW de Pablo el minotauro, que arranca justo cuando el sol asoma por el horizonte.

¿Por qué te quedas en el hueco del pasillo, apoyada en la pared, con el camisón de batista agarrado a los muslos? ¿Por qué no entras y la consuelas? Sabes que necesita unos brazos alrededor de ese cuerpo desorientado. ¿Por qué vuelves a la cama, Teresa?

El duelo por la marcha de Pablo duró demasiados días. Los suficientes para que noviembre terminara y diciembre sepultara la casa en una melancólica Navidad.

Luego llegó enero y se llevó los silencios. Los días oscuros y cuajados de aburrimiento.

Ángela iba cada día a Tamariu, al caer la tarde, y volvía de madrugada con el paso titubeante y la boca pastosa. Teresa siempre estaba despierta cuando ella se encerraba en la habitación. Algunas noches la oía llorar.

Y, poco a poco, todo volvió a ser como antes, como siempre. No recuerda cómo ocurrió, qué pasó para que aparecieran los jóvenes larguiruchos, con el pelo largo y el desdén en los ojos, las chicas de talles breves, los viejos de camisas abiertas y cadenas de oro en el pecho... ¿De dónde salieron? ¿De alguna sala de fiestas en Tamariu a la que ya no la llevaban a pasar la noche con un Kas de naranja?

De pronto había quedado excluida de la vida de la madre. Pablo el pintor había hecho eso, la había apartado como una amenaza, como un peligro que no podía definirse, pero existía igualmente. Ella ya no era la niña inocente. Nadie sabía aún lo que había pasado en San Juan de Gaztelugatxe, pero el candor y la pureza la habían abandonado. Y la madre lo presentía.

Nuevas comparsas empezaron a remover sus vidas como el viento impredecible de febrero: amigos que llegaban a media tarde, que ponían el equipo de música a todo volumen, que fumaban porros y escuchaban a Emerson, Lake & Palmer. Al alba, cuando las conversaciones y las risas del salón comenzaban a languidecer, el mar estaba casi siempre en calma. Luego se iba erizando a medida que avanzaba el día. De vez en cuando las olas explotaban contra las rocas. Así un día tras otro. Mientras el pequeño secreto de Teresa amenazaba con dejar de serlo y empezaba a crecer.

Ángela está sentada en la mesa del comedor, tomando una taza de café. Va vestida tan solo con una camisa de hombre, ¿de quién de ellos es esta vez?, despeinada, con la marca de la almohada cruzándole la cara en un surco delatador. En la habitación, un hombre nuevo duerme a oscuras.

—Ya harás la cama más tarde, Roser, no te preocupes.

Desde el comedor se ve el mar, limpio, con pequeñas crestas de espuma. El cielo es cambiante. Tan pronto cubierto de nubes de un blanco transparente, como roto, abierto en huecos luminosos del mismo azul que el mar. Es uno de esos días fríos de enero en los que todo parece improbable.

—¿Le hago un poco de pan con tomate?

—Uf, no. Ahora no. Tengo el estómago como una olla a presión. ¿Sabes por dónde anda mi hija?

—Ha bajado al pueblo a primera hora. Vino a pedirle la bici al Marçal.

—No sé qué hace esa niña todos los días en el pueblo, la verdad.

—Creo que va a la biblioteca, señora.

—¿Ah, sí? ¿Desde cuándo?

Ángela enciende un pitillo. En el cenicero hay un billete de metro cortado a lo largo. Una de esas colillas raras que dejan allí noche tras noche, tiene como filtro la parte que le falta al billete.

—Señora…

Ella se vuelve hacia la mujer de Marçal, sorprendida por el tono grave de su voz.

—¿Sí? ¿Qué ocurre?

—Quería preguntarle una cosa.

El gesto de fastidio es inevitable.

—Venga, suéltalo.

—Es sobre la niña…

Ángela apaga el cigarrillo a medio consumir.

—¿Qué ha hecho?

—No, hacer no ha hecho nada. Pero quería preguntarle si todavía no es mujer, ya me entiende. Ya ha cumplido los quince.

—¿Pero qué tonterías estás diciendo? ¿Que si la ha venido la regla?

—Eso es, señora. La regla.

—Pues claro que le ha venido, mujer. A los doce años. Igual que a mí, por cierto.

—Pues entonces… Verá, creo que a la chica le pasa algo. Desde que ustedes llegaron no ha tenido el período.

—Eso es imposible.

—Señora, yo recojo las papeleras del baño y hago la colada. La señorita no ha soltado una gota de sangre en los últimos tres meses.

El secreto. Rasgado como una cortina vieja.

Ya no podías ocultarlo por más tiempo, Teresa. No ibas a tener la suerte de Elizabeth Babel.

Querida Elizabeth:

Pongo el mismo encabezamiento de siempre a esta carta, aunque lo hago por rutina. No tengo ganas de repetirme, de nombrarme una y otra vez. Sí de escribir, pero no de desdoblarme de esta manera que ya se me antoja un tanto infantil. Creo que a partir de ahora me gustaría tener otro interlocutor para mis confidencias. Pero no se me ocurre quién puede ser.

Antes que nada, quiero contarte una nueva desgracia: Milton Finch, mi viejo maestro de esgrima, ha aparecido muerto. Hace años que yo no asistía a sus clases, pero él seguía viniendo por aquí para charlar con Robert, a caballo, como siempre, y si la situación lo permitía entrenábamos un rato. Luego, cuando Robert murió, dejé de verle. Sabía que seguía viviendo en Punta Carbó y allí ha aparecido su cuerpo, despeñado, roto en pedazos. Su cuerpo anciano… Allí, en el borde del mundo, donde termina todo. Supongo que eligió para vivir sus últimos años el único lugar en el que deseaba morir.

En fin, siento que le debo algo importante: no solo me enseñó las estocadas más acordes con mi naturaleza, también me presentó a aquella mujer de la Escuela Municipal de Sordomudos, no sé por qué, a lo mejor supo ver en mí lo mismo que mi padre: que si me esforzaba podía llegar a hablar algún día. Tengo que confesarte que ese gusanillo se me ha metido dentro y no pararé hasta que sepa si puede ser o no.

Mañana por fin saldré para Barcelona. Quiero ver las obras de la Exposición Internacional que se celebrará el año que viene. Dicen que han construido cuatro grandes hoteles en la plaza de España y unas enormes escalinatas que suben hasta el palacio de Montjuïc, que hay columnas de vidrio alimentadas por luz eléctrica y una fuente con agua de colores. Y, sobre todo, quiero volver a ver a aquella maestra de la Escuela Municipal de Sordomudos, comprobar si aún estoy a tiempo.

Quima se ha salido con la suya. No iré sola. Pero tampoco con Ferran, en eso he sido tajante. No quiero que anden vigilando todo lo que hago. Al final, me va a acompañar un joven de la zona, uno que llaman Gaspar y que vive en una masía cercana, Can Ferrer, en el camino de Pedralta. Me han dicho que es limpio y bien parecido, aunque un poco huraño. Lo he elegido porque él también tiene una hermana muda. No entiende la lengua de signos, pero está acostumbrado a leer los silencios y además Gaspar ha sido el chófer de los Roca, una de las principales familias corcheras, y dicen que le despidieron porque llevaba a la señora a entrevistarse con su amante en Barcelona. A mí eso me hace gracia. Secretos familiares. Sentimientos prohibidos. Cómplices, como Quima y yo cuando vamos en silencio a la pequeña tumba de la rosaleda, como Pye y yo en las noches de su convalecencia, como Gertrude cuando Moisés saltaba por su ventana... Sé lo que eso significa.

Quima y yo nunca hablamos de lo que está enterrado allí. Solo una vez lo hicimos. Fue, al principio, cuando Quima dijo:

—Si plantas un rosal sobre una tumba el cuerpo desaparece, las rosas se alimentan de él y puedes olvidarlo todo. Cada vez que vayas a ese lugar verás solo las rosas. Nada más.

Ya lo tengo todo listo. Una maleta pequeña, dos vestidos, mis zapatos Mary Jane, dos chales por si hiciera frío, un camisón… Guantes. Dos sombreros. La libreta y el lápiz en el bolso de damasco. Y un frasco grande de colonia por si no hubiera baño en el hotel.

Gaspar ha venido a buscarme al amanecer. El sol apenas asomaba al pie de las palmeras. Me ha ayudado a subir al coche y ha metido todas mis cosas atrás, sujetas con las correas. Él solo ha traído un hatillo con una muda, supongo. Va vestido con una gorra de pana que parece nueva, un chaleco marrón y una camisa sin cuello. Yo me he puesto uno de los vestidos que encargamos para la boda de Gertrude, el más sencillo, el que tiene la pechera de rayas granate y botones a ambos lados. Aunque haya pasado de moda está impecable, porque apenas he encontrado ocasión de lucirlo. Solo he tenido que acortar la falda y hacer un cinturón drapeado con la tela que sobraba. Cada vez me parezco más a mi madre: he bajado la máquina de la torre y ahora me gusta coser mi propia ropa. En silencio los dos hemos recorrido la costa, él atento a las curvas de la carretera y yo viendo cómo se transformaba el mar, de gris en dorado, de verde en azul. De vez en cuando olía a sal, a veces a trigo, a pino, a romero…, el aire estaba lleno de aromas y la vida se me metía por los ojos. Todo era azul, ocre y verde.

Hemos parado a comer en una fonda. Gaspar traía su almuerzo envuelto en una hoja de periódico, pero yo he insistido para que se sentara a la mesa conmigo. He tenido que escribir en mi libreta varias veces la orden y al final ha aceptado a regañadientes. Estaba violento. Apenas me miraba. Pero cuando nos han servido la comida he visto que se desenvolvía con naturalidad y que sus modales eran correctos, como los de un caballero. Ha bebido un vaso de vino, solo uno, y le ha echado un poco de agua. Luego nos hemos puesto de nuevo en marcha, pero al llegar a El Coll me ha pedido permiso para parar porque le daba sueño.

Me ha gustado verle dormir bajo un pino. Parecía tan confiado... No sé quién es este hombre, apenas nos hemos tratado, y sin embargo me produce una extraña confianza. No sé por qué, pero desde el primer momento sentí que podía fiarme de él.

Al reanudar la marcha algo había cambiado. Parecía que lleváramos un montón de años juntos. Creo que de vez en cuando silbaba, porque ponía los labios en forma de beso y sonreía mirando al frente. Parecía contento. ¿En qué pensaría? ¿Qué canción salía con el aire de sus pulmones?

Llegamos a Barcelona a media tarde. Yo me revolvía en el asiento. Aquí está de pronto la ciudad. Permanecía anegada en el recuerdo y ahora emerge como un gigante capaz de arrastrarme a empellones. ¿Hacia el pasado? No. No lo siento así. Noto que algo me empuja hacia delante, que hay una vida más allá de Port de l'Alba y que yo estoy a punto de descubrirla. Sé dónde tengo que ir en primer lugar. El palacio de Montjuïc y el Mina Grot pueden esperar; pero yo no. Nada más dejar el equipaje en la fonda, le pido a Gaspar que me acompañe a la Escuela Municipal de Sordomudos. Quizá todavía puedan recibirnos.

Hay un ujier con galones. No entiende la lengua de signos, pero le escribo que quiero ver a Matilde Fiel.

—¿A la subdirectora?

Me da un pequeño vuelco el corazón cuando nos pide que le sigamos. Me van a recibir.

La escuela está en un edificio enorme, bonito, de arquitectura más bien clásica, con varios patios interiores y ventanales de medio punto en la planta superior. Imagino que todo está en silencio allí dentro. En silencio..., como yo.

Esperamos en la puerta acristalada. Cuando el ujier nos pide que pasemos, Gaspar se retrae y quiere dejarme entrar sola. Le indico con un gesto que me siga y él me obedece sin rechistar.

Por fin. Después de tantos años. Allí está ella, la mujer que me presentó Milton Finch en el vestuario de la escuela de esgrima.

No me recuerda.

Luego sí.

—Ah..., es usted la joven espadachina que sabe leer y escribir.

—Me asombra el modo en el que me describe—. Ha tardado mucho en aceptar mi invitación.

Lleva un suéter fino, con un triángulo en el escote y el cabello corto, peinado en ondas. Con un nudo en el estómago, le explico que quiero asistir a la escuela, aprender cualquier cosa que puedan enseñarme allí. Probar si tengo eso que ella llamó «restos auditivos».

Su cara de preocupación... Me explica que la edad óptima para ingresar en la escuela es de los cuatro a los ocho años.

—Y lo cierto es que usted, por lo que he podido ver, ya posee alguna de las capacidades que enseñamos aquí: sabe leer, conoce la lengua de signos, lee los labios, y según creo tiene otras muchas habilidades que ha adquirido por su cuenta.

Ella mira de vez en cuando a Gaspar. No ha preguntado quién es.

Yo también le miro cuando Matilde Fiel hace una pausa. Veo de soslayo sus ojos de asombro, de admiración.

—Hablaré con el director —continúa ella, poniendo excesivo cuidado en el dibujo de las palabras—, porque si bien no podremos incluirla como alumna en nuestro plan de estudios oficial, hay otra posibilidad: el señor Barnils está intentando impulsar desde hace varios años un Laboratorio de la Palabra, y allí disponen de un aula complementaria en la que se estudian casos excepcionales, como el suyo.

Pere Barnils y su artículo de *La Vanguardia*: «Los sordomudos pueden y deben hablar por palabra articulada perfectamente clara e inteligible para todo el mundo».

Quedamos al día siguiente, en este mismo lugar. Por la tarde.

Entonces Gaspar y yo nos vamos a ver la fuente de colores.

¿Qué pasó después, Elizabeth? ¿Qué pinta el tal Gaspar en tu vida? ¿Por qué vive precisamente en esa masía?

Y otra cosa... ¿Aprendiste a hablar?

Pude ver a la mujer de Marçal al día siguiente. Él vino a buscarme al hostal en el que me alojo, fuera del alcance de todos los que vivieron en Los Cuatro Relojes. De Teresa, de Ángela y de Elizabeth Babel también. Quiero que me dejen pensar por las noches, cuando apago la luz y todavía amenazan con perseguirme en sueños. Soy viejo, ya lo he dicho, pero todavía me inquietan los sueños.

Marçal llegó de amanecida. Cuando bajé a desayunar ya estaba allí, sentado, con sus pantalones de sarga y las manos apoyadas en los muslos. Se levantó nada más verme. Ni siquiera me dio los buenos días.

—Señor Philippe, si quiere hoy puede ser un buen día para hablar con la Roser. Parece que está tranquila y se acuerda de las cosas.

Me bebí el café a toda prisa y le seguí por la carretera de Tossa. Él iba en bici y yo en el Fiat que había alquilado en Perpiñán. Mientras aminoraba la marcha para seguir al viejo Marçal, asombrado por la velocidad con la que pedaleaba, pensé que este hombre pertenecía a una raza que se está extinguiendo. Fuerte. Sólido. Leal. Gente que ha dedicado su vida a servir a otros sin que eso merme una pizca su sentido de la dignidad. Estoy seguro de que Teresa tenía con Marçal un vínculo muy grande. Natalia, la recepcionista, dijo aquel día que yo era como un padre para Teresa. Quizá esté equivocada, quizá lo más parecido a un padre que ella tuvo en vida era este viejo campesino que todavía espera que ella vuelva.

Cuando llegamos a la casita que hay en la parte trasera, junto al alcornoque, supe que me adentraba en el camino adecuado. Por un instante volví atrás, al momento en que Ángela Dennistoun descubre que su hija de quince años está embarazada. La casa de Marçal y Roser conservaba ese tiempo entre las paredes, atrapado en las cortinas de flores y en la tierra de los geranios, en la cocina con una vieja mesa de formica a la que posiblemente ella nunca se sentó.

No era como su madre, no. Claro que no.

Aunque el Marçal dijera a veces que las dos lo llevaban en la sangre, yo le digo a usted que la chica era distinta, más seria, más formal. También era menos simpática, desde luego, que parecía reconcomida, no sé si me entiende... Y no me extraña, después de lo que le pasó.

Pero la verdad es que ya era así antes de lo del embarazo. Yo se lo decía al Jaume, a ver si aprendes de la señorita Teresa, que nadie la manda estudiar y ella sola coge la bici y se va a la biblioteca. Ya podías aprender de ella. Y el Jaume se me revolvía, porque siempre tuvo celos de la niña, desde que eran pequeños; eso nadie me lo quita de la cabeza, estaba celoso, sí. Porque ella lo tenía todo: una madre guapa y moderna, una casa enorme, y gente bailándole el agua todo el tiempo. ¿Cree que no me daba cuenta? Pues sí, a una madre no se le escapa eso. Mi hijo le tenía una especie de veneración, tal alta, tan rubia, tan lista, y él bajito, siempre torpe con los estudios... Y al mismo tiempo, creo que le tenía inquina. No soportaba ver a su padre jugar con ella.

Bueno, eso pasó hace mucho. Y, al fin y al cabo, el Jaume es mi hijo.

Y luego, la señora. Caramba, con la señora Ángela…, esa sí que sabía vivir la vida.

Guapa, sí, y buena *mestressa*; pero un poco puta también. Yo no quería que mi Marçal anduviera cerca de ella, tenía celos, que los hombres, ya se sabe, no razonan cuando les ponen unas tetas en la cara.

Ah, que usted quiere que le hable de la chica… Dicen que se ha ahogado, ¿es cierto eso? Esa pobre muchacha… La vida no ha sido buena con ella, ¿verdad?

Sí, sí, que ya voy. Ya voy.

Lo que sé.

Un secreto que teníamos que guardar. Y usted quiere ahora que lo descubra. ¿Sabe qué le digo? Que el demonio hace las ollas, pero no sabe hacer las tapaderas.

Pues el caso es que aquella época fue tremenda. Lo del embarazo y eso, quiero decir. Lo de la criatura…

Verá, cuando la señora Ángela se enteró de que la chica estaba embarazada se volvió loca. Empezó a decir que había sido el tal Pablo, el pintor aquel que era más tieso y afilado que una guadaña, sí, uno de sus amantes, de los muchos que tuvo, que hay que ver esa mujer, no sé de dónde diantres sacaba a los hombres, pero los tenía siempre apiñados, iban detrás de ella como las moscas detrás de la melaza. Que a mí eso me la traía al fresco, por nosotros podía tener todos los líos que le diera la gana, de su cuerpo usaba, pero los derroteros que estaba tomando la vida de la chica no nos gustaban ni una pizca. Ni al Marçal ni a mí.

Mire que me acuerdo de ese día como si lo estuviera viviendo ahora mismo… Porque en aquella época no había paredes en la casa, quiero decir que paredes reales sí había, lo que no había era intimidad, ni decencia, todo estaba al aire… Y nosotros lo veíamos. Y lo oíamos. Era como si también nos pasara. La chica acorralada, la madre queriendo llamar a la Guardia Civil para que detuvieran al tal Pablo, la muchacha llorando desconsolada… Y al final confesó.

No nos enteramos muy bien, parece que la cosa había pasado lejos de aquí, en esa ciudad de la que eran ellas, Bilbao, en las Vascongadas dicen que está. La chica había vuelto allí para el entierro de su padre, la señora ni se molestó en ir. También sabíamos que había ocurrido una desgracia familiar, un sobrino que se había ahogado en circunstancias raras. Ya ve, como ahora la señorita Teresa… El caso es que, al principio, por cómo lo contaba la muchacha, todos entendimos que quien la había dejado preñada era el primo. Pero luego parece ser que no, que fue un amigo del *noi*, y a mí me entró un no sé qué al pensar que la chica estaba cayendo en los mismos vicios que la madre. Nunca lo hubiera creído, parecía tan seria, tan cabal…

Bueno, el caso es que aquí la tuvimos, con la tripa que crecía, hasta que dio a luz. Fue en el hospital de Palamós.

No me acuerdo de cuándo vinieron exactamente, pero eran dos mujeres, bastante estiradas, muy bien vestidas, con ropas buenas. La más alta parecía un sargento, llevaba un collar de perlas con tantas vueltas que pensé que se iba a ahogar con él. La otra era, por lo que pudimos entender, la tía de la chica, la madre del *noi* que se había ahogado.

El Marçal tuvo que ir a recogerlas a Palamós. No sabíamos a qué venían, pero nos imaginamos que a conocer al recién nacido, era lógico. Pero a mí no me dieron buena espina esas dos señoronas. Pensé enseguida que algo malo venía con ellas.

Luego oí una conversación. No me quedó otro remedio, porque estaban tan alteradas que les daba lo mismo que las oyeran que no. La señora Ángela, la chica y el bebé habían vuelto del hospital ese mismo día y estaban todos en el salón, el niño en su moisés, las dos mujeres sentadas, tiesas como palos, la señorita Teresa más alicaída que de costumbre, y eso que no había levantado cabeza desde que su madre se enteró de lo del embarazo, que la pobre parecía un alma en pena.

La señora Ángela dijo que no iban a quedarse con el niño, que lo darían en adopción.

—Eso es una locura, no puedes hablar en serio.

—Os lo dije por teléfono, mi hija solo tiene quince años, no puede criar a un hijo ella sola, y menos en este caso. Se aprovechó de ella cuando estaba en estado de shock y eso para mí es una violación. Como comprenderás, nosotras no podemos cargar con las consecuencias.

La del collar de perlas saltó como si tuviera un muelle en la lengua.

—Juantxu no es un violador, por Dios bendito, si es el chaval más bueno del mundo. Pregúntale a tu hija, ella sabrá lo que hizo y lo que no hizo.

—Teresa era una niña… Solo tenía catorce años. El tuyo veinte.

—¿Y qué? A lo mejor le provocó y luego no supo pararle… Que nosotros somos una familia católica, decente y formal, pero eso no quita para que los hombres sean hombres, creo que tú sabes mejor que nadie a qué me refiero. Y desde luego, ahora no vamos a permitir que un nieto mío vaya a parar a la inclusa.

—No estamos hablando de la inclusa, sino de buscarle una familia adecuada.

—¿Adecuada? Tú estás loca. La única familia adecuada para esta criatura es la suya.

—Bueno, pues hazte cargo tú, que también eres su abuela.

Y la otra, con el muelle en la lengua:

—Pues si tengo que hacerlo, lo haré. A mí no se me caen los anillos por criar a un chiquillo, he tenido seis hijos y todos han crecido sanos y felices. No voy a consentir ahora que sangre de mi sangre vaya a parar a no se sabe dónde.

La tía de la chica, que hasta entonces apenas había abierto la boca, dijo:

—Ángela, piénsalo bien. Esta sería la mejor solución. Teresa podría ver al niño siempre que quisiera. Te aseguro que no le va a faltar de nada.

Y entonces, la señorita Teresa levantó la cabeza y dijo:

—Si os lo lleváis, yo no quiero verle ni que me contéis nada. Solo quiero que le llaméis Mikel y que nadie le hable nunca de mí.

Así se hizo la cosa. La tía de la chica y la del collar de perlas se llevaron al *nen*. Ese mismo día.

La señorita Teresa no volvió a ser la misma y un par de meses más tarde la señora la envió a estudiar a Perpiñán, donde ellas habían vivido un tiempo, para ver si poco a poco se le iba pasando el mal trago. La mandó interna, a un colegio muy caro, y allí se pasó dos o tres años.

Ya ve cómo se deshacen los ricos de los problemas. Con dinero. Si tienes cuartos, puedes solucionarlo todo. Ojalá yo hubiera podido mandar al Jaume a un colegio cuando empezó con las drogas…

Y mientras tanto, la señora Ángela seguía haciendo su vida. Creo que no echó en falta a la chica ni una sola vez. Claro que no le daba tiempo. Esto era el acabose. Gente para arriba, gente para abajo, un barullo como el de los mejores tiempos. Creo que fue por aquella época cuando vinieron otra vez los americanos.

Que sí, Marçal, que fue entonces...

Este se cree que he perdido la cabeza, pero yo me acuerdo de todo.

Teresa volvió a casa por Navidad.

Jack Devine y la chica de las gafas de ojo de gato ya estaban allí.

También había venido con ellos un tipo raro, con el pelo teñido de amarillo como el de los polluelos de Marçal, que se llamaba Ray Bonezzi y llevaba una casaca rusa bordada en rojo. Alto, mucho más que Jack y con un aspecto menos inofensivo que él.

—Tesoro, mira quién ha venido a vernos. —La alegría de la madre parecía tan real que solo con su sonrisa podía desarmar a cualquiera.

Jack se acercó a Teresa y la cogió por los hombros. Parecía más bajo y más insignificante que seis años atrás.

—No me lo puedo creer. —La voz, infantil y chillona, seguía siendo la misma—. Mírala, pero si el patito se ha convertido en cisne...

Teresa llevaba un abrigo negro, largo, y dentro una minifalda de tela de tapicería. Más dentro aún, un maldito hueco que iba a querer ignorar durante toda su vida.

Apenas había dejado la maleta en el suelo del salón y la vida de la madre ya la invadía por completo. Jack Devine, la chica con las gafas de ojo de gato y un desconocido con el pelo teñido de amarillo. ¿Por qué?

Esa misma noche, durante la cena, se dio cuenta de que ya no tendría vida propia hasta que regresara a Perpiñán. Temió volver a lo de antes, a ser una simple comparsa que ve sin entender, que presencia cosas fuera de su alcance, que se deja llevar hacia lugares a los que nunca habría querido ir.

La chica de las gafas se llamaba Ashley Krull y era escritora. ¿Qué hacía siempre alrededor de Jack? ¿Eran amantes o solo amigos? ¿Quién era aquel tipo del pelo teñido de amarillo al que llamaban Ray y que olía como si se hubiera echado encima un frasco entero de pachulí? En aquella casa nunca había tiempo de hacer preguntas.

Pero algo iba a cambiar. Tenía que cambiar.

Dos o tres días después de regresar al hogar materno, Teresa no tuvo más remedio que reconocer que empezaba a gustarle Jack Devine. Era mejor que todos aquellos desconocidos que desfilaban por Los Cuatro Relojes sin aportar nada; mejor que los hijos golfos de la burguesía barcelonesa, que siempre andaban arrastrando las palabras con una indiferencia tan impostada como su modernidad, mejor que los pintores, fotógrafos y actores, que consumían ácidos y cocaína para potenciar su inspiración, que los músicos con las venas taladradas, y desde luego mucho más real que aquellos patéticos imitadores de Truman Capote o Tennessee Williams. Sí, Teresa ya sabía quién era Tennessee Williams. Había visto en el cine de Perpiñán un ciclo con todas las películas basadas en sus obras de teatro. Se metía en la sala a las cuatro de la tarde y solo salía para ir a cenar a la residencia. Horas y más horas. Llenas de imágenes que ahora creía poder entender. Se quedó fascinada con *De repente, el último verano*. Le hizo recordar la vez en la que su madre, Jack y ella estaban en la cala de Begur. El bañador de lunares. Huecos vacíos.

Y ahora, de pronto, le gustaba aquel hombre chillón que antes se pegaba unas palizas tremendas con sus amantes y que vaciaba las botellas de bourbon como si fueran agua.

Además, Jack había dejado de beber. Y eso le gustó más todavía.

Empezó a sentarse con ellos en el salón, durante las noches del tormentoso invierno, con la chimenea encendida y las colillas de Pall Mall rebosando de los ceniceros. Ahora ella también fumaba. Y encendía sus cigarrillos Benson & Hedges con un mechero de plata que tenía un fox terrier esmaltado en el frontal. ¿Dónde habías encontrado ese viejo encendedor, Teresa? ¿También en el armario de palosanto?

Lo cierto es que, durante ese tiempo de vacaciones, Teresa fue razonablemente feliz. Jack, al que siempre había odiado en secreto, y ella se hicieron amigos. Cómplices. Sentía el afecto de él, amplio y limpio. Y era como si no lo mereciera. Pero al mismo tiempo quería más, deseaba estar a su lado, que la hiciera reír, asistir a las divertidas discusiones intelectuales que mantenían Ashley y él. ¿En qué lugar dejaba eso a la madre? Ángela no era tan culta como sus amigos americanos; en su presencia resultaba banal, frívola, inconsistente. O al menos, a Teresa se lo parecía.

Algo que había ocurrido durante la estancia en la casa de Pablo el pintor seguía allí, entre madre e hija. Una rivalidad extraña, indefinida, pero latente. La niña rubia con un manojo de espigas apretado contra el pecho era la única que podía guiar al minotauro en la noche. Por primera vez, Teresa se colocó en el centro del escenario, opinó sobre películas, directores, actrices, sobre libros, sobre pintores que estudiaba en clase. El Renacimiento italiano, los retratos de la pintura holandesa, las esculturas de Brancusi…, todo lo que los americanos, fuera cual fuera su profesión, no podían dejar de admirar.

El grupo se dividió muy pronto. Como si les hubieran pasado

una cuchilla partiendo en dos el salón. De un lado, Ashley, Jack y Teresa. Del otro, la madre y Ray, el tipo del pelo amarillo que fumaba marihuana sin parar. Cada uno fue cayendo en el lado que le correspondía.

Y sin saber cómo, una tarde se encontró dando un largo paseo por la playa de Port de l'Alba con Ashley Krull.

En Navidad, la Costa Brava se quedaba casi vacía. Los forasteros regresaban a sus casas para celebrar las fiestas en familia y Port de l'Alba se volvía un poco más pueblo, como si les sacaran lustre a los comercios anticuados o a las casas de comidas. Todo el pueblo regresaba, como por arte de magia, a un par de décadas antes.

—Jack se está muriendo.

Teresa se paró en seco. Ashley se apretó el cuello de la chaqueta de lana.

—¿De qué?

—Un cáncer. No tiene vuelta atrás. Dice que quiere morir en España, alquilar una casa por aquí, en la costa, y tumbarse al sol.

—Pensaba que estaba preparando una nueva película...

Ashley continuó caminando. En la arena húmeda quedaban las huellas de sus botas militares. Teresa la alcanzó.

—¿Di? ¿No era eso? —insistió ansiosa.

Ashley se volvió hacia ella. Tenía los labios crispados.

—Se engaña a sí mismo. No podrá, pero es bueno que lo crea. Incluso que lo intente.

Guardaron silencio. El mar hablaba alto cuando rompían las olas, con voz sinuosa cuando se retiraban.

—Tu madre no sabe nada —dijo de pronto Ashley—. No se lo digas.

Y luego un día.

En la radio solo podía oírse la retransmisión del sorteo de la lotería.

El cartero trajo una tarjeta de Navidad. En un sobre de color granate.

—¿Has visto? Nos la envía Salvador.

¿Salvador? ¿Qué Salvador?

—Dalí, cariño, Dalí. ¿Qué otro Salvador conoces?

¿Aquel chiflado que quería pintar a su madre desnuda y haciendo el puente, mientras él se comía un plato de paella sobre su vientre?

La felicitación era bastante rara, como todo lo suyo: un abeto azul, con una mariposa en la punta, y unos ángeles muy poco tranquilizadores que iban encendiendo velas en cada rama. A los pies del abeto la gente levantaba los brazos y parecía correr de un sitio para otro. Aquello no era una estampa navideña. Más bien recordaba a uno de esos incendios estivales que arrasan los montes.

—Tenemos que conseguir que nos enseñe el cuadro, Ángela.

Jack estaba empeñado en conocer a Dalí. Teresa no podía dejar de pensar en que pronto moriría. ¿Dónde? ¿Cómo? ¿En los brazos de quién?

—¿Qué cuadro? —preguntó Teresa.

—Ese en el que pintó a tu madre —respondió Ashley—. Jack quiere hacer un documental sobre Salvador Dalí, pero hasta la fecha no ha conseguido que nos reciba. A ver si a través de Ángela, y con la excusa de que nos enseñe el cuadro, hay algo más de suerte.

Teresa interrogó a su madre con la mirada. ¿Lo había hecho? ¿Al final se había desnudado para que aquel botarate comiera paella sobre su tripa?

La madre sonrió y se encogió de hombros. ¿Cuándo había pasado eso?

Quizá fue en ese momento cuando se dio cuenta de que Ray cogía a la madre por la cintura y se comportaba como un gallo presuntuoso.

¿Y esto otro? ¿Cuándo había pasado? ¿A qué hora, de qué noche? De repente, ganas de vomitar. Bajo las palmeras.

Y al día siguiente. Solo al día siguiente...

Después del desayuno.

—Nos vamos a Figueres, tesoro. ¿Vienes con nosotros?

Ángela lleva un abrigo afgano de piel de cordero. El pelo rubio y largo, partido por una raya imprecisa, como su mirada.

—¿A Figueres? ¿A qué?

—Jack y Ashley quieren ver el nuevo Museo Dalí.

Lo había visto en la televisión francesa, el día de la inauguración, un montón de hombres viejos, con trajes grises y gafas, Salvador Dalí con un abrigo de piel sobre los hombros y un bastón con la empuñadura de plata..., un muchacho disfrazado, que parecía el paje de los Reyes Magos, y una mujer dentro de una estrella. Todavía recordaba cuando Dalí y su secretario se paseaban por la Costa Brava con aquel cachorro de leopardo. Un ocelote, decían que era.

—¿Te gusta Dalí? —le preguntó Ashley.

A ella solo le parecía un comediante de tomo y lomo. Y lo dijo. Jack se rio.

—Quince años y ya tiene una opinión bastante acertada. Ven, querida, que nos reiremos un poco. Dice tu madre que nos recibirá en Port Lligat.

Lo único que le gustó del museo fue la cúpula geodésica. Y luego, volver a la casita de Port Lligat, donde una vez se había bañado entre las barcas y había salido con los pies cubiertos de alquitrán.

No vieron a Dalí. Tampoco esta vez. Pero un hombre que se llamaba Enric Sabater y era ahora el secretario del pintor, recibió al grupo y les habló del cuadro.

Así que era cierto. El cuadro existía.

—Tendría que mirar con calma. Hay obra del maestro dando vueltas por medio mundo. Solo puedo deciros que si está en Figueres, en Púbol o aquí, lo encontraré rápidamente… De lo demás ya no respondo; esto es un desastre.

Teresa se preguntó dónde estaría aquella mujer alta y de voz grave que había conocido en la fiesta de Paul Bertrand.

—¿Y cree que el maestro podría recibirnos hoy? —preguntó Jack con su torpe español.

Sabater les miró desolado.

—Pero Dalí y Gala están en Nueva York. ¿No se lo han dicho?

Teresa solo había visto una vez en su vida al famoso pintor. Fue en aquella fiesta en el jardín de Paul Bertrand; pero no se acordaba de él, de esa noche solo podía recordar a la modelo amiga de Dalí y al bueno de Philippe, que sería siempre su maestro de esgrima y una especie de padre bonachón e implacable en sus críticas. Ahora creía entenderlo todo. Seguramente fue esa noche cuando le propusieron a Ángela que posara para el maldito cuadro. Posiblemente sucedió así.

Jack se sentía completamente defraudado. No obstante, visitaron una especie de estudio en el que no había traza alguna de trabajo reciente, y comentaron varios cuadros que parecían sin acabar. Luego, ese mismo día, fueron a ver una casa que Jack quería alquilar.

Estaba a cierta distancia de Port de l'Alba, en lugar llamado la Roca de Malvet.

Era una casa sencilla para lo que se veía por la zona. Una gran terraza, con barandilla de piedra, y unas escaleras que bajaban hasta la carretera entre paredes tapizadas de buganvillas. Estaba en buen estado y era confortable, pero las vistas desmerecían mucho. Jack dijo que no quería tener otras edificaciones entre el mar y él.

Fue entonces cuando Teresa se acordó de Punta Carbó.

—Yo conozco una casa en el camino de Tossa. Está sobre el acantilado. Pero no la alquilan, se vende.

La madre la miró extrañada.

—Y tú, ¿cómo sabes eso?

Teresa no respondió.

Punta Carbó… El fin del mundo. Era una vieja casucha, pequeña y compacta, con el tejado recién reparado, pero en general bastante destartalada. Un dormitorio, una salita no muy grande, la cocina y un retrete que no tenía ducha. El mar batía inclemente en las rocas del acantilado, los pinos se inclinaban hacia el abismo y el horizonte era tan extenso que parecía no tener fin.

Ángela le dijo a Jack que allí no se podía quedar, que la casa no tenía condiciones y que por ella podían seguir en Los Cuatro Relojes todo el tiempo que quisiera. Pero Ashley y Teresa comprendieron de inmediato que Jack tenía otros planes. Las dos supieron que era el lugar donde deseaba morir.

Roser, la mujer de Marçal, parece lúcida algunos ratos. Otros, todo lo que dice es muy confuso. Pero yo trillo sus palabras, separo el grano de la paja y llevo los acontecimientos por el camino por donde me parece que deben ir.

Relleno los huecos que faltan. La verdad precisa de la imaginación; sin ella es incompleta y seguramente mucho más falsa. Así que invento. No puedo hacer otra cosa.

Invento.

Las cartas de Elizabeth Babel siguen sin fecha en el sobre.

Querida Elizabeth:

Aquí estoy, con más novedades, que no son buenas.

A Ferran le dio una apoplejía a principios de enero y se quedó como tonto, sin habla y sin poder moverse apenas. Había que darle de comer, porque a veces parecía que se le olvidaba tragar, bañarle y vestirle. La pobre Quima era demasiado mayor para hacerse cargo de él; aguantó como pudo, pero luego tuvimos que tomar una decisión. No lloraba, pero estaba deshecha. Cada vez que movíamos a Ferran entre las dos, bien fuera para ponerle en pie como había dicho el médico, o para asear la cama, ella se pasaba el tiempo murmurando *Pel mes de febrer un dia dolent i els altres també*, con una voz tan sombría que daba miedo.

Se han ido los dos a su pueblo, a vivir con una sobrina que les cuidará en sus últimos años. La despedida fue terrible. Quima y Ferran han pasado aquí treinta años, casi toda su vida, y yo no sé qué voy a hacer sin ellos. Sigo guardando debajo de mi colchón aquel proverbio chino que recorté del periódico, pero ahora un día ya no dura tres otoños por Pye; ahora mi añoranza solo tiene el rostro y las manos de Quima. A veces el rostro se desvanece y solo me quedan las manos: manchadas de harina, de pecas, de quemaduras del horno y de la plancha. No recuerdo muy bien lo que sentí cuando murió mi madre, pero sospecho con pesar que no la eché tanto de menos.

A veces pienso que solo escribo estas cartas cuando ocurre una desgracia. No sé por qué, pero los seres humanos nos hemos acostumbrado a medir la vida con la vara de la tragedia. Es como cuando estudiaba y me preguntaba por qué en los libros de historia solo se hablaba de las guerras y nunca de lo que le ocurría a la gente en tiempos de paz; a mí me hubiera gustado saber cómo cocinaban, con qué se divertían, qué inventaban... Siempre quise saber lo que pasaba entre batalla y batalla, pero los libros no contaban nunca eso. Y ahora, mira por dónde, yo hago lo mismo.

Bien, Quima se fue dejando un hueco enorme, algo así como un agujero en el paisaje, y yo he intentado entretenerme con las cosas que me gustan, pero es difícil no pensar continuamente en ella. Tengo los relojes, es cierto, y me parece una suerte enorme poder dedicarme a su cuidado durante horas. Cuando estuve esos siete meses en Barcelona, con el doctor Barnils, los relojes dejaron de funcionar porque nadie los cuidaba. Y cuando regresé a Port de l'Alba pasó lo de Ferran y ya no tuve tiempo de nada. Me costará mucho volverlos al estado de antes. El Canseco está bloqueado, porque la suciedad ha ocasionado un exceso de rozamiento en los engranajes, y al Girod habrá que rectificarle los ejes y reajustar las coronas de los tambores. Tengo que pedirle a Gaspar que me lleve a Barcelona para encargar algunas de las piezas que no se pueden recuperar.

Sí, Gaspar sigue ayudándome. Ya te contaré.

Y sí, también estuve en la escuela de Pere Barnils. Y aprendí a emitir sonidos; no hablo, eso no, pero puedo hacer vibrar las cuerdas vocales como quería mi padre cuando jugábamos a poner mi mano en su garganta y luego en la mía. Él intentaba que pronunciara mi nombre, Elizabeth, pero nunca lo conseguí. Ahora tampoco puedo decir Elizabeth, pero sí Lizzie. Quima se echó a llorar de alegría hace unos meses, cuando volví de Barcelona sabiendo decir mi nombre.

Lizzie.

Yo.

Recuerdo lo excitada que estaba cuando le mostré el audífono. Y que ella se santiguó tres veces cuando le pedí que dijera en voz alta una palabra, la que quisiera, pero de espaldas a mí, para que no le pudiera leer los labios. Dijo *noia*, en catalán. Y yo escuché mi propia voz que salía de la garganta y repetía *noia*. Luego nos abrazamos y nos echamos a llorar las dos. Si me vieras ahora, Quima... Si me vieras ahora, padre... Y tú, Pye, el lejano y feliz Pye, que sigues en esa ciudad del norte, casado con otra, viviendo tu vida al margen de lo que nos ocurre en Port de l'Alba, si me vieras...

Es cierto. He mejorado mucho. Ninguno de vosotros los sospechabais, solo mi padre. El caso es que ahora puedo oír algunas cosas cuando uso el amplificador de bulbos, no muchas, porque la distorsión de estos aparatos todavía es grande y me confunde. Además, es demasiado pesado para llevarlo todo el tiempo conmigo, tiene el tamaño de una caja de zapatos y, aunque lo puedo meter en una bolsa, sigue siendo incómodo. Consta de un transmisor, un amplificador y dos baterías, una de bajo voltaje para calentar los filamentos de los tubos y otra de alto voltaje para los circuitos del amplificador. Pere Barnils insiste en que pronto se construirán audífonos de una sola pieza y que serán más pequeños, para que los sordos podamos llevarlos en el cuerpo unidos al oído por un cable. Pero ya veremos…

¿Sabes lo que más me gusta oír? El sonido del mar. A veces, en los días de cielos azules y tranquilos, cargo con el audífono y bajo a la pequeña cala que hay debajo de la casa. Ferran hizo unas toscas escaleras, poniendo piedras en unos burdos escalones de tierra que fue trazando con su azada. Son piedras lisas, de apariencia firme, pero en cuanto hay una tormenta se desprenden y precipitan cuesta abajo, dejándolo todo tan mal como siempre. La cala está medio escondida, abrazada por dos puntas rocosas salpicadas de pinos que se adentran en el mar. Las olas van y vienen, las gaviotas planean por encima de la pequeña playa de guijarros y no hay otra presencia humana que la mía. Solos el mar y yo.

Es cierto que el aparato distorsiona la realidad, eso me han advertido, y de hecho he podido comprobarlo con las voces: cuando hay más de una persona hablando no consigo distinguir las palabras, solo un ruido que me hace desenchufar el audífono a toda prisa. Pero aquí es distinto.

Hay un flujo constante. Como un susurro inacabable. Las olas, pequeñas y suaves, entran deslizándose, saltando sobre la punta de alguna roca sumergida, y se desvanecen contra los guijarros de la orilla. Me quedo allí, escuchando algo que no sé muy bien si es la realidad o una mezcla entre realidad y mecánica. Las gaviotas me evitan y yo me quito la ropa y dejo que me acaricie el sol. El audífono no me estorba.

Cierro los ojos para no ver. Y entonces estoy solo en manos de los sonidos.

El murmullo del mar, el soplido suave del viento y las olas, sumado a la distorsión que produce el propio audífono, crean una sensación de caos que me gusta. No puedo evitarlo. Me traen al recuerdo el naufragio de aquel barco en el que murió Enrique Granados. Y de pronto, con los ojos cerrados como en una sesión de magia, les pongo sonido a las imágenes que tantas veces he construido por mi cuenta. Ese ruido, lleno de otros ruidos que no es posible separar, me hace pensar en lo que sentiría ese hombre dentro de la barca de salvamento: el estruendo del oleaje, los gritos de los que se ahogan y que en mi caso solo son gaviotas, el fragor del barco hundiéndose, todo a la vez, en la noche, mientras busca desesperado a su mujer entre las olas.

En fin... Sigo siendo una fiel defensora de la mecánica, de los artilugios que en este siglo mágico se inventan sin cesar. Y tengo la firme esperanza de que muy pronto los hombres inventen un aparato tan pequeño como una nuez, que yo pueda llevar en el oído sin que se note y con el que pueda distinguir los sonidos limpios y claros. De momento solo es un sueño. Dice el doctor Barnils que tengo que volver a Barcelona sin falta, que todavía necesito educar mis cuerdas vocales. Que debería pasar allí al menos seis meses más. Ya veremos...

A pesar de todo, yo estoy contenta con mi audífono. ¿Sabes lo que más me gustaría oír, aparte del sonido del mar, lo que de verdad me haría feliz? Escuchar cómo suena la música. Eso que leo tantas veces en las revistas y los periódicos, las notas, los acordes del piano, los solos de violín y la grandiosidad del órgano. Eso que los demás siguen teniendo y yo no. Por mucho que avancen los tiempos, por más que me esfuerce en aprender, la música sigue fuera de mi alcance.

Y ahora sí, voy a hablarte de Gaspar.

Verás, cuando me acompañó a Barcelona yo no sabía quién era. El caso es que cuando salí de la entrevista con el doctor Barnils, feliz porque me hubieran aceptado, él estaba esperándome en la puerta del laboratorio. Matilde Fiel también había estado presente mientras me hacían las pruebas y, al saber que había posibilidades, me convenció para que me quedara en Barcelona y me ofreció alojamiento en la Residencia de Señoritas Meyer, que está en Pedralbes. Fue para mí una alegría indescriptible. Salí como flotando. Y al ver a Gaspar en la puerta, no pude evitarlo, me arrojé loca de contento en sus brazos.

No le había visto reír hasta ese momento.

Aquellas encías... Oscuras, como llenas de sangre acumulada.

Le eché sin contemplaciones. No me importó en absoluto quedarme sola en Barcelona. Le di dinero para que cogiera el autobús de Tossa y ni siquiera le expliqué por qué lo hacía. Creo que él ya sabía mis motivos. O quizá no. A lo mejor para él no significó nada manosear a una muchacha muda en el balneario de Port de l'Alba, sabiendo que no podría gritar, mientras se reía con la boca abierta y sus amigos jaleaban su temprana hombría. Milton Finch me libró de él entonces, pero ahora Milton no estaba y, aunque estuviera, yo ya no lo necesitaba para nada. Porque no era la chiquilla indefensa de antes, ahora podía llevar las riendas sin que nadie me las sujetara. Iba a oír. Iba a aprender a hablar. ¿Quién era Gaspar para enturbiar eso?

Luego, cuando Quima y Ferran se fueron, vino una tarde a verme. Me dijo que no debía quedarme sola, que necesitaba a alguien en la casa y que él podía quedarse si yo quería. Me dio la impresión de que o no tenía ni idea del motivo por el que le había echado unos meses antes, o que si lo sabía eso no le preocupaba gran cosa. Es muy posible que no recordara la escena del balneario, o quizá sí, quién sabe... A los hombres estas cosas se les olvidan fácilmente, pero yo no lo había olvidado en absoluto.

—¿Sabes por qué te eché? —escribí en mi libreta.

Gaspar se encogió de hombros y desvió la vista. No quería que lo hiciera porque necesitaba leer la respuesta en sus labios.

—Solo éramos unos críos —dijo avergonzado.

Avergonzado, pero repetía la misma estupidez que habían dicho los guardias aquel día. Me indignó aún más. Le cogí del brazo y le obligué a que me mirara.

—Yo también era una niña —escribí—. Y no podía defenderme.

Gaspar me miró muy serio.

—Estuvo mal.

Me sorprendió porque parecía sinceramente arrepentido. Pero yo aún no estaba satisfecha.

—Si ese día no aparece Milton Finch, ¿hasta dónde habríais llegado?

Seguía mirándome.

—No lo sé.

Dudé. Algo en mí se iba aflojando como un nudo que de pronto no tenía nada que atar. El odio y el rencor no ayudan a vivir. Ocupan demasiado espacio. Notaba cómo la escena del balneario iba perdiendo virulencia al toparse con aquel hombre hecho y derecho, que parecía arrepentido de algo que hubiera hecho otro. Había borrado al chiquillo para dejar paso al Gaspar de ahora. Eso es una gran mentira, un truco para no sentir demasiados remordimientos, para creer que somos ajenos a nuestros actos más vergonzosos. Lo sé muy bien. Tengo en mi casa un rosal de Alejandría que Quima y yo hemos cuidado durante años. Perdemos una parte de nosotros mismos en el camino de la vida y, casi siempre, es la parte que menos nos apetece recordar.

Además, tampoco yo era la chiquilla acobardada de entonces. Había vivido sola en la Residencia Meyer, había conocido a mujeres que llevaban pantalones y chaleco, que investigaban enfermedades, que pintaban cuadros y escribían obras de teatro. Mujeres que no necesitaban a ningún hombre para vivir su vida.

Pero ellas no eran sordas y yo sí.

Dudé. Sí. Pero no por mucho tiempo. Gaspar tenía razón: todo sería mucho más fácil si no estaba sola.

Le dije que se quedara, que se podía instalar en la casita de Quima y Ferran.

Entonces me pidió otra cosa: si podía traer a su hermana para que viviera con él.

—Para evitar las habladurías en el pueblo —me dijo.

A mí me importaban un bledo las habladurías. Tenía un quintal de esa basura acumulado desde el principio de mis días.

—Y por lo que pueda decir la familia de usted —añadió Gaspar.

Esa es otra… Mi familia. Como si les importara algo lo que yo hiciera o dejara de hacer.

La hermana de Gaspar también era muda, creo que ya lo he dicho en algún momento, así que también esa idea me pareció bien. A lo mejor podía enseñarle a hablar con signos o a leer los labios. ¿Oiría algo si le ponía el audífono?

Accedí. No sé muy bien por qué. No podría explicarlo. Como decía la buena de Quima, el corazón no habla, pero adivina.

Estoy llegando al final. La policía española pretende archivar el caso y el cuerpo de Teresa sigue sin aparecer. Digan lo que digan, yo estoy seguro de que no cayó por aquel acantilado.

Me quedan ya pocas entrevistas antes de regresar a Perpiñán. Tengo que hablar con todos los que la conocieron porque siento que, si no lo hago ahora, puede que no lo haga nunca. Quién sabe cuándo podré volver a Port de l'Alba.

Hoy me he acercado a Can Ferrer, la masía donde vive Gabriel Serra, el amigo de Teresa. Desgraciadamente él tampoco ha sido de demasiada ayuda. Gabriel también cree que está muerta.

Le agradezco que haya venido a mi casa. Yo no tengo valor para ir al hotel. No podría. Ha pasado casi un año y todavía se me va la cabeza cuando pienso en Teresa. Esta incertidumbre… No saber qué ha ocurrido, cómo ha muerto. A veces pienso que se tiró por el acantilado, pero eso no es posible. Ella no era así, no pudo hacerlo. Y otras, pienso que alguien la ha matado. Pero tampoco. ¿Quién iba a querer hacer daño a una mujer como ella? No lo sé. Le juro que no lo sé.

Usted está haciendo lo que debe, no se preocupe. Ojalá yo fuera capaz.

¿Qué podemos contarle? Ni mi hijo ni yo sabemos nada que pueda arrojar luz sobre ese día. Hemos repasado minuto a minuto la última vez que nos vimos, los tres, en el hotel; ella nos invitó para despedir a Max que se iba a Barcelona a seguir con sus estudios, y no hemos conseguido encontrar nada que pueda servir. Estaba normal, si acaso un poco preocupada con el tema económico, pero nada más.

Mi hijo está en Barcelona, estudia allí empresariales, pero si quiere puede hablar con él este viernes. Siempre viene por aquí los fines de semana, ya sabe, a comer bien y a lavar la ropa. Bueno, y porque tiene una novia en el pueblo.

¿Si creo que Teresa está viva? No. Aunque me duela en el alma, no lo creo. ¿Y sabe por qué? Porque sé lo que el hotel, la casa, mejor dicho, significaba para ella. Le importaba más que cualquiera de nosotros; puede parecer duro esto que le digo, pero lo creo a pies juntillas. Teresa nunca se habría ido sin arreglar las cosas, sin vender la casa a un buen comprador, alguien que cuidara bien de la finca. Estaba muy unida a ese lugar. Entiéndame, unida de un modo profundo, no como alguien que se aferra a una herencia, más bien como si de los cimientos de la casa arrancara su vida. Yo le ofrecí ayuda económica cuando empezaron las dificultades, pero nunca quiso aceptarla.

Soy economista. Estoy acostumbrado a las crisis financieras. Pero sé que esto no era cuestión de números, ni de debes y haberes, ni siquiera de presupuestos. Era un problema del alma, si es que el alma existe. De dentro.

¿Cómo nos conocimos? El mismo día que llegamos aquí.

Mi mujer murió de un cáncer de páncreas. Estuvo más de un año enferma. Cuando falleció, Max y yo nos fuimos de Barcelona, compré esta masía abandonada y nos trasladamos aquí. Fue una apuesta arriesgada; ninguno de los dos teníamos el más mínimo vínculo con la zona, ni con la vida en el campo, no sabíamos distinguir un olivo de un algarrobo. Pero no tuve otra opción. Mi hijo estaba hecho polvo y no podíamos seguir en la misma casa en la que mi mujer había muerto. Mejor dicho, en la misma casa en la que mi mujer había vivido. Había que continuar en otro lugar, empezar de nuevo.

El caso es que nos trasladamos aquí. A probar. Llené una furgoneta con las cosas de Max y las mías, sin desmontar del todo nuestro piso de Barcelona, y nos vinimos antes incluso de empezar las obras. Estaba muy abandonado, pero ya ve usted, la masía está lo suficientemente alejada de la costa para no alimentar la voracidad de los constructores. Tiene terreno, viñas viejas y paredes sólidas. Así que mi idea era ir restaurándola poco a poco.

Llegar a Port de l'Alba es fácil, pero dar con este lugar no lo era tanto. Nos perdimos. Di vueltas y más vueltas por los alrededores y acabé parando en el hotel para ver si allí nos podían indicar cómo demonios llegar a nuestra futura casa.

Fíjese, cuando pienso en Teresa siempre la recuerdo como la vi ese día; la imagen vive dentro de mí con tanta fuerza que a veces me parece la única que conservo de ella. Era una mujer bellísima, aunque llevaba unos pantalones arrugados y una simple camiseta de tirantes. Alta, esbelta, con unos ojos impresionantes y un rostro perfecto. Estaba arreglando un rosal, cortaba las ramas con una tijera curva y las echaba en una carretilla.

Fue bastante amable. Más que eso. Me dio las explicaciones pertinentes, pero luego, cuando ya me dirigía a la furgoneta, me llamó.

—Espere —dijo quitándose los guantes—. Cojo mi coche y les enseño el camino, porque van a volver a perderse.

Nos llevó por el interior. Un pinar, campos de olivos, árboles con la corteza cortada y el tronco rojizo. El paisaje resultaba mucho más agradable, más auténtico que la zona de la costa. Ni una sola huella de instalaciones turísticas.

Cuando llegamos a Can Ferrer, ella se bajó también. Max no había visto la casa, estaba enfurruñado y apenas saludó.

—Joder, que asco —fue todo lo que dijo.

—Lo siento —me disculpé avergonzado—. Mi mujer ha muerto hace unos meses y el chico está muy afectado.

Ella se hizo cargo. Se ofreció a ayudarnos con los bártulos. Le dije que de ningún modo, que en todo caso podía ofrecerle una copa de vino que llevaba en la furgoneta y ella aceptó. Incomprensiblemente, aceptó.

Debo confesar que yo no tenía ningún pálpito seductor en esos momentos. Por muy guapa que me pareciera y por muy atractiva que resultara su camiseta de tirantes. Max se metió en la masía, y yo saqué dos sillas viejas al poyete de piedra que había en la entrada. En el fondo quería que se tomara la copa de vino y se marchara.

Bebimos. Hablamos. De Port de l'Alba, de la situación de los payeses, que iban vendiendo una a una todas las fincas de alcornoques que recorrían la franja litoral, y de los constructores sin escrúpulos que cada día pegaban un mordisco al paisaje. Lo sabía todo sobre el pasado conchero de Port de l'Alba. Hablamos de su casa. Me contó no sé qué de unos relojes y de un inglés que los cuidaba.

Sí, quería que se fuera. Deseaba entrar en la casa, descargar cuanto antes la furgoneta, hacer las camas y colocar la vajilla de Marta en las alacenas viejas. Pero no se iba.

De pronto se levantó y entró. La oí hablar con Max allí dentro. No sé qué le dijo, pero salieron juntos, Max con la cabeza gacha y ella sonriendo.

—Os invito a comer en el hotel. Tengo pichones en salsa de la reina y no abrimos hasta dentro de dos días.

No me apetecía en absoluto, pero el hecho de que mi hijo hubiera aceptado me pareció un milagro.

—Vamos en mi coche, luego os traigo de vuelta.

Me dejé llevar. Esta vez por el pueblo. Dijo que tenía que aprender los dos caminos.

El hotel era mucho más bonito de lo que me había parecido poco antes. Me dejó de una pieza, sobre todo el comedor, con aquellos ventanales enormes, de suelo a techo, y aquel olor que me recordó de pronto al gimnasio de Barcelona al que íbamos Marta y yo... Dijo que era un ambientador de lino fresco, pero a mí me olía a tiempo feliz.

Había mucha actividad en el hotel. Nos instaló en una de las mesas que daban al mar, con una vista impresionante, y nos sirvió ella misma. Fuera, un hombre mayor y una chica morena estaban colocando las tumbonas en la terraza de la piscina, mientras Max se comía los pichones como si no hubiera probado bocado en varios días.

¿Qué tenía aquella mujer? ¿Cómo había cruzado la barrera que separaba a mi hijo del resto del mundo?

Efectivamente, nos llevó de vuelta a Can Ferrer. No recuerdo muy bien lo que hablamos durante el trayecto, pero sé que Max la miraba embobado y contestaba a sus preguntas bajando los ojos.

Me regaló un bote grande, con espray, de aquel ambientador sobre el que yo no recordaba haber hecho ningún comentario en voz alta. ¿Lo hice? Seguramente, pero en aquel momento me pareció que ella leía dentro de mí.

Nos hizo una nueva visita al día siguiente. Por la tarde. No sentí en ningún momento que fuera una metomentodo, ya me entiende, una de esas mujeres que se arrogan el papel de madres sin que tú se lo pidas. Más bien me parecía que intentaba ser amable con los vecinos o quizá reforzar algo que le daba vueltas en la cabeza. Era como si quisiera asegurarse de que nos quedábamos en Can Ferrer.

Volvimos a beber una botella de vino, esta vez en una vieja mesa que yo había sacado fuera, y pude ofrecerle un poco de queso. Max había conseguido instalar el ordenador y la consola en su habitación y no salió de allí en toda la tarde.

El sol se estaba poniendo tras las colinas jalonadas de encinas, cuando me cogió la mano. Yo debía de estar hablando de mi mujer, últimamente no hacía otra cosa, pero no lo sé, la verdad. Solo puedo recordar que en los últimos meses había deseado tanto que me tocaran... Sentir otra piel, saber que había alguien... Fue ella la que dio todos los pasos. Y yo el que los seguí sin rechistar. Sí, nos acostamos ese día. En el viejo colchón de los antiguos propietarios y sobre las sábanas de Marta.

Bordadas con nuestras iniciales.

Quien le diga que era una mujer problemática, miente. O no la conocía bien o carece de la más mínima perspicacia. Teresa guardaba sus problemas para sí misma, nunca te los echaba encima. Ya le he dicho que intenté ayudarle económicamente, me parecía lo justo, pero ella se negó por sistema una y otra vez. No es solo que fuera una mujer independiente, de esas hechas a sí mismas, ya sabe; era eso que se llama un verso libre, alguien cuyas normas no coinciden con las de la mayoría y que sin embargo consigue transmitir una sensación de orden que escapa a cualquier consideración. Tenía su moral, rígida, firme, seguía unas reglas propias y nunca las vulneraba. Por lo demás, podría pasar por una mujer de costumbres un tanto licenciosas para aquel que no la conociera de verdad, pero en cuanto cruzabas dos palabras con ella, descubrías que su comportamiento no era una simple cuestión de relajación de costumbres, sino un plan de vida trazado con total precisión y llevado a sus últimas consecuencias. Vamos, que nunca estaba dispuesta a que los demás dirigieran sus actos. Creo que la forma en la que se había criado, lo que vivió de joven, aquel caos afectivo, lleno de contradicciones y sufrimiento, la marcó profundamente.

Sí, yo sabía que se veía con otros hombres. No me lo ocultó nunca. Lo que no acierto a explicar es cómo consiguió que no me importara. Bueno, no que no me importara, más bien que no afectara nuestra relación. ¿Cómo lo hizo? Pues no lo sé.

Uno tiende a pensar siempre que es mejor que los otros, te haces ilusiones, imagínese... Pensaba a menudo que ella me diría: no has sido el único hombre de mi vida, pero quiero que seas el último. Ya ve usted qué cosa tan absurda... Pero, en fin, los sueños son así, no los controlas con la cabeza y a veces ni siquiera con el corazón. Son como ella: totalmente ingobernables.

Por ejemplo, ya ve, yo sueño con mi mujer muchas noches. Es lógico, pero también muy extraño. Está muerta, pero aparece en mis sueños como si no lo estuviera, con su rostro, sus manos, su mirada, todo lo que su ser desprende. En esos sueños la recupero. Mejor dicho, me recupero a mí en algo que he perdido, me recupero frente a ella, junto a ella, escuchando su voz y desenterrando los sentimientos que parecían sepultados bajo capas de duelo. Ella vuelve. Y en ese sueño también está Teresa. Las dos. Distintas. Distantes. Dos mujeres que se han ido y cuando vuelven traen consigo lo que yo sentía por ellas. Es increíble. A veces me da miedo pensar que todo lo que hemos olvidado sigue ahí, aletargado y dispuesto a saltar sobre mí en cualquier momento. Sueño con ellas y mi mujer vuelve a ser esa compañera amable, segura, alguien que me hace confiar en el futuro. Hablamos en sueños. Nos brindamos apoyo, nos reímos, hacemos planes. A veces me despierto con una sensación cálida e hiriente. Como si de pronto hubiera abandonado la niñez, o el hogar de los padres, y tuviera que marchar solo por la vida. Sí, cuando sueño con ella y despierto, me siento huérfano.

Teresa, cuando aparece en mis sueños, no es como Marta. Teresa llega con la confusión en las manos, compleja, secreta, y yo siento unos deseos incontenibles de llegar a ella, de descifrarla, romperla en pedazos y reconstruirla. Nunca había sentido eso por nadie. Esa sensación de misterio, de que el mundo se alarga más allá de lo que conocemos y puede llevarnos lejos… ¿Sabe lo que hago cuando sueño con Teresa? Me niego a despertar. No abro los ojos. Me quedo en la cama, sin moverme. Ella se acaba, pero yo acaricio todavía lo que deja pendiente.

Ojalá volviera.

O se fuera del todo.

Ojalá.

Tercera parte

Han pasado cuatro largos años.

No voy a decirles que me rindiera, porque nunca lo hice, pero en cierto modo desistí. Dejé de investigar la desaparición de Teresa. Pensaba en ella casi todos los días, es verdad, pero de momento no hice nada más.

Una chiquilla de doce años, con las piernas largas como una cigüeña, en el jardín de Paul Bertrand. El agua de la fuente me salpica la espalda…

Con la maleta en la puerta de mi casa. ¿Por qué viene a mí…?

Esa misma niña que ejecuta una balestra sin que yo se la haya enseñado. Manejando el florete como si le fuera la vida en ello…

Dieciséis años. Vive sola en Perpiñán. El uniforme del colegio cubre un cuerpo que ya sabe lo que es ser madre…

Esas imágenes me asaltan mientras almuerzo en la *brasserie* de la place Gambetta, como a ella le gustaba que la llamara. Cuando intento dormir. Cuando ya lo he conseguido y me despierto en medio de la noche. Cuando camino por el muelle Vauban o cuando alguien me llama desde el otro lado de la calle.

Desistí.

Y, no obstante, cada cierto tiempo, como si alguien quisiera impedir que me olvidara de ella, sucedía algo que la traía de vuelta. Me encontré con Serge Toussaint varios meses después de volver de Port de l'Alba, en el campeonato regional de florete. Le saludé contento de verle, charlamos, me preguntó si había noticias de Teresa y le dije que no, que desgraciadamente no las había. Entonces, Serge Toussaint dijo algo que me espantó: «Esa mujer era como un campo de minas: siempre a punto de hacerte explotar. Creo que estaba pidiendo a gritos que alguien le diera una buena lección».

Estuve a punto de perder los estribos. ¿A qué lección se refería? ¿A matarla? ¿A despeñar su cuerpo por un acantilado? No lo hice, pero me fui de allí sin estrecharle la mano y pensando si debía denunciarle a la policía española. Luego, cuando me enfrié, no me quedó otro remedio que admitir que Serge Toussaint no era más que un botarate al que ella había humillado.

Fue por aquella época cuando empecé a pasar largas temporadas en Saint Nazaire. Arreglé un poco la casa, una vieja villa de veraneo que había sido de mi familia y que estaba bastante descuidada, y me decidí a vivir allí de marzo a diciembre. El mundo se estrecha mucho cuando uno se jubila y es preciso rediseñarlo todo, adaptar la vida a una nueva y desconcertante quietud.

Todo eso me mantuvo bastante ocupado; albañiles, fontaneros, pintores, un baño nuevo y una pequeña cocina modernizada. Demasiado trabajo para un viejo. Además, después del esfuerzo inicial de aquellos meses en Port de l'Alba, no me sentía con ánimos de seguir dando palos de ciego. ¿Dónde más buscar? ¿Qué más hacer? Poco a poco yo también fui convenciéndome de que Teresa podía estar muerta. Digamos que discipliné mis recuerdos para que las dudas y el dolor convivieran.

¿Qué es eso que llamamos memoria? No sirve para recordar, cada vez estoy más convencido; es otra forma, más organizada y menos dolorosa, de borrar ciertos recuerdos. Una artimaña. Nos aferramos a unas imágenes, semillas que regamos convenientemente para que crezcan, sin darnos cuenta de que sepultan y malogran a sus propias hermanas. A pesar de que pensaba en ella cada día, poco a poco, a fuerza de recordar solo algunas cosas, yo iba olvidando a Teresa.

Ocurrió algún tiempo más tarde.

Yo estaba instalado en Saint-Nazaire, como he dicho. Y un día, cuando me acerqué a Perpiñán a recoger el correo, encontré una carta de Natalia Heras, la simpática joven que había sido recepcionista en el hotel Arana. Me decía en esa carta que alguien había solicitado una declaración de ausencia en el juzgado de Port de l'Alba. El juez había estimado la petición al cumplirse un año de los hechos y al no haber dejado Teresa apoderada a ninguna persona para la gestión de sus bienes. Según Natalia, aunque hubiera herederos legales, no podrían solicitar la declaración de fallecimiento hasta diez años después de la desaparición y aún tendrían que pasar cinco años más para que pudieran disponer de la herencia. Mientras tanto, escribió Natalia en aquella carta, el hotel estaba sufriendo daños por el abandono. Pensé en preguntarle a vuelta de correo si Marçal y su mujer seguían allí. Pero no lo hice. Volví a Saint-Nazaire como quien busca una puerta por la que escapar.

Recuerdo que al día siguiente me llevé la carta a uno de mis paseos. Suelo ir caminando cada mañana hasta la laguna. Es uno de los últimos parajes salvajes de la llanura y del litoral del Rosellón. Allí desemboca el río Tech, entre tamariscos y cañaverales donde a veces descansan las garzas o los abejarucos.

¿Por qué me llevé la carta? Algo en ella me producía inquietud.

Una declaración de ausencia.

¿Qué significaba eso? ¿Quién podía estar interesado en declarar muerta a Teresa? ¿Por qué me conmocionaba tanto aquella posibilidad?

Mi paseo es muy sencillo, casi siempre el mismo, una rutina placentera sin demasiadas improvisaciones. Suelo seguir el sendero de exploración, con sus paneles informativos, hasta unas toscas cabañas de pescadores hechas de juncos. Siempre hay alguna barca amarrada en la orilla. Ese día me senté en una de esas barcas, dejándome mecer por el agua quieta y dulce, entre los cañaverales que también se mecían con la brisa que llegaba del mar, al otro lado de la lengua arenosa. La leí varias veces, intentando saber si Natalia dejaba entrever que conocía la identidad del reclamante, hasta que me di cuenta de que no era eso lo que me inquietaba. Yo había empezado a admitir que Teresa estaba muerta. Yo también. Como todos los demás.

La niña de piernas largas como las de una cigüeña, muerta.

La que llama a mi puerta con su equipaje secreto, muerta.

La mujer adulta que me deja plantado en la place Gambetta, también muerta.

Y yo solo podía pensar en ese último día…

Hay días que amanecen rotos.

Después del combate con Serge Toussaint y mientras Philippe elegía el menú en la *brasserie* de la place Gambetta, Teresa había recordado algo. Nada concreto. Una mancha gris que ocultaba varias escenas confusas, como esos sueños que te parecen tan claros cuando duermes y que, al despertar, dejan de tener sentido. Un perro negro, las manos de Juantxu dentro de su bikini, una mujer con un collar de perlas que se lleva al niño, el tono de voz de la tía Mari Carmen cuando Mikel murió. Fue eso lo que la impulsó a llamar al hotel Torres y preguntar por Dolors.

Oyó el nombre de Juan Luis Vidarte como si ya supiera de antemano que era él. Se enteró de que el chico era su hijo como si no pudiera ser de otro modo. Y aun así…

El impacto le hizo resbalar hasta el suelo.

—… Pueden haber ido a Casa Roser, ya sabes, ese hotel con jardines que hay junto al río. ¿Tienes el teléfono?

—No.

—Pues te lo mando ahora mismo con un WhatsApp.

Teresa se apoyó contra la pared y, lentamente, fue dejándose caer.

Y luego, ¿qué?

Teresa había dejado a Philippe plantado en el restaurante de la place Gambetta y había salido de Perpiñán como alma que lleva el diablo. Ni siquiera se dio cuenta de que había cogido la carretera de Le Boulou en lugar de la autopista y atravesaba el polígono industrial, rotonda tras rotonda, hasta que fueron apareciendo rectángulos de viña y minúsculos maizales entre las naves. Dolors le había dicho que eran padre e hijo. Y que posiblemente habrían ido a un hotel que había junto al río, en Besalú.

Pensaba en él. En su pelo rubio y su actitud retraída. Todo cuadraba: la edad, los rasgos que ahora veía como si se reconociera en ellos, la forma inquisitiva de mirarla… Y en Juantxu, totalmente desconocido al cabo de los años. ¿Por qué fue al hotel? Él debía saber quién era ella desde el principio. ¿Por qué fue? ¿Por qué no dijo nada? ¿Por aquel muchacho al que llamaba David y era su hijo? ¿Por él?

En la sierra de las Alberas volvió a tener conciencia del paisaje. Cerros oscuros, masas boscosas y trazos de roca que asoman entre los árboles. La cumbre del Canigó, una montaña mágica con hierro en las entrañas, cada vez más atrás, con sus nieves tempranas que anunciaban el invierno. Pensó en una frase que le oyó decir a su madre poco antes de morir: «Solo es octubre, pero ya hace tanto frío...». ¿Qué sentiría él? ¿Qué había sentido al verla? ¿Por qué no se habían dado a conocer?

Pensaba. Daba vueltas en círculo sin poder avanzar hacia una suposición que tuviera sentido. No podía entenderlo. Se presentan en el hotel justo al día siguiente de haber cerrado, le hacen creer que buscan alojamiento, la siguen hasta Perpiñán y luego Juantxu se hace el encontradizo en el restaurante de Figueres. ¿Por qué? ¿Todo eso por qué?

En el cruce de Besalú estuvo a punto de tomar la carretera de Olot. Afortunadamente, un camión cisterna que había tapado el indicador torció en la misma dirección. Fue tras él durante un par de kilómetros y, cuando pudo adelantar por fin, se encontró en la entrada del pueblo.

Tuvo que dejar el coche en el aparcamiento de La Devesa y caminar hasta la zona del puente fortificado. La hora de la siesta. Las calles vacías. Y un hotel junto al río. Seguramente ahora eran ellos quienes no la esperaban.

En una de las callejuelas que llevaba a un pequeño hotel sin nombre visible, encontró unas esculturas que le hicieron sonreír: sillas de hierro clavadas en la pared. Pero el hotel no podía ser el que buscaba. Dolors había comentado que estaba junto al río. No obstante, entró y preguntó. Casa Roser estaba en el barrio judío, a espaldas de la sinagoga.

Había una cuesta de bajada y, antes de las escaleras que llevaban directamente al hostal, un pozo con una polea. Más allá de la rivera invisible, el Fluvià corría tranquilo cauce abajo. Abrió la verja y entró en el jardín que rodeaba el hotel. No había nadie, pero de pronto, tras la pared lateral, oyó una tos, solo un carraspeo. Sonaba tan cercana que la obligó a dar instintivamente la vuelta a la pared.

Vio sus piernas.

Asomando de una tumbona puesta en diagonal. Los zapatos de nobuk con cordones rojos. Un pantalón estrecho.

David dejó el libro en el suelo y se incorporó de un salto.

—Tú —exclamó con los ojos muy abiertos.

—Yo —respondió Teresa para que todo quedara bien claro. Que lo sabía. Que no tenía que fingir más.

La ventaja que le proporcionaba la sorpresa no tuvo el poder de tranquilizarla. El corazón le latía con tanta fuerza que pensó que se le iba a salir por la boca. Teresa acercó una tumbona y se sentó en el borde.

—¿Dónde está tu padre?

Tenía sus ojos: azules y grandes. Y su pelo: rubio con reflejos metálicos.

—Durmiendo la siesta.

Teresa dudó un instante, antes de preguntar:

—Sabes quién soy, ¿verdad?

Él asintió visiblemente incómodo. Luego, después de unos segundos eternos, volvió a sentarse. Al fondo del jardín, bajo uno de los árboles, una pareja de mediana edad, tomaba café. Él llevaba una gorra francesa y ella tenía el pelo completamente blanco. Teresa imaginó que podían oírles, pero no le importó gran cosa.

—¿Por qué te trajo tu padre al hotel?

Hubo un silencio. Denso. Incómodo. Palpitante. Como algo que está a punto de explotar.

—Él no quería; se lo pedí yo.

Otro silencio. El aire seguía ardiendo.

—¿Cuántos años tienes?

David hizo un gesto irónico.

—¿No lo sabes?

—Treinta y cinco años —respondió Teresa—. No eres precisamente un crío.

—Y eso ¿qué más da?

—Pues que podías haber venido antes —añadió Teresa; no quería que sonara como un reproche, pero se dio cuenta de que parecía exactamente eso—. O haber venido solo —rectificó. Supo que se estaba equivocando. Pero no podía evitarlo—. ¿Qué planes teníais? ¿Solo verme? ¿Seguirme durante unos días y ya está?

De pronto el rostro de él se volvió duro, seco.

—Algo así —reconoció—. Tenía curiosidad por saber cómo eras.

—¿Y?

—Ahora ya lo sé. No ha habido ninguna sorpresa.

Era una situación incómoda.

—¿Y cómo me imaginabas? —La voz de Teresa se había vuelto de pronto delgada y quebradiza como un hilo.

—Más limpia —respondió su hijo sin hurtarle en ningún momento la mirada.

Estaban allí, sentados el uno frente al otro. Y sin embargo parecía que se estuvieran deslizando a toda velocidad hacia un letrero en el que ponía: «Peligro».

—¿Qué te ha contado tu padre de mí?

—Nunca habla de ti.

A Teresa le pareció que él quería decir algo más. Que también tenía un nudo en el pecho. Por un instante, sintió ganas de abrazarle, pero se contuvo. Vio que la pareja del fondo les miraba. El muchacho que tenía que haberse llamado Mikel y que, sin embargo, se llamaba David, se removió en su asiento.

—Eras tú la que tenía que haber hecho algo por buscarme. Sobre todo, cuando era pequeño. ¿Te haces una idea de lo que siente un niño cuando descubre que su madre le ha abandonado?

Teresa no respondió de inmediato. Pues mira, sí, tenía ganas de decirle, lo sé perfectamente, me pasé toda la infancia con ese temor. Pero no lo hizo. Porque descubrió que esa era la acusación, el verdadero reproche; no el abandono, no, de eso se podía zafar, tenía una buena explicación, una coartada, pero ni ella misma era capaz de entender por qué nunca había querido volver a ver a su hijo. Era algo firme, contundente, un propósito que escapaba a la razón. Se libró de él, de su recuerdo, igual que Elizabeth Babel empezó a olvidar lo que había bajo el rosal turco para fijarse solo en las rosas que surgían llenas de vida.

—¿Sabes por qué nos separaron? —preguntó Teresa. Su voz aparentaba una seguridad que desde luego no sentía.

Otra pausa. Tensa. Como momentos antes de desprenderse las paredes de un glaciar.

—¿Nos separaron? —murmuró él con una voz tan sorda que apenas se podía oír—. Creo que fuiste tú la que...

No le dejó acabar.

—Tenía catorce años cuando me quedé embarazada.

La coartada.

David se recostó en la tumbona. De pronto parecía menos incómodo, más dueño de la situación.

—Sí, demasiado joven…, pero no solo fue eso.

No estaba segura de haber entendido bien. No preguntó, pero de pronto la galerna volvió y sintió la confusión terrible del miedo, el pavor por la suerte de Mikel, el frío y las manos de Juantxu bajo la ropa. ¿Por qué se hizo la dormida? ¿Por qué no se resistió? O, ¿se resistió?

—Tu padre y yo no teníamos nada en común, apenas nos conocíamos.

—¿Entonces por qué te acostaste con él?

Teresa lo pensó. Por qué. ¿Porque estaba asustada y el cuerpo de Juantxu le quitaba el miedo? ¿Porque ya sabía que Mikel había muerto? ¿Por el viento, el frío y la lluvia? ¿Por la oscuridad que tenía dentro de la cabeza?

No dijo nada de esto.

—Yo era una cría que, además, estaba enamorada de otro —respondió aparentemente serena.

—¿Y también follabas con él?

Fue un mazazo.

—¿A qué viene eso?

David apartó la vista un segundo. Su boca tenía un rictus implacable.

—Mi abuela dijo una vez que con catorce años ya eras una puta.

Una puta.

De pronto recordó aquel día en el bar de un hotel. Música de guitarras y una gitana que se hacía llamar «La Pelusa». Y esas voces al otro lado de la barra.

«¿De quién es la chica?»

«De la inglesa esa de Port de l'Alba. Va con ella a todos los tugurios.»

«Menudo ejemplo. Acabará siendo tan golfa como su madre.»

Una puta.

La brecha que se había abierto se cerró bruscamente. O quizá no.

Se levantó sin decir nada y se dirigió a la verja de entrada. Pensó que él la detendría, que gritaría ansioso por disculparse. Pero a su espalda solo había un enorme silencio.

Creo que fue ese mismo día, o quizá al día siguiente, cuando llamé a Marçal.

Le pregunté si sabía algo de aquella declaración de ausencia y si tenía noticias de que alguien hubiera reclamado la propiedad del hotel. Marçal no sabía gran cosa, pero cuando le pregunté qué pensaba hacer de confirmarse el asunto, me confesó que su mujer había empeorado mucho y que era imprescindible internarla en algún sitio. Que se iría con ella y que el hotel tenía que dejar de ser su casa tarde o temprano, que ya no tenía ganas de seguir allí.

Sentí una gran pena por él.

Me preguntó si podía hacer algo más por mí y entonces le hablé de la lata de membrillo y le sugerí que me la enviara para que las cartas no cayeran en manos extrañas.

No puso ninguna objeción.

Querida Elizabeth:

Al final, ni los amplificadores de bulbos ni las largas estancias en Barcelona, ni la ayuda impagable de Matilde Fiel, han conseguido que pueda hablar. El propio doctor Barnils se rindió a la evidencia.

—Hemos hecho todo cuanto hemos podido —me dijo al darme de alta esta misma primavera—. Pero en casos como el suyo, cuando se empieza tan tarde, hay un techo que difícilmente se puede rebasar. Y me temo mucho que hemos llegado a ese techo. Quizá más adelante, cuando la técnica avance y los audífonos sean más precisos…

Así que, cuando cogí el audífono y lo desterré a la habitación de los relojes, me sentí de pronto liberada de un enorme peso. Se lo dije a Gaspar: «A veces no se puede luchar con la naturaleza. Es mejor así».

La naturaleza es cruel, salvaje, incontrolable. Pero cuando no podemos vencerla, es mejor tratar de vivir a resguardo. Yo estoy bien aquí, en esta casa. Con mi pequeño rosal turco de dos metros de alto, treinta y seis pétalos por rosa, que florece cada verano. Con los relojes de Robert Dennistoun. Con Gaspar como única compañía.

Ah, se me olvidaba…, la hermana de Gaspar decidió volver a la masía. Son cosas que pasan.

Ahora estamos él y yo solos. No me importa lo que digan en el pueblo. A partir de este año las mujeres podrán votar también en España y los curas y los militares empiezan a tener menos peso en este extraño país. Creo que la hermana de Gaspar decidió irse porque una noche nos sorprendió a su hermano y a mí en la cama. Intenté hacerle comprender que no era para tanto, pero esta chica, además de muda, es un poco tonta.

Pye escribe alguna vez. Gertrude nunca. No he vuelto a verles. A ninguno de los dos.

Marcus también se ha casado. Quiso que fuera a su boda, pero a mí no me apeteció salir de Port de l'Alba, de esta casa en la que me siento segura. Ya lo intenté una vez, pero los viajes a Barcelona no hicieron otra cosa que acrecentar la sensación de que, por mucho que lo intente, nunca podré ser como los demás. Lo siento, padre. Tarde o temprano había que admitirlo, ¿no crees?

Matilde Fiel sí que me escribe con frecuencia. Es una mujer muy valiente y preparada, casi siempre me habla de temas interesantes y yo me entero de cómo van las cosas en el país más por ella que por los periódicos.

Durante mucho tiempo he pensado que este pueblo y esta casa me impidieron acceder a la educación que mi padre deseaba para mí. Pero ahora ya no estoy segura de que crecer aquí, aislada de tantas cosas, con estas cartas como escaso consuelo, me haya perjudicado en exceso. ¿Si hubiera estado más tutelada o mejor dirigida, yo sería yo? ¿Sabría arreglar grandes relojes de torre? ¿Y coches? ¿Sabría desmontar un motor? ¿Esa otra yo desconocida habría disfrutado en la cocina, preparando con Quima aquellos platos con historia? ¿Pye me habría amado?

No te lo he dicho, pero el abogado de Gertrude reclamó por fin la propiedad de la casa. El juez falló en su contra, como era de esperar. Gertrude, rabiosa, me escribió una carta terrible en la que me decía que no quería volver a verme nunca más. Cómo si yo no supiera que entre nosotras ya no quedaba nada, ni siquiera el consuelo de una tenue amistad… No hacía falta, Gertrude, deberías ser más lista y darte cuenta de que a veces las cosas acaban mucho antes de que tú digas la última palabra.

Y respecto a Gaspar, ¿qué quieres que te diga? No le amo como amaba a Pye, pero ya no le guardo rencor y además me he acostumbrado a él. Ese clavo que asoma cuando aparecen los hombres… Con Pye supe qué eran la vergüenza o la culpa. Con Gaspar ha sido peor. Sé que me he convertido en una persona mala. Retorcida como un tornillo. A veces no me reconozco. Él es amable, paciente, y yo le trato con despotismo, con sarcasmo, con brusquedad; no es que me lo proponga, es que me sale así y no puedo hacer nada por evitarlo. Es como si quisiera hacerle pagar algo. Y también él parece dispuesto a abonar esa deuda. Nunca protesta ni levanta la voz, ni siquiera se enfada, baja la cabeza y me hurta la mirada. Cuanto más humilde se muestra, más me tienta la necesidad de abatirle, de dejar claro que yo soy el ama y él solo un criado. Luego, cuando me doy cuenta, que mucho me temo que no es siempre, me avergüenzo de mí misma; porque no sé si me estoy vengando de aquel día en el balneario o también de todo lo que hizo y, sobre todo, de lo que no hizo Pye. Cuando aparecen los hombres en nuestras vidas, algo se erosiona, y lo que era liso y limpio se retuerce de pronto. Como la rosca de un tornillo que está destinado a abrirse paso en un cuerpo extraño. Sí, cuando ellos aparecen nosotras tenemos que cambiar tanto que empezamos a desaparecer. Al menos, las nosotras que éramos antes.

Gaspar. Pobre Gaspar… Ahora está entusiasmado con la proclamación de la República, dice que ha llegado el momento de los pobres y, a veces, cuando me mira en silencio, pienso que me odia por pertenecer a la familia a la que pertenezco. También le ha dado por criar palomas y ha construido una especie de gran jaula frente a la que fue la casa de Quima y Ferran. Él ya no duerme allí, como cuando estaba aquí su hermana. ¿Para qué? Me coge de la cintura por las noches y sus piernas velludas se acoplan a las mías, rodilla contra corva, y así, abrazados como cómplices silenciosos, nos precipitamos en el sueño. Él siempre se duerme antes que yo. Respira muy fuerte, no le puedo oír, pero noto como su pecho se infla y se desinfla. Sigo su caída en el vacío esperando que me arrastre también.

Las palomas son bastante sucias, pero bonitas. Tienen plumas tornasoladas de color verde, amarillo y morado en el cuello, y los ojos de un sorprendente tono naranja. Los pichones, sin embargo, son lo más feo del mundo. Cuando nacen, solo les cubre un suave plumón amarillo, tenue como los flecos deshilachados de una gasa vieja, y la carne clarea a través de las abundantes calvas. Presentan ese aspecto tan sin acabar, con el pico desproporcionado y rosa, y las patas tan finas y frágiles, que una siente deseos de protegerlos cueste lo que cueste. Gaspar puso solo tres parejas; porque, según él, crían muy rápido. Y les construyó, en la parte del palomar que hace medianería con la casita de Quima y Ferran, una pared de nichos de escayola, porque así creen que es el nido y crían mejor. Las palomas son monógamas y, una vez que eligen pareja, permanecen juntas para toda la vida. Ese hubiera sido mi sueño. Con Pye.

Pero Pye prefirió hacer el nido en otra parte.

Esto debió de ocurrir, si el instinto no me falla, a mediados de 1931. Luego solo hay una carta más en la lata de membrillo.

Una sola.

Para poder seguir es preciso retroceder.

Aquel verano de 1975, el siguiente al nacimiento del niño que se llamaba David, Teresa lo pasó como siempre en Port de l'Alba.

Ray, con su pelo de pollo y su olor a pachulí, seguía en Los Cuatro Relojes. Ángela y él parecían de pronto una verdadera pareja. Ella le llamaba continuamente *love* y él a ella *sweetie*. Teresa no los soportaba.

—¿Sabes, cariño? Ray está haciendo una película. Y la está rodando aquí, en Port de l'Alba. ¿A que no sabes quién es la protagonista?

Toda la casa estaba revuelta. En el vestíbulo había trípodes, cámaras y focos que Ray había alquilado en Barcelona. ¿Quién era la protagonista?

—Tu madre es una actriz de primer orden —respondió él a la pregunta que había quedado en el aire.

¿Por qué no le sorprendía? La madre actuando, seduciendo a la cámara como a todo bicho viviente, desprendiendo ese algo pegajoso que hacía que los demás desearan adherirse a ella como las moscas a la tira que colgaba del techo de los bares.

Ray se desplomó en el sofá y encendió uno de sus cigarrillos de marihuana. El pachulí y la hierba libraron una tenaz batalla por ver cuál de los dos olores resultaba más agobiante. En cosa de minutos le explicaron la exigua trama: una mujer extranjera aparece muerta en la playa. Un detective interroga a los que la conocieron, mientras el fantasma de ella se le aparece una y otra vez. No había más actores que ellos dos y algunos viejos del pueblo, y casi todo ocurría en los alrededores de la casa. Le pareció un argumento tan ridículo que no supo qué decir.

El canuto de marihuana no se acababa nunca. Teresa empezó a sentir unas náuseas que no eran solo físicas. Trató de pensar en Jack Devine y en Ashley. Menos mal que estaban cerca. El hecho de que se hubieran instalado definitivamente en Punta Carbó haría el verano un poco más llevadero.

La víspera de San Juan, mientras Marçal colgaba a regañadientes los farolillos en el jardín, fue caminando hasta Punta Carbó. La casa que había sido de Milton Finch estaba medio escondida entre los pinos y los algarrobos, algo alejada del camino de la costa y prácticamente invisible para una mirada inexperta. Justo al pie del acantilado había una pequeña entrada, cubierta por la maleza, de la que salía un sendero que conducía a la casa. Nadie se había molestado en cortar las zarzas.

Encontró a Ashley Krull adormilada en el porche. En la mesa había dos vasos, una jarra de té frío y varios libros.

—Querida —exclamó Ashley con su sinuosa voz de americana del sur—, qué agradable sorpresa…

Era media mañana, pero Jack dormía. Teresa imaginó que el segundo vaso de la mesa era para él.

—Ha empeorado —le explicó Ashley—. Necesita descansar mucho porque la medicación le deja fuera de combate.

Había tanta calma en el aire que Teresa pensó que comprar la vieja casa casi en ruinas no había sido una decisión tan descabellada. El mar, sobre las copas de los pinos, estaba aplacado y azul, como un espejo tintado. Mientras se enteraba de los detalles de la enfermedad de Jack, imaginó que ese día no habría olas bajo el acantilado de Punta Carbó.

—¿Cómo has visto a tu madre?

—Igual que siempre. En sus cosas. Dice que Ray está haciendo una película.

Ashley sonrió con ironía.

—Ray se pasa la vida queriendo ser Jack. Pero Jack Devine solo hay uno.

—Pues no sé cómo va a hacer nada si está todo el día fumado.

—Si solo fuera eso… —Ashley había abierto la caja de los truenos. Durante aquel verano se abrió varias veces, pero Teresa estaba tan ensimismada en sus propios problemas que no alcanzó a ver lo que le deparaba el futuro—. ¿Sabes una cosa? —confesó Ashley, cambiando rápidamente de tema mientras le servía un vaso de té—. He estado muy entretenida con eso que me dejaste.

Teresa supo que se refería a las cartas.

—¿Las has leído? —preguntó.

Ashley Krull asintió.

—Pero me gustaría saber más sobre la chica muda. Tuvo que ser una mujer muy especial.

Teresa sintió una punzada en el pecho. Nunca, antes de Ashley, había dejado que nadie las leyera. Afortunadamente, Jack llamó a voces desde el interior de la casa y Ashley corrió a auxiliarle.

Volvió al cabo de unos minutos con la lata de membrillo La Tropical y la apoyó sobre la mesa. Teresa contempló cómo trataba de abrirla, primero una esquina, luego la otra; por último, el reborde del centro, hasta que lo consiguió y extrajo del interior unos cuantos sobres, no todos, que dejó sobre la mesa.

—Es un material tan alentador —explicó Ashley con una sonrisa de disculpa—, que he estado a punto de escribir algo sobre estas cartas. Ya sabes cómo somos los escritores, nos envenenamos en cuanto nos ponen delante una buena historia. Y esta es fascinante.

—¿Un libro sobre Elizabeth Babel?

—Eso es.

—¿Por qué?

Ashley hizo un gesto con los ojos. Los abrió y cerró varias veces y sus anticuadas gafas de chica miope se movieron como si fueran párpados artificiales.

—Porque son inteligentes e ingenuas a la vez.

Teresa se quedó pensando.

—Y porque la historia de esa chica muda —oyó que decía Ashley arrimando peligrosamente la voz a sus pensamientos— me ha parecido próxima.

La sonrisa irónica se había transformado y los ojos, tras las gafas, expresaban una súbita seriedad.

—¿Próxima? ¿A quién?

—No sé cómo explicarlo… Por un momento, sentí que tú y ella estabais conectadas de algún modo.

—No entiendo. ¿Qué quieres decir con conectadas?

—¿Tú no lo has pensado nunca?

Teresa bajó la vista. Tenía polvo en las sandalias de cuero. También en los dedos. Prefería pensar en eso, en el polvo del Camino de Ronda, que se le había pegado a la planta del pie y que, seguramente, se habría unido al sudor hasta formar una pasta marrón. ¿Por qué tenía que admitirlo?

Pero lo admitió.

—Sí —dijo en voz muy baja—. Yo también lo he pensado algunas veces.

Ashley volvió a meter las cartas en la lata de membrillo, apretándolas bien para poder cerrar la tapa, y luego empujó la caja hacia Teresa.

En ese momento apareció Jack en el porche.

—Dios, qué maravillosa sorpresa.

Estaba muy delgado, mucho más que la última vez. Iba abrigado con una chaqueta de lana gruesa, había perdido casi todo el pelo y andaba apoyándose en un bastón. A Teresa le entraron ganas de llorar.

Jack se dio cuenta.

—Vamos, vamos —dijo acercándose lentamente—, ven aquí y deja que te abrace.

Se agarró a su pecho, de pronto todo huesos, a su olor agrio, y trató de recordar al Jack de antes, musculoso y atractivo, bebiendo como un cosaco y dándose de puñetazos con su amante. Al Jack de la cala de Begur, cuando ella creía estúpidamente que pretendía llevarse a la madre como un galán de película que rapta a la protagonista..., al Jack que le preguntaba por qué no iba a la escuela, al que odiaba sin saber por qué. Y se preguntó cómo había llegado a querer tanto a aquel hombre extraño.

Jack Devine la apartó suavemente y se alejó un par de pasos.

—¿Has crecido?

Podía parecerlo, pero Teresa sabía que no. Aun así, tuvo la sensación de que era Jack el que había menguado.

—Lo dudo.

Jack miró el cuerpo envuelto en una falda estampada, la camiseta sin mangas que dejaba al aire los brazos escuálidos y largos, el pecho otra vez diminuto, sin huella de haber estado en algún momento colmado de leche... La contemplaba como se contempla un objeto precioso que está a punto de romperse. ¿También él había leído las cartas?

—Entonces es que estás más delgada.

—Es posible.

—¿No te dan bien de comer los franceses? —Jack echó una mirada cómplice a Ashley—. ¿Quieres decir que toda esa nata y esa mantequilla te hacen adelgazar?

Teresa rio aliviada.

—Hago mucho deporte —concluyó volviendo a la mesa.

Jack se acomodó con dificultad en el sillón de mimbre.

—¿Qué clase de deporte?

—Esgrima.

Ashley preguntó si quería té. Jack hizo un gesto de rechazo.

—¡Esgrima! Suena terriblemente distinguido... Y un poco anacrónico, ¿no crees?

Hubo una pausa y no era ingenua.

—También ella hacía esgrima, ¿verdad?

Ella...

—Ashley y yo hemos hablado mucho de esas cartas que le dejaste. Pero ella piensa una cosa y yo otra.

Jack había sido siempre muy directo en sus observaciones. En algún momento del pasado a Teresa le pareció que era el típico bocazas, aunque hacía algún tiempo que ya no pensaba lo mismo. No era lógico que ahora diera tantos rodeos.

—O sea, que también las has leído.

Jack soltó una carcajada.

—Ay, niña, ¿cómo no iba a hacerlo? Ya sabes que soy un fisgón incorregible. Y además, Ashley es incapaz de esconderme un secreto, sea cual sea, ¿verdad, querida?

A Teresa le fascinaba la relación entre Ashley y Jack. Había tanta complicidad que pensó en que ojalá ella pudiera tener algo así algún día. No un amante, no un hermano, algo más... Algo como aquello.

—¿Y...? —lanzó la pregunta al aire sin concretarla. No sabía exactamente qué esperaba de Jack. ¿Su aprobación? ¿Su sarcasmo? ¿Su compasión?

—Bueno —dijo él sin titubear—, solo tengo una pregunta que hacer: ¿existió realmente Elizabeth Babel?

Teresa meditó la respuesta. A veces ella misma pensaba que podía tratarse de una simple invención.

—Sí, claro que existió. ¿Por qué lo dices?

—Bueno —reconoció Jack—, hay momentos en los que he pensado que esas cartas podías haberlas escrito tú misma.

Teresa soltó una risa extraña.

—Qué disparate —replicó—. Ya me gustaría ser como ella... Pero existió, claro que existió. Elizabeth era una especie de hermanastra de mi abuelo. Mi madre es la hija de Pye.

Jack la miró unos instantes, primero con desconfianza, luego con aceptación. Las dudas se fueron borrando lentamente de su cara.

—Comprendo —admitió inclinando la cabeza. Parecía una rendición. Como si la verdad le defraudara.

Ese día nadie volvió sobre el tema. Hablaron de la casa, de los arreglos que habían tenido que hacer, de la humedad de la costa y de los implacables días de tramontana. Hablaron de Salvador Dalí y de aquel documental que Jack Devine nunca haría. Tanto Ashley como Jack se habían divertido con las sucesivas visitas a la casa del pintor. Porque por fin le habían conocido y Dalí, en plenas facultades de su fingida locura, obsequió a los americanos con un dibujo de don Quijote hecho con la punta de su bigote. Pero ni ese día, ni ningún otro, fijaron una fecha para rodar ninguna película.

También hablaron de Ray, de sus escarceos como realizador, del modo en que Ángela se iba apartando de todos para vivir solo a través de Ray. De las drogas, que nadie mencionó abiertamente, pero que aparecieron en la charla de refilón. Un poco antes de la hora de comer, Teresa emprendió el regreso a casa con la lata de membrillo bajo el brazo. Al despedirse, Jack le había dicho:

—Ashley no está de acuerdo conmigo, pero yo creo que deberías deshacerte de esas cartas. No te hacen ningún bien.

Saint-Nazaire es un lugar aburrido y apacible. Nada ocurre aquí. Pero es ideal para los que, como yo, hace mucho que no esperan grandes cosas.

Algunas mañanas siento deseos de ver el mundo como era antes, con gente y bullicio veraniego. Entonces no doy mi paseo habitual por la laguna; cojo el coche y me dirijo a la playa de Saint-Cyprien. Tampoco me baño. No soporto la arena, la sal en la piel, ni el sol que escuece como si te pasaran una lija por el cuerpo desnudo. Me siento en un café, frente al mar, con mi viejo sombrero de paja a pesar de que siempre busco la sombra, y miro las franjas inverosímiles que se abren ante los ojos: el paseo de grandes losetas, más allá la hilera de adelfas, un poco después una línea de arena seca y vacía, y luego las sombrillas y la gente tumbada al sol, bañistas, el mar pálido y desnudo hacia el horizonte... No bebo café, pero me tomo un Campari con mucho hielo. Lentamente. Tal y como exige el ritual. A veces, bostezo. Aparentemente parece que no tuviera nada interesante en lo que pensar. Pero no es cierto.

Fue al volver de la playa cuando recordé que yo había traído aquí a Teresa. Había intentado olvidarlo muchas veces. Fue en invierno, al acabar las clases. Ella debía de tener ya diecisiete años, le habían dado las vacaciones de Navidad y no sabía si regresar a España. Su madre se había marchado a la India con un americano que se llamaba Ray Bonezzi. Se había largado sin aparecer siquiera por Perpiñán para despedirse de su hija.

Teresa llevaba dos años ininterrumpidos siendo mi alumna. Dos años en los que ella mejoraba como si su capacidad no tuviera un límite, y en los que yo me empeñaba cada cierto tiempo en convencerla para que se decidiera a competir. Nunca quiso.

¿Por qué me la llevé conmigo a Saint-Nazaire? Supongo que fue porque la vi tan perdida como aquella otra vez en la que apareció con la maleta en mi puerta… Ángela se había ido de nuevo y ella no lo podía soportar.

Nada es simple. Tampoco esto que voy a contar.

Yo debía de tener en aquella época la edad de su madre. Todavía era joven, si lo comparo con mis setenta y muchos años de ahora, pero la carrera de los deportistas es corta y la vejez prematura. Me sentía de vuelta de todo. Y ella solo era una niña. Todavía, y a pesar de lo que le había pasado. Era muy alta, más que cualquier chica de su edad, y tenía las piernas y los brazos muy largos, igual que el talle. En aquella época llevaba la melena rubia siempre suelta y salvaje, como si no se peinara. Un par de mechones, los que caían a ambos lados de la cara, tenían aquel extraño brillo metálico…

Habíamos cenado un poco de queso, un fantástico foie del Périgord y habíamos salido al porche a echar un pitillo. Ella fumaba unos cigarrillos ingleses que venían en una cajetilla dorada. No olían mal.

—Al final qué vas a hacer —le pregunté—. ¿Te irás a España? No me contestó de inmediato.

—¿Podría quedarme aquí contigo? —preguntó con gran sorpresa por mi parte.

—Claro —respondí algo desconcertado.

—No quiero estar sola en Port de l'Alba.

—Lo entiendo —admití—. ¿Pero no estarías mejor pasando la Navidad con tu familia? No sé, en Bilbao, con tu tía...

Teresa se estremeció.

—No pienso volver allí jamás en mi vida —dijo bajando la voz, hasta el punto de que casi resultaba inaudible.

Luego guardó silencio. Miraba hacia la calle con los ojos entornados y cansados. Le propuse que entráramos y que nos fuéramos a dormir.

La vida no avisa.

Era una noche bastante cálida. En Saint-Nazaire el invierno nunca es demasiado crudo y a mí me gusta dormir con la ventana entreabierta. Entra el aire y me arrullan los sonidos de la noche, con sus silencios pesados como mantas y sus pájaros insomnes. De pronto, algo me despertó.

Un ruido sordo, rasgado.

Todavía medio dormido, me empeñé en adivinar qué era aquello. ¿Alguien sacudía una alfombra? Al final me levanté.

Teresa estaba en el jardín lateral y, con el florete enfundado, golpeaba el seto. Una y otra vez, como un niño enrabietado. Bajé del porche y me acerqué a ella. No le pregunté qué demonios hacía, porque nada de lo que me dijera podía tener ningún sentido. Estaba en pijama. Un pijama blanco, de corte masculino, que en la oscuridad de la noche casi parecía un traje de esgrima.

—¿Quieres luchar un rato? —pregunté.

Ella bajó el florete y yo fui a buscar el mío. Fuimos a la parte de atrás, donde el césped era más ancho y, a la luz de una luna menguante que apenas nos iluminaba, luchamos casi a ciegas. Lentamente. Sin ímpetu. Como si fuéramos dos viejos amigos que están entablando una conversación pendiente.

Se fue aplacando. Por segunda vez en aquella noche conseguí que nos fuéramos a dormir.

Acababa de acostarme cuando ella entró en mi habitación. No dijo nada, no se disculpó, ni pidió permiso. Se quitó el pijama blanco y, completamente desnuda, se deslizó bajo las sábanas.

No me siento orgulloso. No señor. ¿Pero qué iba a hacer? ¿Cómo evitar el deseo de tocarla? ¿De dónde iba sacar las fuerzas? Ella tenía diecisiete años y yo iba para los cuarenta.

—Enséñame —dijo un par de veces.

Solo eso.

A la mañana siguiente, con el sol en lo alto y los ruidos reconfortantes del día, le hice prometer que nunca más se repetiría. Se lo hice prometer a ella, como si yo fuera ajeno a lo ocurrido, como si no tuviera ninguna responsabilidad. Le rogué que perdonara mi debilidad y le confesé que me sentía profundamente avergonzado de mi comportamiento. Así somos los hombres. Nos resulta fácil pedir perdón, porque esa es la única manera de salir indemnes de lo que en el fondo no podemos controlar. Se lo hice prometer. Y puedo asegurar que mantuvo su promesa muy a mi pesar. Nunca más volvimos a tocarnos.

Luego le pedí que se marchara ese mismo día.

¿Por qué no se me ha ocurrido nunca, a lo largo de estos cuatro años, buscarla en Bilbao? Era fácil suponer que la desaparición tenía que ver con su hijo y que, en un intento por recuperarle, podría haberse trasladado allí dejando atrás la que había sido su vida hasta entonces. Pero siempre supe que no era así. No lo dudé ni por un instante. Aquella noche, cuando le insinué que quizá podía pasar las navidades con su tía, ella dijo: «No pienso volver allí jamás en mi vida». Siempre cumplía lo que prometía. Siempre lo hizo.

¿Qué hizo al irse de Saint-Nazaire? Tengo varias respuestas para eso. No son estrictamente hechos, solo suposiciones. Pudo haber regresado a Perpiñán y entonces se habría quedado todas las vacaciones en la residencia en la que vivía, ella sola, sin compañeras, cenando y comiendo con las monjas… Pudo refugiarse en casa de alguna amiga, en una familia ajena que, seguramente, la recibió con la generosidad de quien acoge a una especie de huérfana… Pudo tomar un tren ese mismo día e irse a París sola. Siempre decía que quería ir a París… No sé.

Pero en el fondo, si lo sé. Como todos ustedes.

No pasó la Nochebuena sola. Se fue a Punta Carbó y cenó con Ashley y Jack. Posiblemente cantaron villancicos en inglés y Jack tocó la armónica.

Pero lo importante no fue eso…

Ashley y Jack insinuaron que Ray Bonezzi había tomado un camino peligroso y que el viaje a la India no era tal, que a donde realmente podían haber ido Ángela y él era a Afganistán, por entonces el principal productor de heroína del mundo. Los motivos eran tan evidentes que nadie se molestó en hacer ninguna especulación.

La mañana del día de Navidad, Jack y Teresa se quedaron un rato a solas. Jack no podía salir al porche, así que se sentaron junto a la ventana, él tapado con una manta y Teresa con un vestido a cuadros que había cogido del armario de su madre. Era un modelo antiguo, de cuando ella era pequeña y vivían en Bilbao, pero siempre le había gustado. Cuando era pequeña miraba este vestido con veneración. Y ahora le valía. A pesar de que era bastante más alta que su madre y la falda apenas llegaba un palmo por encima de las rodillas, de que no se le ajustaba a las caderas como a ella, y le quedaba algo flojo de pecho. El mar, al otro lado de la ventana, parecía apacible; de vez en cuando se elevaba desde sí mismo.

—¿Estás muy enfadada con ella? —preguntó Jack.

—¿Tú qué crees? Ni siquiera ha esperado a que pasaran las fiestas. ¿Tanta prisa tenían?

—Bueno, Ray dijo que había un autocar que salía el día 25 de Amsterdam. Uno de esos trastos piratas llenos de hippies. Supongo que, a esa gente, que sea Navidad o no les da lo mismo.

—Ella siempre hace lo que le da la gana. Sin pensar en los demás.

Jack le pidió una calada del cigarrillo.

—Tu madre es un espíritu libre, ya sabes —dijo entre toses—. Es imaginativa, alegre, generosa…, pero no puedes pedirle que se comporte como una madre normal.

—¿Por qué no?

—Porque ella, como todos nosotros, está a merced de su personalidad. Siempre hambrienta, siempre quiere más. De todo. La vida se le queda muy estrecha.

—Está loca.

Jack se rio.

—Bueno, un poco sí —admitió—. Pero por eso mismo la queremos, ¿no?

En ese momento fue cuando entró Ashley en la sala. Posiblemente, solo posiblemente. Recuerden que lo estoy imaginando.

—Teresa, ¿te apetece dar un paseo antes de comer?

Y así es como las dos mujeres de piernas intactas y cuerpo sano, se dirigen al acantilado donde alguien dijo una vez que está el borde del mundo. Y donde ese día, por primera vez, Teresa pensó que sería muy fácil saltar y olvidarse de todo.

Las navidades fueron un infierno. Discutió agriamente con Jaume, el hijo de Marçal, lloró a lágrima viva por las noches, leyó las cartas de Elizabeth Babel una y otra vez, tratando de encontrar en ellas una luz que año a año iban perdiendo. He repasado las cartas, buscando yo también esa luz y me la imagino ese invierno, sola en Los Cuatro Relojes, con Jack Devine esperando la muerte en Punta Carbó y ella leyendo sin parar las cartas de Elizabeth Babel.

¿Se sentía responsable de su madre? ¿Se encontraba tan sola, tan huérfana, que era como si Ángela también hubiera muerto? ¿Se aferraba a las desdichas de Elizabeth Babel para intentar poner voz a las suyas? El día de Fin de Año guisó pichones en salsa de la reina y los llevó con la carretilla de Marçal hasta Punta Carbó. Siempre había sido un plato de bienvenida, pero esa vez sería todo lo contrario.

Cuando regresó a Perpiñán, yo temía que no volviera a aparecer por la escuela de esgrima. Pero el día 8 de enero allí estaba, puntual y perfectamente equipada para empezar a practicar. Ninguno de los dos se refirió a lo que había sucedido en mi casa de Saint-Nazaire. A veces pienso que quizá deberíamos haberlo hecho.

Creo que hasta mayo no tuvimos noticias de Ángela. Escribió una carta desde Goa, donde Ray y ella habían recalado después de varios meses de andar de aquí para allá. Estaba exultante, según me dijo Teresa, contaba mil aventuras y le pedía que cogiera un avión a Delhi y se fuera durante el verano con ellos.

Lo peor que pudo pasar es que Teresa se dejara tentar por Ángela. Su madre tenía una enorme capacidad de persuasión. Teresa viajó a Delhi y, cuando llegó a Goa, se encontró con que Ray y Ángela se habían largado a Nepal. Creo que se quedó a pesar de todo. Ella sola en el paraíso hippy… Ella sola en las fiestas nocturnas en la playa, a la luz de la luna… Ella compartiendo la cabaña con gente que se había quedado tan varada como las viejas barcas de los pescadores portugueses. Pero realmente, ¿qué hizo allí?, ¿qué encontró para desear quedarse todo el verano? Por una vez, hay algo que no puedo imaginar.

En septiembre, cuando volvió, Jack Devine había muerto. Sé lo mucho que eso le afectó. Ashley había regresado sola a Estados Unidos y no pudo volver a ver a ninguno de los dos.

Hay un libro de la escritora estadounidense Ashley Krull que se titula *Un día dura tres otoños*. No sé si ustedes lo conocen. Yo lo he leído un par de veces, pero nunca he conseguido encontrar a la auténtica Teresa en él.

Y, aunque parezca increíble, tampoco a Elizabeth Babel.

En Saint-Nazaire las navidades son un poco tristes. El pueblo se queda como dormido. No sé adónde va la gente, pero las calles permanecen desiertas y las actividades culturales se suspenden como si ya nadie tuviera tiempo para otra cosa que no sean las compras frenéticas. Así que, desde hace años, cuando llegan estas fechas, vuelvo a mi piso de Perpiñán. No es que actualmente sea la mejor ciudad del mundo, ni la más activa culturalmente; la crisis ha hecho mucha mella y todo parece tan frágil que a veces me da miedo, pero aquí tengo amigos, puedo sentarme en un café y charlar, en ocasiones organizo una cena para los de siempre y, cuando llega la Nochebuena, siempre hay un par de mesas a las que acudir. Pero esta vez ni siquiera iba a poder hacerlo.

Cuando llegué a casa tenía un montón de facturas en el buzón y una carta.

Otra más.

Esta vez era de Gabriel Serra, aquel amigo de Teresa que vivía en una masía cercana a Port de l'Alba. Decía que tenía que verme, que había sucedido algo importante, pero no aclaraba qué.

Le llamé de inmediato.

—¿Puede venir a Port de l'Alba? Ha pasado algo muy extraño.

Quise saber un poco más, pero él insistió en que debía verlo con mis propios ojos.

Tenía relación con su hijo Max, al que por cierto yo no había podido conocer la otra vez. Dudé si merecía la pena emprender el viaje. Eran apenas dos horas de coche, pero para mí era conducir a través de una cueva llena de telarañas.

Teresa desapareció de mi vida al volver de la India. No fue como ahora, entonces sí sabíamos dónde estaba: se había decidido a estudiar hostelería en Lyon, con muy buen criterio, pues todos sabíamos que el futuro de Port de l'Alba iba a ser, casi exclusivamente, el turismo.

Pasó tres años allí. No sé si volvía en los veranos a Port de l'Alba, supongo que sí, pero de lo que sí me enteré una vez por Paul Bertrand, que se había encontrado con Ángela en una fiesta en Cadaqués, es que Ray Bonezzi y ella habían roto. Paul me dijo que las relaciones entre la madre y la hija no debían de ser muy buenas, porque Ángela se quejaba de estar muy sola en Port de l'Alba. No sé si por entonces ya estaba enganchada a la heroína, supongo que sí, o que al menos tonteaba con las drogas de una manera mucho más peligrosa que antes, pero Paul me dijo que la había encontrado envejecida y distante. Entonces lo achaqué al hecho de que las cosas entre Paul y ella no habían terminado de manera muy amistosa en su día y me pareció normal que Ángela no desplegara toda su amabilidad ante su antiguo amante. También encontré normal que la belleza de Ángela se fuera marchitando. Todos habíamos envejecido.

En algún momento de su relación, cuando Ángela aún vivía con

Paul, me atrajo de manera peligrosa. Yo, al contrario que mi amigo, no he sido nunca especialmente mujeriego. Me he enamorado un par de veces y he tenido unas cuantas amantes, relaciones sin importancia que han durado más bien poco. Quizá es porque he estado volcado en la práctica de un deporte muy exigente, o porque mi naturaleza es algo tibia respecto al amor, el caso es que he pasado la vida cultivando pasiones muy poco turbulentas: los combates de esgrima, la amistad y la camaradería, los partidos de rugby en la tele... Me gustaría ser de otro modo, es cierto, alguien menos sensato y previsible, un aventurero, un playboy... Pero ya no hay solución a esto.

Creo que Ángela fue la única mujer capaz de sacarme de ese apacible estado. Me tentaba. Mil veces pensé en lo fascinante que sería yacer con ella en la cama mientras Paul estaba ausente, fingir cuando apareciera, mirarnos clandestinamente durante una de aquellas veladas en las que ella brillaba sin proponérselo. Pero siempre intuí que debía mantenerme a cierta distancia, porque esa mujer retorcería mi naturaleza hasta volverla ajena. ¿Era eso, Elizabeth Babel? ¿Era eso, Teresa?

Teresa no era como su madre, pero de algún modo también se te metía dentro, como aquella imagen del tornillo que Elizabeth definía tan bien. Con Teresa sentías una necesidad angustiosa de protegerla a toda costa. Volcaba eso sobre ti.

No era por aquella noche en Saint-Nazaire. No lo era. Estoy completamente seguro. Y sin embargo... Yo no conseguí dejar de pensar en ella. Ni siquiera en aquellos años en los que aparentemente había crecido y volado por su cuenta.

Creo que, después de terminar sus estudios en Lyon, Teresa encontró trabajo en un hotel suizo. Pasó otro año más allí. Luego tuvo que regresar a Port de l'Alba porque la situación de su madre era insostenible. Marçal ya no quería hacerse cargo de ella. Su propio hijo era ahora un yonqui y la mujer de Marçal culpaba a la señora Ángela de eso. Parece que empezó haciendo de camello para ella y que al final quedó enganchado sin remedio. La casa era un infierno.

Así que Teresa volvió. Pasó por Perpiñán antes de ir a Port de l'Alba y nos pidió ayuda a Paul Bertrand y a mí. Entre los tres, ingresamos a Ángela en un sanatorio donde murió al cabo de unos meses. Una parte de Teresa se fue con ella.

Ya ven: casi cinco años después, vuelvo a Port de l'Alba. Soy un viejo al que le han cortado el sendero. Ya no veo el camino y solo puedo andar hacia atrás.

Había olvidado cómo era este lugar. Marçal y su mujer ya no están y la casa parece completamente abandonada. Todo cerrado y un poco seco, polvoriento, como un enjambre vacío. Marçal me dijo por teléfono que la llave estaba en el cobertizo, debajo de un cesto con leña.

Dormí esa noche en la habitación de la torre. Era la única cama en la que habían dejado mantas. Era diciembre y hacía frío.

Era un lugar inquietante Si yo no hubiera sabido lo que sabía, podría haberme parecido ciertamente original: paredes muy altas, que remataban en un curioso techo de hormigón traslúcido, y una lona negra que se podía correr para evitar la luz. Y sin embargo allí nunca se estaba del todo a oscuras. Las esferas de los tres relojes y las estrechas ventanas laterales lo impedían. La luz se colaba a través de los números romanos, siempre vistos al revés, tropezaba contra las agujas, pasando a través de sus ángulos, y los rayos chocaban unos con otros en el centro de la habitación. ¿Por qué había decidido Teresa dormir allí? Estaba confortablemente amueblada, es cierto,

pero no por eso dejaba de ser un espacio francamente perturbador.
Toda aquella luz… Todas aquellas letras mayúsculas, sueltas, sin
otro significado que el de marcar las horas… El tiempo resonaba allí
dentro. Como si la maquinaria de los relojes siguiera funcionando.

Existir… contra todo. La almohada ya no conservaba el olor de
Teresa. ¿Qué podía hacer allí sino recordar la última carta de Elizabeth Babel?

Querida Elizabeth:

A veces escribir, detener las palabras y fijarlas sobre un papel es como encender una antorcha. Entre las sombras aparece lo que simulaba estar oculto. Supongo que es lo mismo que sienten los demás al hablar, solo que sus palabras se las lleva el viento y las mías quedan firmemente clavadas, como las estacas de la valla que hay más allá de las palmeras. Me pregunto si esa Elizabeth que vomitaba bajo sus hojas emplumadas sigo siendo yo. Y no encuentro una respuesta convincente.

Desde luego, ya no me siento como aquella niña que llegó a Port de l'Alba con la garganta cerrada y la mente limpia. Una guerra nos transforma en otras personas, el mundo se hace más estrecho y nuestras manos ya no alcanzan muy lejos. ¿Cómo he conseguido llegar a ser tan cruel con los que me quieren? Gaspar se fue al frente hace más de un año, y me avergüenza confesarlo, pero me alegré de perderle de vista. Creí que entonces yo podría volver a ser yo. ¡Qué ilusa! La soledad y la guerra solo han conseguido que me vuelva aún más áspera e intratable.

Bombas, obuses, metralla… Escasez. Hambre. Desorientación. Y pérdidas.

Cuando la guerra de 1914, yo era demasiado joven para darme cuenta de lo que significaba. Leíamos los periódicos, sí, pero vivíamos en un país que no entró en el conflicto, en una casa aislada en la que sabíamos de antemano que nunca iba a caer una bomba. Las noticias de la contienda solo eran ecos lejanos, historias que Robert nos contaba antes de dormir... Incluso cuando Pye se alistó. Podía pensar en su barco huyendo de los *U-Boats*, en el riesgo de que acabara ahogado como ese compositor cuya música nunca podré oír, en las trincheras del Somme... Pero todo eso pertenecía a la imaginación, no a la realidad. No significaba nada. Ahora lo sé. Nada.

Pye ha escrito. Están bien. Bilbao ha caído en manos de los nacionales, después de que el gobierno vasco decidiera evacuar la ciudad. Dice que han enviado a muchos niños como refugiados a Inglaterra, pero que su mujer no quiere irse, ahora que por fin han dejado de bombardear. Que ahora piensan en el futuro. No sé de parte de quién está Pye, pero parece que los nacionales no le dan ningún miedo. No comenta nada del bombardeo de Guernica, lo cual me extraña mucho. Los periódicos de todo el mundo han condenado la masacre y ahora hay una polémica con los obispos vascos que no acabo de entender muy bien y que, desde luego, él no me explica. Creo que no puede pensar en otra cosa más que en su hija recién nacida. Porque ha tenido una hija.

Una hija.

Después de tantos años, cuando su mujer y él ya no creían que fuera posible.

Se llama Ángela.

Al mío ni siquiera pude ponerle un nombre. ¿Sabes Pye que tuviste otro hijo? No. Tú qué vas a saber...

Marcus también ha escrito varias veces. Cuando Rosas fue cañoneado desde el mar por el crucero Canarias, se preocupó mucho. Y volvió a escribir en noviembre, cuando se enteró de que los nacionales también habían bombardeado Palamós. Quería que me fuera con él a Coventry, decía que seguramente podría conseguir que me evacuaran en un destructor inglés, el *Hunter*, que iba a hacer escala en Tossa para sacar de la zona a los ciudadanos británicos. Pero yo nunca he tenido pasaporte inglés. Marcus y yo nacimos en España, y nadie vino por mí. Tampoco hubiera querido irme. Con guerra o sin ella, no pienso moverme de mi casa.

Matilde Fiel también escribe, a pesar de los bombardeos, o precisamente a causa de ellos. El 13 de febrero, cuando la ciudad fue bombardeada por el crucero italiano *Eugenio di Savoia*, dos edificios cercanos a la escuela quedaron reducidos a escombros. Han tenido que cerrar el centro y solo han quedado cinco niños que no tienen adónde ir. Tres son huérfanos, uno tiene a su padre en el frente y el quinto ha sido abandonado. Está desesperada.

Entre carta y carta, Gaspar ha venido de permiso. No sé qué me pasa; siento tanta alegría cuando llega como cuando se va. Está más delgado y no puede mover el hombro, dice que se cayó de uno de los postes del tendido eléctrico. Creo que tiene piojos, así que le rapo la cabeza, primero con las tijeras y luego con su navaja de afeitar. Se sienta en el porche, dócil y obediente, como siempre, y se deja hacer. Luego le ordeno que se bañe y hervimos la ropa en una de las grandes ollas de Quima. ¿Habrá muerto Quima? No sé nada de ella desde que empezó la guerra.

Las palomas han ido criando a su manera. A veces, alguna aparece muerta y yo la tiro por el barranco de la cala. Esa noche vuelvo a sentir las piernas de Gaspar entre las mías.

No sé si le quiero. Por las noches, sí. Durante el día, mi estúpida cabeza que nunca está en silencio, se empeña en creer que solo he querido a Pye. Pero ahora que Gaspar ha vuelto, siento que me transformo. Sé que ya no soy la niña inocente que se enamoró perdidamente, mi corazón es más grande, se ha hecho tan ancho que el mundo entero me cabe dentro. Me caben las ideas, revueltas las unas con las otras, los sentimientos encontrados, los deseos y la desesperación. Ya nada es blanco o negro. Ayer, Gaspar fue al pinar y cazó un conejo. Cuando venía con el bicho colgando del morral, orgulloso como solo los hombres pueden serlo cuando matan, me imaginé una vida con él; aburrida, estable y segura, sin provisionalidad. Y otra vez volví a odiarle. Por ser como era. Por apartarme de los sueños que había mantenido intactos durante toda mi vida. Curiosidad. Experiencias insólitas. Ingenio. Sutileza. Todo lo que Robert y Milton Finch representaban. Lo que yo le atribuía a Pye y que seguramente él no poseía en absoluto. No todos los hijos son como sus padres, y si no, ahí tenemos el caso de Gertrude. Gaspar solo va a estar aquí dos semanas, pero en esos quince días pasa todo.

Dos días después de su llegada se han intensificado los bombardeos por toda la costa. Menos mal que está aquí, porque tengo mucho miedo. Dicen que ya no son solo aviones italianos los que entran desde el mar, que también ha acudido a bombardear nuestros pueblos la Legión Cóndor. Como en Guernica. También dicen que hay aviones rusos apoyando a la República, pero por aquí no se ha visto ninguno.

Mientras Gaspar estaba cazando, un Savoia-Marchetti ha dejado caer una bomba en pleno centro del Port de l'Alba y han muerto trece personas. Cuatro de ellos eran niños.

A media noche han venido a buscar a Gaspar. Un camión con

una veintena de milicianos. Gaspar se ha ido con ellos, dicen que van a matar a todos los fascistas del pueblo como represalia. Cuando, entrada la mañana, Gaspar regresa a casa, tiene el mismo gesto que cuando volvía del pinar con el conejo muerto.

Estoy terriblemente cansada de vivir con miedo. Sé que Gaspar se irá de nuevo al frente y yo volveré a quedarme sola. Él quiere que traiga a alguien del pueblo a vivir conmigo. Una familia, a ser posible. ¿Pero quién? Y además, ¿para qué? Aquí no pueden llegar los nacionales.

—No son ellos los que me dan miedo —dice Gaspar—. Pero sé cómo son las cosas, cualquier día aparece por aquí un camión y te llevan a la tapia del cementerio. Tú no eres uno de nosotros.

Escribo en mi libreta: «¿Y qué se supone que iban a hacer por mí esas personas del pueblo? ¿Defenderme a tiros?».

—Hablar —contesta Gaspar—. Lo que tú no puedes hacer. ¿O crees que, si aparecen por aquí a media noche, van a esperar a que escribas en una de esas hojas?

A veces puede ser tan cruel como yo. Pero sé que tiene razón, así que empezamos a buscar a alguien que quiera venir a vivir aquí, pero no encontramos a nadie. Parece que no tengo mucho que ofrecer.

Hay rumores de que los nacionales van a posponer la toma de Madrid para centrar sus objetivos en el frente del Ebro. Dice Gaspar que tendrá que incorporarse a su brigada y marchar lo antes posible para la zona de Teruel. Parece que hay graves problemas en los tendidos telegráficos del Maestrazgo y dice que ojalá a los republicanos se les ocurriera crear un palomar militar, como tuvieron los nacionales en el asedio del santuario de Santa María de la Cabeza. Pobre Gaspar…, él también está lleno de ideas disparatadas.

He recibido otra carta de Matilde Fiel. La ha escrito hace casi un mes, pero no sé por qué ha tardado tanto en llegar. Me pide algo insólito: que les acoja a ella y a los cinco niños de los que habló. Ya no puede hacer más por ellos, no sabe qué darles de comer, cómo protegerlos de las bombas o a quién encomendárselos. Dice que, ahora que el gobierno de la República se ha trasladado a Barcelona, la Aviazione Legionaria de los italianos sobrevuela el Tibidabo un día sí y otro también, y que van a intentar cruzar la frontera porque hay rumores de que la pueden cerrar. Anuncia que llegarán a Port de l'Alba el día 17. Ayer, cuando recibí la carta, era 15 de noviembre.

¿Niños? ¿Qué voy a hacer yo con cinco huérfanos cuando se vaya Gaspar? Yo sola... ¿Cómo voy a decirle a Matilde Fiel, esa mujer heroica, que no puedo tenerlos aquí?

Gaspar me ve desesperada.

—¿Sabes qué vas a hacer? —me dice—. Vas a cocinar un plato de bienvenida para ellos y de despedida para mí.

Está loco. ¿Con qué? Si no tenemos nada...

Entonces se va al palomar, saca uno a uno todos los pichones que tenía destinados para la cría y les va cortando el cuello con el hacha. De un golpe seco. Solo tenemos cinco pichones, así que coge a las tres palomas más jóvenes y las mata también.

—Los pichones para los niños —dice—. Y las palomas para nosotros tres.

¿Habría sido Pye capaz de esto? ¿Su ingenio, su sutileza y su elegancia servirían ahora para dar de comer a unos huérfanos? Quién sabe.

Han pasado tres meses y Matilde Fiel sigue aquí con los niños. Mi casa se ha convertido en un templo del lenguaje de signos.

El 8 de enero, Teruel cae definitivamente en manos del ejército republicano, al mando del general Rojo. Me pregunto si Gaspar estará allí. Por las noches, cuando los niños se acuestan, Matilde Fiel y yo hablamos de mi relación con Gaspar. Ella cree que es un hombre cabal, justo lo que yo necesito. No le he hablado de Pye, porque no quiero que nadie meta la nariz en lo mío, pero a veces tengo ganas de confesarle que yo nunca podré querer a nadie que no sea él.

A veces intento recordar a Gertrude. No sé nada de ella. No sé si seguirán en Barcelona, o si habrán huido a Francia. He leído en un bando del ayuntamiento que, desde el comienzo de la guerra, Cataluña ha padecido doscientas doce incursiones aéreas y diecisiete bombardeos navales. Han muerto mil quinientas cuarenta y dos personas.

Voy escribiendo esta carta como si fuera un diario. A veces la dejo durante meses en suspenso y luego sigo. Creo que lo hago porque no tengo ganas de volver a escribir mi nombre en un nuevo encabezamiento. ¿Por qué me detesto tanto? ¿Cómo he conseguido llegar hasta aquí?

Gaspar ha muerto en un lugar que se llama Mequinenza. Ya nunca tendrá que competir con Pye ni yo podré escribirle esas notas que detesta. Ya no pondrá sus piernas entre las mías. Tampoco tendré que sentir rabia cuando vea sus encías amoratadas, ni calor cuando me abrace. Intento no pensar en ello. Intento sobrevivir. Las tropas del general Yagüe han cruzado el Segre y han tomado Lérida. Me siento seca, como una corteza de corcho que alguien hubiera arrancado de los alcornoques. En Port de l'Alba eso no es extraño, aquí es donde se fabrican los tapones. Tapones..., antes de nacer alguien muy malvado instaló unos en mis oídos. ¿Y queréis que crea en Dios?

Uno de los niños ha enfermado. Tiene mucha fiebre y Matilde Fiel y yo nos turnamos durante la noche para atenderle. Delira, lo veo en su rostro, aunque ni él habla ni yo puedo oírle. A veces me sorprendo pensando que sería mejor para él que muriera, que sería mejor que muriéramos todos. Los relojes llevan más de un año parados.

Apenas tenemos qué comer. Ayer, mientras buscaba ropa vieja para los chicos mayores, abrí los baúles y en uno de ellos apareció el traje de esgrima de la madre de Pye. Robert nunca lo quiso tirar. ¿Dónde están esos años felices? ¿Dónde?

Me he puesto el traje, sí, como aquella otra vez, cuando Robert me sorprendió frente al espejo, y he salido vestida con él al camino de la costa. He caminado sin ser consciente de que lo hacía y finalmente me he visto junto a la casa abandonada de Milton Finch. Aquí estoy maestro. Yo también he llegado al borde.

El acantilado es tan profundo como la libertad. De pronto, recuerdo los pasos de esgrima:

Llamada.

Fondo.

Paso adelante o marcha.

Salto adelante.

Vuelta en guardia hacia delante.

Esta es su última carta, pero todos sabemos que no cayó al acantilado. Cuando murió en los años sesenta tuvo la excentricidad de dejar Los Cuatro Relojes a Ángela Dennistoun, la madre de Teresa y la hija de Pye.

Can Ferrer, la antigua casa de Gaspar. Murió durante la Guerra Civil en un lugar que se llama Mequinenza. Su vida también forma parte de todo esto. Elizabeth Babel nunca supo si le amaba o no y nosotros tampoco lo sabremos.

La masía es una construcción compacta, ocre como la tierra, que transmite una extraña sensación de fatiga acumulada. Gabriel me abrió la puerta. Se veía muy alterado.

Casi cinco años y también él parecía haber envejecido medio siglo. Me hizo pasar a la cocina y nos sentamos en dos de las sillas que había alrededor de la mesa sin barnizar. Todo estaba ordenado, limpio y dispuesto a la vista, como en un fogón profesional. Me ofreció café o vino. Yo acepté el vino. Luego, antes de que pudiera preguntarle qué era aquello tan importante que debía enseñarme, llamó a su hijo.

El joven debía de tener poco más de veinte años. Era agraciado y cordial. Llevaba un sobre en la mano.

—Cuéntaselo.

El chico hizo un gesto afirmativo y se sentó a nuestro lado.

—Hace unos diez días recibimos una carta.

—Recibiste —corrigió su padre.

—Bueno, qué más da... Venía a mi nombre, sí.

—¿Es esa? —pregunté señalando el sobre que tenía delante.

Max asintió.

—No tiene remite, ni fecha. Tampoco la firma nadie.

El pulso se me aceleró. Las cartas de Elizabeth Babel empezaron a deslizarse por el aire de aquella cocina. ¿Por qué de pronto me empeñaba en imaginar que la carta empezaba con un conocido «Querida Elizabeth»? También, y al mismo tiempo, como en los sueños más confusos, comenzaron a sonar en mi cabeza frases de tono oficial, el cadáver ha sido encontrado en..., los restos indicaban que..., hemos podido confirmar que se trata de...

—¿Qué dice la carta? —pregunté con miedo.

—Solo contiene una receta de cocina.

¿Una receta? ¿Qué receta?

Me tendió el sobre.

Me temblaban las manos cuando acabé de leer la carta. Max me miraba expectante. Gabriel mantenía los ojos bajos, fijos en la superficie de la mesa, como si tratara de desatar un nudo invisible en la madera sin barnizar.

—Está viva —dijo Max—. ¿Lo ve? Está viva.

Aun así, pregunté:

—¿Por qué estás tan seguro de que esta carta la ha escrito Teresa?

Era una pregunta absurda. El chico miró a su padre.

—Cuéntaselo de una vez —dijo Gabriel.

—El día que la conocimos… —dijo el chico mirándome con los ojos muy abiertos—, paramos en su hotel para preguntar por dónde se venía a la masía. Nos habíamos perdido.

—Creo que eso ya lo sabe —le interrumpió su padre.

—Es igual —dije—. Sigue.

—Ella estaba arreglando las plantas, pero después de indicarnos el camino, se lo pensó mejor y nos acompañó con su coche. Luego, cuando llegamos y vi esta casa, me entró un cabreo tremendo, porque yo no quería vivir aquí, esto me parecía un asco. En fin, creo que mi padre le ofreció una copa del vino que llevábamos en la Vito y sacó también la bolsa en la que habíamos metido algo de comida. Habíamos traído pasta y un bote de tomate, y abrí los armarios para ver si los dueños anteriores habían dejado sal, o pimienta, o alguna especia que pudiera alegrar un poco los espaguetis. Tenía un hambre de mil demonios.

Max hizo una pausa, se levantó y llenó un vaso de agua de una jarra. Me ofreció con un gesto y le dije que no. Luego volvió a la mesa y siguió hablando.

Cuando estaba revolviendo en las estanterías, entró ella. Me preguntó qué hacía. Le dije que tenía hambre. Se lo dije a propósito, para ver si se daba por aludida y se marchaba.

—Imagino que tu padre preparará enseguida la comida —dijo ella—. Yo ya me voy.

Miré hacia la mesa en la que mi padre seguía sentado. Delante de la botella de vino, sin moverse.

—Mi padre es un capullo, no sabe hacer nada —respondí.

Me fastidiaba tenerla allí delante. Recuerdo que se había cruzado de brazos y sonreía, como si de pronto yo le hiciera mucha gracia. A mí ella no me hacía ninguna.

—No será para tanto, ¿no?

Me provocó.

—No es que no sepa freír un huevo —respondí de mala leche—, es que no sabe ni qué es una sartén, la confundiría con un cazo.

—Entonces, ¿en tu casa quién cocina? —preguntó.

—Antes, mi madre. Pero se ha muerto.

Creo que notó que estaba a punto de echarme a llorar. Se acercó. Me puso una mano en el hombro.

—Sé que es muy duro, yo también lo pasé mal cuando mi madre murió. Era adicta a la heroína, ¿sabes? Al final se convirtió en una extraña, ya no era mi madre. Pero aun así…, en fin, que me quedé sola, ya me entiendes.

¿Y a mí qué me importaba su vida? Su madre, ella…, ¿qué pintaban allí? Era mi pena, no la suya. Ahora mi padre y yo teníamos que empezar de nuevo y no se puede empezar nada cuando a uno le han quitado las fuerzas y no encuentra ni un bote de sal.

Se había alejado de mí, como si supiera que tenía que dejar circular el aire a mi alrededor. Se apoyó en la encimera de granito. Cogió el bote de tomate y leyó la etiqueta.

—Esto es una porquería —soltó.

Casi me rio, porque yo opinaba lo mismo.

—¿A ti se te da bien cocinar? —preguntó de pronto.

¿A qué venía aquello?

—Más o menos.

—¿Te gusta?

—Sí. No me importa.

Le hubiera dicho que al cocinar me acordaba de mi madre y que así me parecía que no se había ido del todo, pero ella se me adelantó.

—A veces parece que pueden volver en cualquier momento, ¿verdad?

¿Cómo lo sabía? ¿Es que no era yo el único que sentía eso?

—Te propongo una cosa —dijo; ya no sonreía—. Os invito a comer a mi hotel, hoy tengo un plato especial: pichones en salsa de la reina…, y si te gusta, un día prometo darte la receta. Es una receta secreta, ¿sabes?

Y fuimos.

El plato que nos sirvió eran pichones en salsa de la reina.

Después de eso, agobiado por los acontecimientos y confuso como pocas veces lo he estado en mi vida, le pedí a Gabriel que me acompañara a Punta Carbó. Pensé que era el lugar en el que debía contarle todo lo que yo sabía y hasta entonces no había compartido con nadie.

Nos sentamos en una roca. El sol era tibio, de un amarillo un tanto deslucido. Durante un par de horas, ambos, el amante despechado y el maestro protector, escuchamos el constante rugir de las olas y el correr de mis palabras. Eché fuera lo que sabía, lo que me habían contado y lo que me había empeñado en imaginar. Me liberé de una pesada carga. Cada palabra que salía de mi boca era como si vomitara trozos de Teresa.

Gabriel miraba el lugar donde las olas volvían a caer, rotas y blancas, semejantes a espuma de poliuretano esparcida a puñados. Lo hizo durante un buen rato. Luego se levantó.

—Pobre Teresa —exclamó con una voz tan triste que me conmovió—. No sabía nada de esto, pero ahora entiendo muchas cosas… Vivía al borde de un abismo y nadie se dio cuenta.

Yo también me levanté. Me volví hacia la casa que un día fuera de Milton Finch y más tarde de Jack Devine. El camino apenas se veía, todo estaba cubierto por la maleza.

—Ni usted ni yo podíamos hacer nada —respondí—. ¿Sabe lo que decía Nietzsche?: «Cuando miras largo tiempo un abismo, el abismo también mira dentro de ti».

El mar había dejado de brillar y el horizonte resultaba tan absurdo y misterioso como un mal sueño. Supe enseguida que, más pronto que tarde, Gabriel recuperaría los trozos de Teresa. Que sin duda intentaría coserlos. Y me siento bastante inclinado a creer que era exactamente eso lo que yo pretendía: que otro recogiera el testigo. Ese otro tenía que ser alguien que la quisiera de verdad, alguien más joven, con la imaginación y los recursos a punto, no un viejo cansado y decrépito como yo.

Ese mismo día volví a casa. Pero allí, en Punta Carbó, ese lugar que está entre la vida y la muerte, yo también lo sentí:

Llamada.

Fondo.

Paso adelante o marcha.

Salto adelante.

Vuelta en guardia hacia delante.

Gabriel debió de ir a Pedernales unos meses más tarde. ¿Cómo llegó a la conclusión de que era precisamente allí donde debía buscar? No lo sé. Pero hizo justo lo único que yo no había hecho en todo el tiempo que investigué por mi cuenta la desaparición de Teresa. ¿Por qué rechacé la idea de que ella pudiera estar allí?

«No pienso volver jamás en mi vida», me había dicho una vez. Aquel día que intento olvidar. ¿Por qué quise fiarme de sus palabras si solo era una chiquilla? Supongo que todo lo que ocurrió en Saint-Nazaire está tapado con una manta de vergüenza.

Se quedó fascinado por el paisaje. Era un día de esos en que la luz lucha con las sombras: franjas oscuras, manchas de azul, bloques de nubes blancas infladas como coliflores... La marea estaba baja y las barcas amarradas en Portuondo aparecían volcadas sobre el cauce vacío. Eso fue lo que más le sorprendió. Las barcas desmayadas como peces boqueantes. Una ancha lengua de mar recorría el centro de la ría, dibujando islotes aquí y allá. Desde luego, el espectáculo era de una belleza extravagante.

Había aparcado el coche en una calle sin aceras, bien pegado contra la tapia de un chalé.

¿El cementerio? Preguntó.

—¿Quiere ver la tumba de Sabino Arana? En el bar tienen la llave —le dijo un hombre que estaba sentado sobre un periódico en un banco de piedra. La cabecera del Deia aparecía arrugada bajo su pantalón de tergal.

No se molestó en contradecirle. Tampoco más tarde a la dueña del bar, donde pidió un café y un pincho de tortilla para romper el hielo. Le pusieron un pimiento verde encima del pincho y le sirvieron el café con mucha espuma.

—¿Hay algún hotel en el pueblo? —preguntó.

—En el camping alquilan.

¿Alquilan? ¿Qué? ¿Tiendas de campaña? Gabriel todavía no se había hecho a la parquedad de los vascos.

—Cabañas —aclaró la mujer—. O bungalós, que les llaman ellos. Son bonitas ¿eh? Muy modernas, eso sí.

—¿Pero no hay ningún hotel?

—Sí, claro… En Mundaka hay varios.

—¿Y podría recomendarme alguno?

—Bueno, el Atalaya está bien. Es de toda la vida.

Después de darle las gracias, se bebió el café y, cuando se disponía a pagar, preguntó quién le podía abrir el cementerio.

—Quiere ver la tumba, ¿eh?

No tenía que mentir para decir que sí.

—Pues le doy la llave y cuando acabe me la devuelve.

El cielo se había encapotado. La mujer del bar echó un rápido vistazo a través de las cortinas que tapaban a medias los cuarterones de la ventana.

—Va a llover —dijo—. Coja un paraguas del paragüero y ya me lo traerá.

Gabriel se lo agradeció de nuevo. Cogió la llave, el paraguas y salió de nuevo a la plaza.

Subió la cuesta del cementerio y, cuando llegó a los contenedores de reciclaje, rodeados de una auténtica invasión de plumeros, sintió que el corazón le latía con demasiada prisa. A la vuelta de la calle, protegida por dos señales paralelas de dirección prohibida, estaba la entrada al cementerio. Un ciprés, una verja sencilla y una cruz sobre el portón de entrada.

¿Y si no estaba allí? ¿Y si solo era una estúpida suposición que había crecido a la luz de la palabrería de un viejo profesor de esgrima? Se había tomado su tiempo antes de emprender el viaje. Esperando una fecha: 4 de octubre, festividad de San Francisco de Asís, justo el mismo día en el que, cinco años antes, Teresa había cerrado el hotel, y justo cuando se cumplían cuarenta años exactos de la muerte de Mikel. Siempre había creído que las casualidades no existen, que al destino había que acompañarlo, aunque nadie garantizara los resultados.

Había llegado a Pedernales un día antes de esa fecha. Lo había preparado todo con minuciosidad y estaba dispuesto a montar guardia frente a la tumba durante el tiempo que hiciera falta. Estaba convencido de que, si en algún momento Teresa acudía a una cita con su pasado, sería allí y ese día. Precisamente ese día.

Y así, mientras caían las primeras gotas, recorrió los pasillos del cementerio buscando la tumba de Mikel.

¿Cómo se apellidaba? Mendieta de segundo, eso seguro.

Encontró lápidas relucientes, otras con polvo y flores secas, cruces griegas, estelas funerarias y *lauburus*. La tumba de Sabino Arana estaba en el pasillo central. No pudo evitar pararse ante ella. Era una tumba sencilla: seis machones con cadenas, una estela con el rostro del muerto y un *lauburu* en la base. Todas las ofrendas florales que había sobre la lápida estaban secas.

Luego recorrió las sepulturas del ala derecha, y a continuación las de la parte izquierda. Al fondo, casi pegada a la tapia, encontró la que buscaba. Mikel Goiri Mendieta, 1956-1973, rezaba la inscripción. Sin cruz. Sin estela. Sin *lauburu* alguno. Solo una lápida en el suelo y una pequeña placa de bronce atornillada debajo del nombre:

Aquí yace donde quiso yacer;
de vuelta del mar está el marinero,
de vuelta del monte está el cazador.

Esa placa solo podía haberla puesto Teresa. Y por su estado, re-luciente y sin polvo en las hendiduras de las letras, no podía hacer mucho tiempo de eso.

Esa noche durmió en Mundaka. En el hotel Atalaya, tal y como le había recomendado la mujer del bar. Habló un buen rato con la dueña, quien le explicó sonriente que el edificio, de estilo inglés, había sido propiedad de su familia desde 1911, pero que hasta 1987 no lo convirtieron en hotel. Mientras intentaba conciliar el sueño, pensó en Los Cuatro Relojes. Todo lo que ocurría alrededor de Te-resa estaba salpicado de imágenes dobles: Punta Carbó, donde fue-ron a parar Jack Devine y Milton Finch, en diferentes épocas. Can Ferrer, su propia masía, en la que también había vivido aquel tal Gaspar, dos maestros de esgrima, dos embarazos adolescentes y dos hijos perdidos…

Mientras desayunaba, le preguntó a la dueña del hotel si había tenido últimamente una huésped que se llamara Teresa Mendieta. La mujer le aseguró que no, que se acordaría, porque su sobrina se lla-maba y se apellidaba precisamente así. Estuvo a punto de dejar que se le escapara una sonrisa resignada, a punto de decir, vale, me rindo.

Y, no obstante, aunque sentía que Teresa se encontraba muy cerca, al alcance de la mano, temió que esa certeza fuera solo fruto de su imaginación. Llegó a Pedernales, que ahora en todos los letre-ros se llamaba Sukarrieta, y entró de nuevo en el bar. Esa mañana el cielo estaba completamente cubierto de nubes.

—¿Qué? ¿Le pongo pincho de tortilla?

—Solo un café, gracias.

Eran las nueve de la mañana.

—¿Puede dejarme otra vez la llave?

—Hoy no —dijo la dueña del bar—. Ya han venido y se la han llevado.

—¿Una mujer?

—Sí.

—¿Hace mucho?

—No, qué va. Unos veinte minutos. Vaya usted, que estará abierto.

Gabriel pagó a toda prisa.

—Y coja el paraguas, hombre de Dios.

No fue andando. Cogió el coche y subió la cuesta hasta los contenedores. Luego hizo caso omiso de las señales de dirección prohibida y metió el vehículo en la explanada. No había ningún otro coche en la entrada del cementerio.

Bien. Disculpen esta pausa, pero quiero imaginar con calma ese momento.

Gabriel cruza el portón, avanza rápidamente hacia el ala izquierda. Piensa que quizá Teresa se haya ido, porque no había ningún vehículo en los alrededores, o puede simplemente que no sea ella; quizá esa mujer que ha cogido la llave del bar esté rezando ahora mismo delante de la tumba de Sabino Arana… Es lo más probable, aunque no se ha molestado en comprobarlo.

Tuerce hacia la izquierda nada más cruzar la puerta, sin mirar hacia el pasillo central, como quien busca una verdad por fin limpia.

Intuyo cómo debe sentirse en esos momentos Gabriel. Ya no está nervioso. El corazón no le molesta como cuando cruzó hace un instante la puerta del cementerio. Todo se ha calmado en su interior. La lluvia cae sin fuerza, suave y blanda, casi no parece agua, sino aire húmedo.

Se detiene cuando la ve. De espaldas. Una mujer rubia, con pantalones vaqueros y una cazadora de cuero. Está agachada junto a la tumba de Mikel. ¿Qué hace? Tiene en la mano una de esas palas anchas y cortas con la que está plantando algo en la tierra, justo al lado de la lápida. No es fácil saberlo bajo la lluvia, pero Gabriel juraría que se trata de un rosal. «Si plantas un rosal sobre una tumba, el cuerpo desaparece: las rosas se alimentan de él y puedes olvidarlo todo. Cada vez que vayas a ese lugar verás solo las rosas. Nada más». El pelo de ella, aun mojado, conserva cierto brillo metálico.

Sus movimientos.

Acompasados y precisos.

Como pasos de esgrima.

Gabriel se queda mirándola. Quiere a esta mujer llena de miedos y de inseguridad. Tiene ganas de decirle a voces: ven con todo lo que traigas, con tu rostro desolado, con tu futura vejez, con todas tus noches de miedo y tus errores ven, aunque traigas a tu madre, a la muda, a los americanos borrachos y a los maestros de esgrima contigo. Ven. Pero no lo traigas a él.

Quizá es entonces cuando ella se vuelve.

Sí.

Tiene que ser entonces, porque no hay otro instante mejor que ese en el que los dioses aflojan la cuerda. O quizá sean los muertos.